— Tu devrais savoir que mon sang est très puissant.

— Tout comme le mien, répliqua-t-il d'un accent légèrement plus prononcé à présent.

Un prédateur sur le point d'attaquer, pensai-je en admirant l'argent de ses iris. Il se mêlait aux bords noirs de ceux-ci, me rappelant l'éclatement d'une étoile. *Séduisant. Tentant. Peccamineux.*

— Tu acceptes ? demanda-t-il, son intonation anglaise plus présente, trahissant son impatience.

Oui, il a vraiment envie de me goûter autant que j'ai envie de le goûter.

— Oui.

Mords-moi, si tu l'oses, Roi de l'or et du grenat. Ta réaction à mon sang me montrera si tu es réellement digne de mon attention.

Seuls les plus forts pouvaient supporter une essence aussi intense que la mienne, d'où mon avertissement. Cependant, il avait répondu avec assurance, comme à chaque fois.

Un vrai meneur de sang royal. Un roi vampire.

Son expression s'assombrit, une part inhérente de lui comprit le défi que je venais de lui lancer.

Tu es à moi à présent, Déesse de la nuit, semblait-il dire en m'attirant tout contre lui, son bras autour de mes hanches. Sa main resta dans ma nuque, la serrant subtilement en abaissant ses lèvres vers mon cou.

LEXI C. FOSS

DÉSIRE-MOI

VERTUS ET PÉCHÉS IMMORTELS

Désire-moi

Édition par : Outthink Editing, LLC

Relecture par : Katie Schmahl & Jean Bachen

Traduction de l'anglais au français : Emilie Chiron pour Well Read Translations

Conception de la couverture : Manuela Serra

Photographie de couverture : CJC Photography

Modèles de couverture : Peter Stelling & Jenna Elisabeth

Publié par : Ninja Newt Publishing, LLC

Édition numérique

ISBN

ISBN eBook: 978-1-68530-213-9

ISBN Paperback: 978-1-68530-214-6

À l'Islande, qui continue à m'inspirer. Tes paysages magiques et tes cascades (gouffres !) magnifiques sont les plus beaux que j'ai jamais vus. J'ai hâte que l'on se revoie.

À Kel, pour avoir créé ce monde merveilleux et permis à Nyx de s'échouer sur ses rivages. J'espère qu'elle te fera rire, mon amie. Oh, et embrasse Uriah de ma part. #âmesœur

DÉSIRE-MOI

VERTUS ET PÉCHÉS IMMORTELS

◖ DÉSIRE-MOI

*Il était une fois plusieurs portails qui s'ouvrirent sur Terre, permettant
à la magie de se répandre dans le monde des humains.
Les Maisons furent créées. Des êtres surnaturels y furent affectés. Un
nouvel équilibre fut formé.
Toutes les nouvelles recrues fraîchement arrivées doivent se joindre à
une Maison.
Mais ceci est l'histoire d'une déesse qui refusa de se soumettre et du roi
qui la força à obéir.*

**Nyx
Déesse de la nuit.
Ma toute dernière obsession.**

Cette femme a osé tuer l'un de mes hommes.
Par conséquent, en tant que roi de la Maison d'or et de
grenat, je devais sévir.

Oh, il y avait tant de choses que je désirais faire, à elle et sa
petite bouche insolente. Toutefois, elle était bien plus
puissante qu'elle ne le laissait croire.
À présent, je ne peux même pas satisfaire mes désirs.
Car une morsure n'a pas suffi.

*Tu es peut-être la déesse de la nuit mais je reste ton roi.
Tu te soumettras.
Tu m'imploreras.
Et, plus important encore, tu saigneras.*

Bienvenue dans la Maison d'or et de grenat, là où le pouvoir détermine la monarchie et où le sang est la monnaie privilégiée. Avancez à vos risques et périls.

Note de l'auteure : *Désire-moi* est une sombre romance paranormale pouvant se lire indépendamment. Elle s'inscrit dans l'univers de *Vertus et péchés immortels*. Chaque livre de ce monde est une belle romance. Fin satisfaisante garantie et sans suspense !

Pour les fans de *L'Alliance de sang*, voici l'histoire de Nyx et Vesperus, la déesse et son amant vampire qui ont tout déclenché...

Bonjour et bienvenue dans le chaos qui règne à l'intérieur de ma tête !

Ce livre a été si unique à écrire. Il fait partie de l'univers de *Vertus et péchés immortels* mais il fait également le lien avec une autre de mes sagas que vous avez peut-être déjà lue : *L'Alliance de sang*.

Cependant, le ton de *Désire-moi* est si différent, en raison des lois de ce monde et des voies que j'ai choisi d'explorer.

Nyx est probablement l'une de mes plus puissantes héroïnes. Toutefois, sa puissance ne dépasse pas tout ; elle est… originale. C'est une déesse explorant un royaume et la magie qui s'y trouve. Elle ne laisse personne lui dire quoi faire ou où aller. Pas même le roi vampire qui la découvre.

Par conséquent, je catégoriserais ce roman comme une lecture plus « légère » (par rapport à l'univers de *L'Alliance de sang*), même si j'ai toujours mes moments sanglants. Vesperus est un vampire, après tout. Alors si les morsures ne sont pas votre tasse de thé, dans ce cas… cela pourrait poser problème.

Néanmoins, si vous recherchez un roman rempli d'humour, de sensualité, d'un peu de sang où vient se mêler une romance interdite, alors vous avez frappé à la bonne porte.*Désire-moi* peut être lu sans avoir connaissance de mes autres livres, c'est un roman indépendant de *Vertus et péchés immortels*.

Il se trouve que ce récit conte l'histoire originelle de la rencontre entre Nyx et Vesperus. Et pour les fans de *L'Alliance de sang*, cela vous expliquera ce qui a conduit Nyx à créer les Créatures Bénies… ;)

PROLOGUE

NYX

UN AUTRE ROYAUME.

Un autre échec.

Je soupirai et jouai avec le médaillon enchanté en pierre d'obsidienne.

C'était mon dix-septième univers, curieusement, celui-ci était encore pire que les seize précédents. Pas de magie. Pas de présence surnaturelle. Pas de divertissement. Et pas de lune.

Je levai les yeux vers le ciel brumeux, les lèvres recourbées vers le bas. Les mortels de ce royaume avaient pollué leur atmosphère de façon si spectaculaire qu'il n'y avait plus aucune lumière ici. Résultat, la plupart des humains étaient morts.

Pas de soleil signifiait pas de plantes.

Donc, pas d'animaux.

La sensation de faim était si forte que je pouvais presque la goûter dans l'air impur.

Il n'y avait plus d'eau, les déchets avaient contaminé les cours d'eau et les océans, réduisant le tout à des eaux toxiques.

Certainement pas mon utopie, encore une fois, me dis-je.

Les autres royaumes m'avaient au moins offert quelques mois d'intrigue. Celui-ci n'avait même pas tenu quelques jours.

— Bon, et si je réessayais ?

Mes doigts se figèrent tandis que je me concentrais sur la magie enfermée à l'intérieur du médaillon en forme de croissant de lune dans ma main.

Personne ne pouvait m'entendre.

Mais j'y étais habituée.

Je vivais souvent dans mon propre monde, ce qui m'avait initialement inspiré cette chasse. Je voulais un foyer. Un partenaire. Une existence gratifiante. Des *amis*.

Hélas, je commençais à croire que le destin s'opposait à mes désirs.

Dommage, Déesse du destin. Je désire plus que simplement exister au second plan. Je veux avoir un véritable but, peu importe ce que cela puisse impliquer.

Je fermai les yeux et me focalisai sur l'obsidienne. Des mots dans une langue ancienne sortirent de ma bouche pendant que je déclenchais l'enchantement qui m'aiderait à traverser, une fois de plus, une autre réalité.

La magie vibra autour de moi, provoquant une petite lueur derrière mes paupières fermées qui me donna presque des vertiges. C'était un avertissement subtil pour me prévenir que je n'avais pas attendu assez longtemps pour réutiliser le charme, mais je n'avais pas le choix. Ce royaume était inhabitable.

Peut-être que si tu m'envoyais dans un endroit plus commode, je n'aurais pas à faire ça, dis-je à la pierre. *Cependant, tu sembles déterminée à…*

Une explosion de puissance me secoua, embrasant mes veines et m'arrachant un cri sec.

Mes yeux s'ouvrirent brusquement, à la recherche d'une menace, mais je ne vis que mon monde sens dessus dessous pris dans la toile d'un tourbillon de sombre énergie.

Je râlai, ma propre énergie s'éveillant tandis que j'exigeais dela lune qu'elle illumine cet abîme.

Une pluie d'étoiles apparut dans mon champ de vision périphérique, réveillant ma magie. Cependant, cela prenait trop de temps.

Le sombre tourbillon m'engloutit toute entière, m'envoyant dans une tornade d'énergie inconnue, et je m'écrasai contre une vague d'eau glacée.

Je crachotai, battant des pieds par instinct pour me forcer à remonter à la surface.

Je fus à nouveau aspirée vers le bas, tournoyant dangereusement, puis je fus projetée contre une falaise de rochers coupants.

Je m'agrippai à la paroi, à la recherche d'une prise pour essayer de me dégager des vagues, mais le courant était trop puissant, la lune contrôlait la marée.

Obéis-moi, pensai-je en capturant la vieille magie que je ressentais autour de moi. *C'est moi qui dicte les règles. Écoute-moi !*

Il fallut quelque temps avant que la marée se calme, la lune changea et m'autorisa à prendre le contrôle des vagues le temps que je me libère. Le monde entier ressentirait ce changement mais serait incapable de l'expliquer.

Un événement extraordinaire, diraient les humains. *Un phénomène indescriptible.*

En supposant que les mortels de ce monde étaient comme tous les autres en tout cas.

Je crachai de l'eau en profitant du mouvement de la marée pour me faire contourner la falaise et m'approcher du rivage non loin.

Je m'écroulai alors sur le sable noir et inspirai profondément en libérant la lune de mon emprise.

La magie crépitait sur ma peau, le monde retrouvait son cours naturel.

L'océan se révolta en faisant jaillir une vague gigantesque qui manqua presque de m'engloutir à nouveau, mais je la repoussai d'une explosion d'énergie, rappelant à la substance qui était le réel maître.

Je suis la déesse de la nuit. La maîtresse de la lune. Une reine qui ne s'incline pas.

On m'avait donné tant de noms au cours de mon existence, tous appropriés. Cependant, je préférais généralement *Nyx*.

Je roulai sur le dos et admirai le magnifique ciel nocturne. Je remarquai l'absence de nuages et inspirai l'air propre.

Beaucoup mieux, pensai-je d'un air rêveur. *Pas de pollution. Rien qu'une couche invisible de…* Je fronçai les sourcils et plantai les mains dans le sable en essayant de me redresser. *Eh bien, voilà qui est nouveau.*

La magie était présente dans ce monde.

En grande quantité.

Je sentais l'énergie vibrer autour de moi, sa nature enjouée m'enivrait et envoyait de merveilleuses secousses dans mes veines.

Mes lèvres se retroussèrent, mon cœur manqua un battement.

Ai-je enfin réussi ? Ai-je enfin trouvé un…

Une onde de choc violente se répandit dans mon bras, j'en lâchai ma pierre.

— Qu'est-ce…

Les yeux ronds, j'observai le médaillon en obsidienne se réduire en cendres.

Non, pas en cendres.

En *sable*.

Sauf que… J'y enfonçai mes doigts, les sourcils froncés.

— Impossible.

Je sentais encore le pouvoir ondoyer dans mon esprit, l'énergie magnétique de la pierre s'était simplement déplacée dans autre chose.

Les jambes tremblantes, je me forçai à me lever, scrutant la plage et les rochers avoisinants, à la recherche de cette source mystique. *Où es-tu partie ?* me demandai-je en tournant sur moi-même. *Je te sens. Pourquoi je n'arrive pas à te voir ?*

Je regardai à nouveau le petit tas de sable qu'était autrefois mon médaillon, les lèvres recourbées vers le bas.

— Est-ce pour me punir de t'avoir réutilisée trop tôt ?

La magie sembla ondoyer en guise de réponse.

Je plissai les yeux.

— Je vois. Alors tu as changé d'objet et maintenant, je vais devoir déployer des efforts considérables pour te trouver.

Un cache-cache grandiose.

Je pinçai l'arête de mon nez et secouai la tête. Cela allait prendre un moment, car la magie pouvait être partout.

Je murmurai un enchantement qui ferait apparaître l'énergie de la lune. Toutefois, hormis la marée derrière moi, mes sens ne repérèrent rien.

Cela signifiait que la magie avait quitté cette zone.

Heureusement, elle était toujours présente dans ce royaume. Autrement, je ne serais pas capable de la sentir.

Très bien, je te pourchasserai.

Et, par la même occasion, j'explorerais ce monde magique pour voir ce qu'il avait à offrir. Peut-être même allais-je y rester pour...

Une balle fendit l'air, d'instinct, je me téléportai alors vingt mètres sur la gauche. S'ensuivit le juron d'un homme, puis un autre cri.

— Là !

Deux autres coups de feu furent tirés, je fus forcée de me fondre dans l'ombre et de me téléporter à nouveau.

— C'est quoi ça ? s'exclama l'un des hommes.

— Je ne sais pas, mais cette créature n'est pas répertoriée. Tue-la.

Je haussai les sourcils.

— Pardon ?

Je me matérialisai à côté du donneur d'ordre.

— Je ne suis pas...

Il tenait à la main une lame affûtée en métal qui me transperça presque la poitrine lorsqu'il se jeta sur moi avec un grognement féroce. La magie vibrait autour de lui, m'indiquant qu'il n'était pas humain. Son ami non plus.

Ni les trois autres qui apparurent soudainement, leurs armes braquées sur moi.

— Eh bien, voilà un accueil plutôt primitif, marmonnai-je en les frappant tous d'une bourrasque d'énergie.

La marée répondit à mon appel, l'eau tournoya dans les airs et jeta les cinq attaquants contre le sable.

Je me tins devant eux, les mains sur les hanches, tandis qu'ils s'emparaient de leurs armes.

— Je n'apprécie pas...

Un autre tir, celui-ci atteignit presque ma tête, mais je me téléportai avant qu'il n'atteigne sa cible.

— Quelle impolitesse, râlai-je en m'approchant de celui qui venait d'essayer de me planter une balle entre les deux yeux. Tss, tes manières sont très mauvaises.

Je lui arrachai le fusil des mains et le jetai à la mer.

Mais je me retrouvai nez à nez devant un loup.

Un métamorphe, pris-je tout à coup conscience. Je plissai les yeux alors que ses crocs tentaient de s'enfoncer dans ma gorge. Ça finirait *mal* pour lui.

Je le repoussai avec force, il atterrit six mètres plus loin. Les autres jurèrent dans son sillon.

Manifestement, j'étais partie du mauvais pied avec ces habitants. En soupirant, j'essayai de débarrasser mes vêtements mouillés du sable et pris une posture imposante.

— Bon, si vous voulez bien me laisser…

La magie emplit l'air, m'avertissant qu'une armée d'êtres surnaturels approchait. Ils étaient au moins une douzaine, leur aura agressive et remplie d'énergie.

Je pinçai les lèvres.

Je ne voulais pas que mon arrivée en grande pompe dans un potentiel nouveau chez-moi se fasse dans un bain de sang. Je n'étais pas Arès. Il aurait sûrement opté pour la guerre mais je préférais les accueils plus amicaux.

Je m'occuperais de ces êtres après m'être lavée, avoir fait une sieste et séché mes vêtements.

Ensuite, si je me sentais de meilleure humeur, je leur ferais savoir ma présence.

Ou peut-être que j'explorerais un peu les alentours avant. J'apprendrais les règles et les lois de cet endroit. Je déciderais si je désirais rester.

Et je chercherais la magie perdue de mon obsidienne en même temps.

Oui.

Un plan solide.

— Profitez de votre nuit, leur dis-je en évoquant une dernière vague énorme.

C'était censé être plus une distraction qu'une riposte mais la lune ressentit mon mécontentement et réagit en conséquence.

Ainsi, la vague ressemblait davantage à un tsunami.

Elle ne ferait aucune victime. Néanmoins, elle enverrait assurément un message.

Une déesse se trouve parmi vous. Faites preuve de respect. Et peut-être, si elle apprécie ce royaume, choisira-t-elle de rester.

Je souris. *L'heure est à l'exploration.*

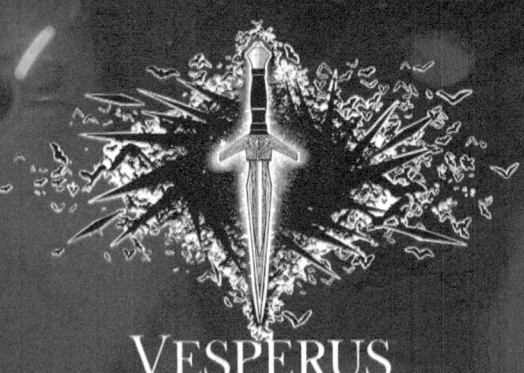

VESPERUS

La Maison de la mort et du diamant.

Un nom approprié, vu mon humeur actuelle.

J'avais reçu tellement de putains d'e-mails.

Et la paperasse… Bordel, je me noyais dedans.

Signez. Approuvez. Passez ces documents en revue.

J'avais envie de me taper la tête contre ce fichu bureau. Cela faisait partie des devoirs de roi que je détestais fortement.

C'était également quelque chose que je faisais rarement, en tant que roi de la Maison d'or et de grenat. La plupart des papiers que je signais étaient des arrêts de mort ou bien des ordres d'exécution. Nous étions une Maison de mercenaires qui considéraient le sang comme une monnaie.

Hélas, la formation d'une nouvelle Maison au sein de mon territoire exigeait que je m'occupe de tout un tas de paperasses administratives bien différentes.

Surtout quand mes électeurs durent décider s'ils voulaient déménager à l'intérieur des nouvelles lignes de démarcation ou changer d'allégeance.

La majorité avait opté pour la première option, ils

déménagèrent en Scandinavie et m'envoyèrent leur facture.

Une poignée, en revanche, avait choisi de changer de Maison. Leur penchant notoire pour la mort attira leur intérêt sur la nouvelle institution, en particulier parce qu'elle était composée d'une toute nouvelle espèce surnaturelle : les spectres. Ils étaient similaires aux fantômes, capables de passer d'état corporel à céleste.

Je me serais senti un peu froissé par ce choix, si deux spectres n'avaient pas choisi de rejoindre la Maison d'or et de grenat. J'avais très hâte de faire leur connaissance.

Une fois que je me serais dépêtré de cet enfer administratif.

— Tu râles encore, dit Cara en posant un café avec un soupçon de sang sur mon bureau.

Je grognai et bus une gorgée de ce rafraîchissement dont j'avais bien besoin.

Le liquide chaud avait un goût absolument paradisiaque sur ma langue.

— A positif, murmurai-je, ravi de ce cadeau. Merci.

Cara me fit un clin d'œil et s'installa sur le canapé à côté de Larus. Celui-ci lui lança un regard assassin et demanda :

— Où est mon café ?

— Toujours en préparation, je suppose, répliqua-t-elle d'une voix pulpeuse en battant ses longs cils blonds.

— Hmm, peut-être que je devrais être jaloux alors.

Ses yeux d'un bleu métallique luisaient d'un feu familier.

Cara sourit.

— Peut-être que c'est le but.

— Tu t'ennuies, chérie ? questionna-t-il, ses longs cheveux bruns valsant de magie de faë. Tu as besoin qu'on te rappelle à qui tu appartiens ?

— Mmm, j'aime bien tes rappels, murmura-t-elle.

Ces deux faës étaient aussi affreuses que des vampires, et n'avaient de cesse de se provoquer l'une l'autre sexuellement. Elles étaient également connues pour aimer faire ça en public.

Je m'éclaircis la gorge.

— Cette paperasse est déjà assez soûlante sans que vous ne veniez en rajouter avec cette tension sexuelle dans mon bureau. Si vous ne comptez pas m'aider, alors dégagez.

— Quel ronchon, taquina Cara.

— Il préfère jouer avec des couteaux qu'avec des stylos, répliqua Larus. Mais en tant que roi de l'or et du grenat, il doit s'occuper personnellement de tous ces soucis ou il risquerait une discorde dans la Maison.

— Comme tu dis, marmonnai-je.

Larus me servait souvent de chargé de communication pour les affaires politiques, son talent pour apaiser poliment les autres était bien meilleur que le mien. Mais en tant que chef de la Maison, j'avais une image à conserver. Il m'y aidait en me conseillant sur ma façon de réagir devant toutes les situations auxquelles je devais faire face.

Comme maintenant avec toutes ces demandes.

— Ça aura plus de sens si ça vient de toi, avait-il dit lorsque les sollicitations avaient commencé à pleuvoir. Notre peuple a besoin de savoir que ça te tient à cœur.

C'était le cas. Je me souciais d'eux plus qu'ils ne pourraient comprendre. Je préférais simplement le montrer à travers des mesures de protection, et non des mesures politiquement correctes.

Ce n'était pas un problème de pouvoir, bien que j'apprécie les avantages d'être roi. Mais c'était plus un devoir pour moi. J'étais le plus puissant sur nos terres. Donc, je dirigeais. Si un individu plus puissant que moi pointait le bout de son nez, j'envisagerais de renoncer à ce rôle.

Malheureusement, le seul presque aussi fort que moi n'avait aucun désir de gouverner.

Kaspian, mon bras droit, préférait de loin tirer les ficelles dans l'ombre. Il cachait sa puissance derrière un air ennuyeux, choisissant de suivre mes ordres plutôt que d'en donner lui-même. Cependant, quand c'était nécessaire, il intervenait. C'était cela, en fin de compte, qui le poussait finalement à jouer un rôle de dirigeant.

— Tiens.

Cara pointa son menton d'elfe vers la table basse devant eux et un muffin apparut.

— Pépites de café et un peu de pépites de chocolat.

Certaines faës savaient faire apparaître des armes. Celle-ci savait faire apparaître des pâtisseries. Pas vraiment une mercenaire utile en apparence mais cela ne réduisait en rien sa nature létale. Cela la rendait simplement encore plus meurtrière.

Une vraie veuve noire : douce à l'extérieur et absolument mortelle à l'intérieur.

Larus sourit.

— Une femme qui cherche à atteindre mon cœur.

— Non. Ça, je l'ai déjà.

Ses paroles pleines d'assurance firent siffler d'approbation l'homme à côté d'elle. Le duo se partageait le rôle d'adjoints, le puissant couple de faës était mes deux meilleurs tireurs d'élite.

Seul mon bras droit pouvait les battre.

Mon talent pour les armes à feu faisait grise mine par rapport à ces trois-là, principalement parce que je préférais une bonne vieille épée. Le lancer de couteaux me convenait également.

Ou simplement mes crocs.

Cependant, j'étais emprisonné dans mon bureau pour une durée indéterminée.

J'ai besoin d'une bonne baise. Ou d'un combat.

J'allais devoir m'organiser quelque chose pour plus tard. Ou peut-être les deux. Peut-être que Jira serait partante pour s'amuser. Elle faisait toujours des trucs…

Une pile de papiers sur mon bureau tomba par terre quand mon second apparut à mes côtés, sa vitesse vampirique rivalisant avec la mienne.

Je posai mon café et le fusillai du regard.

— Tu sais combien de temps ça m'a pris de les classer ?

Kaspian contempla le bazar, puis posa son téléphone sur le bureau.

— Slater vient d'appeler.

Cette réponse n'avait rien d'un regret. Cependant, ces trois mots faisaient figure d'excuse.

Car Slater n'avait qu'une seule raison pour appeler mon bras droit.

Je braquai les yeux sur Kaspian.

— Il l'a trouvée ?

Je parlais de l'entité magique inconnue qui provoquait des problèmes dans tout ce fichu pays.

La Maison d'or et de grenat avait pris la responsabilité de la traquer il y a presque trois mois et, pour le moment, tous mes mercenaires avaient échoué, en dépit de la jolie prime qu'on avait mise sur la tête de l'entité inconnue.

J'avais fini par demander à Slater, mon meilleur pisteur, de s'en charger dans l'espoir d'en finir. Car, quelle que soit la nature de cette créature, elle causait des problèmes. Toute notre espèce vampirique sentait la présence du pouvoir indésirable et beaucoup d'autres êtres surnaturels l'avaient ressentie également.

Ce qui avait abouti à une ribambelle de messages et

d'appels téléphoniques auxquels je préférais ne pas répondre.

— Oui. Dans un pub, répondit Kaspian, ses iris sombres rayonnant d'une excitation sauvage. En Irlande.

— Un pub ? Slater en est sûr ?

— Il n'y est pas encore entré mais il dit que la magie qu'il traquait menait à ce lieu.

Kaspian afficha un vieux pub de Dublin sur l'écran.

— Nous avons encore de nombreux hommes en Irlande. Je propose qu'on en appelle quelques-uns et qu'on mette un terme à ce jeu du chat et de la souris.

Je hochai la tête.

— J'approuve.

J'en avais tellement marre de ce bazar.

— Appelle Klas. Il a hâte de prouver sa valeur. Mais appelle Nolan aussi. S'ils n'arrivent pas à capturer cet être vivant, ils ont la permission de le tuer.

Vu comme cette créature avait été insaisissable, je ne serais pas surpris que la situation se termine par un meurtre.

Quoi qu'il en soit, supprimer cette entité serait un poids en moins sur mes épaules.

J'avais promis de m'en occuper des mois auparavant et, eh bien, ce n'était pas arrivé. Chose que Volker et Elias m'avaient rappelé à plus d'une occasion. Les deux monarques avaient senti l'arrivée de l'entité et les perturbations magiques qui en avaient découlé. J'avais proposé que ma Maison s'en occupe. Cela avait été une décision appropriée puisque j'avais toutes les ressources nécessaires pour pister et supprimer l'être clandestin.

Sauf qu'il continuait à s'échapper.

En outre, personne ne pouvait me le décrire. Homme ? Femme ? Vampire ? Sorcière ? Dieu ? Rien. Car le peu de mes sujets qui l'avait vu avait parlé d'une ombre.

Putain de patrouille de frontière inutile. Ce n'étaient pas des membres de *ma* Maison mais de celle de l'esprit et du saphir. Odin et Lady Gabriella avaient minimisé leur échec, comme s'il n'avait eu aucune importance.

— Quoi que ce soit, l'entité s'est échappée, avait dit Lady Gabriella d'un ton tout à fait las. Mais vous avez bien les ressources pour le trouver, non ? C'est à cela que sert votre Maison, n'est-ce pas ?

Ses paroles avaient été moqueuses et n'avaient pas manqué de susciter mon intérêt. Je m'étais alors lancé un défi, déclinant toute responsabilité pour les conneries de la patrouille lors de l'opération initiale.

— Oh et assurez-vous de tenir Sky Serpell informé, avait-elle ajouté, mentionnant l'un des membres de l'élite de l'esprit et du saphir. Nous attendrons votre rapport une fois que vous aurez arrêté l'entité.

Simples jeux politiques.

Ils s'étaient intensifiés au fil des ans, malgré l'atmosphère de paix que les Maisons s'efforçaient d'entretenir.

Le Grand Sacrifice, il y a vingt-quatre ans, n'avait fait que mettre fin à une guerre physique. La guerre psychologique avait continué, tous les dirigeants sur l'échiquier déplaçaient leurs pions pour renforcer leurs territoires et leur pouvoir.

Je détestais tout ça.

Hélas, j'étais plutôt doué aux échecs. Alors je continuais à jouer. Et à gagner également.

Cependant, si un tel manque de contrôle à une frontière était arrivé sur mon territoire, on s'en serait occupé rapidement. La Maison d'or et de grenat ne laissait pas passer les intrus.

Même si, apparemment, cette fameuse entité avait

décidé de prendre des vacances sur mes anciens rivages à Dublin.

J'aurais besoin d'avoir une conversation avec Kieran et Sabrina, les nouveaux monarques de la mort et du diamant, au sujet du renforcement de la sécurité le long du périmètre. Bon, techniquement, Sabrina était la reine et Kieran son roi consort, mais ils gouvernaient autant l'un que l'autre.

— C'est comme si c'était fait, dit Kaspian, le téléphone à la main pour obéir à mes ordres et contacter Klas et Nolan. Je dirai à Slater de rester en position jusqu'à leur arrivée.

Il s'avança vers la porte, les yeux rivés sur son écran.

— Je te tiendrai au courant quand j'en saurai plus.

— Je serai là, déclarai-je, incapable de cacher ma déception.

Je préférerais largement être à la place de Slater en cet instant, sur le terrain, à pister une essence magique, et je le ferais probablement si je n'avais pas une montagne de requêtes auxquelles répondre.

Putain de Kieran et sa nouvelle Maison, pensai-je en ramassant les papiers que Kaspian avait fait tomber.

Ce n'était techniquement pas la faute de Kieran, ni même de sa nouvelle partenaire. J'avais voté en faveur de la création de sa Maison, en grande partie pour payer une vieille dette. Du moins, c'était l'excuse que j'avais sortie.

Ce que je n'avouerais jamais à personne, à part à Kaspian et aux deux faës dans cette pièce, c'est que j'avais reconnu la difficulté d'entretenir toutes nos îles et nos terres.

La Maison d'or et de grenat possédait toute l'ancienne Scandinavie, en plus de l'Islande – notre capitale et mon lieu de résidence –, du Royaume-Uni et de l'Irlande. Nos terres étaient bien trop vastes, alors que la majorité de mon peuple était des chasseurs de primes qui acceptaient des contrats dans le monde entier. Je ne souhaitais pas réprimer leurs désirs en forçant la moitié d'entre eux à rester à la Maison et à garder nos frontières.

Par conséquent, abandonner les îles serait bénéfique sur le long terme.

Mais pour le moment, ça craignait.

Je m'emparai de ma tasse et repris le travail, me perdant dans les requêtes futiles s'étalant sous mes yeux.

C'était le genre de choses que j'avais envie de déléguer mais Larus avait raison. Mon peuple avait besoin que je m'occupe de ses requêtes personnellement.

Si, par le passé, il avait été facile de se faire passer pour moi en utilisant mon adresse e-mail, la façon dont la magie fonctionnait pour alimenter la technologie dans notre monde actuel rendait ma participation obligatoire. Ils seraient capables de sentir l'énergie restante dans le message, qui servait de signature, une signature que personne ne pouvait copier.

En conséquence, je devais répondre.

À *chaque* message.

Au lieu de me plaindre à nouveau, je m'attelai à la tâche et me concentrai sur la myriade de demandes que j'avais sous les yeux. J'en avais envoyé quelques-unes à Kieran. Soit il s'en occuperait, soit il les laisserait à Sabrina. Si je connaissais mieux la baronne des spectres – un titre qu'elle préférait à celui de reine –, je lui en aurais envoyé. Mais c'était envers Kieran que j'avais une dette, c'était donc un destinataire plus évident.

Larus et Cara travaillaient silencieusement avec moi, chacun prenant la responsabilité d'envoyer des fonds pour les déménagements de nos sujets tandis que j'approuvais les requêtes.

Nous fîmes quelques pauses pour discuter de certaines mais la plupart furent conclues rapidement.

Nous passâmes la majorité de la nuit dessus, la lune était toujours suspendue dans le ciel lorsque nous terminâmes. Bien sûr, on était en décembre en Islande, donc le soleil se montrait rarement à cette époque de l'année.

Je levai les bras, étirant mes muscles raidis. Je me levai, prêt à rentrer, quand Kaspian débarqua.

Son expression lugubre m'indiqua que je n'allais pas aimer son rapport.

— Klas est mort, déclara-t-il sans perdre de temps.

Mes sourcils se haussèrent et mon corps entier vibra de surprise.

— *Quoi ?*

Klas était un vampire. Pour le tuer, il fallait soit le décapiter ou bien l'emmener au bûcher.

— Comment ?

Kaspian secoua la tête.

— Je ne sais pas encore. Nolan et Slater sont tous les deux inconscients mais on m'a dit qu'ils allaient se remettre. Kieran a envoyé une sorcière pour les aider dans le processus.

J'expirai.

— Putain.

Klas est mort ?

C'était un assassin pas très futé mais il était doué.

Nolan était l'un des meilleurs, ceux qui étaient dans cette pièce étaient les seuls à le surpasser.

Sans oublier les talents de Slater, non seulement pour examiner une pièce sous toutes ses coutures, à la recherche du moindre indice, mais aussi l'analyser. Il était capable de sentir une menace à un kilomètre. Et il savait comment les éviter.

Si cette chose était parvenue à attirer tous mes hommes dans un piège, alors il était clair qu'elle était beaucoup plus puissante que nous le pensions.

Pour l'instant, elle n'avait pas provoqué de violentes perturbations, juste quelques bouleversements magiques. Voilà pourquoi nous voulions supprimer l'entité.

À présent, j'avais encore plus de motivations pour le faire.

Elle a tué l'un de mes hommes.

Bons dieux. J'allais devoir reprendre l'avion, j'avais espéré éviter cela quelques semaines. Je venais tout juste de revenir d'Écosse il y a quelques jours, après m'être rendu à la cérémonie d'accouplement de Sabrina et Kieran.

— Ils sont furieux ? m'enquis-je en parlant des nouveaux propriétaires de l'Irlande.

— Étant donné la situation, pas trop, répondit Kaspian. Heureusement que j'ai prévenu Kieran avant d'effectuer la mission.

Je hochai la tête.

— Merci.

La dernière chose que je voulais, c'était énerver la nouvelle baronne et son baron de la mort et du diamant.

— Je le contacterai dans l'avion.

— Tu pars pour l'Irlande ? demanda Cara.

Je croisai ses iris vert pâle.

— Cette chose se promène dans notre monde depuis trois mois. J'en ai fini de jouer avec elle.

Elle venait de tuer l'un de mes mercenaires, après avoir réussi à esquiver mes chasseurs durant des mois.

Et elle avait envoyé au tapis Slater et Nolan, deux membres de la Maison des plus doués.

Cet être puissant était visiblement une menace plus grande que ce que nous avions cru au début. Il était évident qu'il attendait le bon moment. Et qui sait ce qu'il avait prévu de faire ensuite ?

Une chose était cependant certaine : je ne sacrifierais plus aucun de mes hommes pour cette cause.

Toute la paperasse allait devoir attendre parce qu'il était temps que cette entité rencontre le roi de la Maison d'or et de grenat.

Et qu'elle meure.

NYX

Je tirai sur ma robe en lambeaux en grimaçant.

J'étais en train d'explorer le bar magique, à la recherche de mon médaillon, et, la minute d'après, je m'étais réveillée recouverte de poussière et enterrée sous des briques.

J'avais dû me débrouiller avec le peu que j'avais mais j'étais parvenue à rassembler assez d'énergie pour me sortir de sous les décombres. Je m'étais ensuite rendu compte que d'autres personnes s'étaient retrouvées piégées dans l'explosion. Au lieu de les laisser, j'avais aidé à les déterrer.

Malheureusement, deux d'entre elles s'étaient retrouvées trop proches du cœur de l'explosion. J'avais essayé de les réanimer mais en vain.

Les autres survivraient cependant.

Une fois qu'ils se seraient réveillés.

Les lèvres tordues sur le côté, j'essayai de trouver la source de l'explosion magique. J'avais suivi un filament de pouvoir jusqu'ici, espérant qu'il me mènerait à mon médaillon perdu, mais je ne sentais plus sa trace ni la source d'énergie que j'avais traquée.

Astre, jurai-je en soufflant. J'avais beau aimer ce joli royaume coloré, j'avais vraiment envie d'avoir une porte de sortie, juste au cas où je décidais de partir.

Bien que j'apprécie les sensations magiques qui réchauffaient l'air, je n'aimais pas trop la tension sous-jacente provenant de certaines régions. Surtout la zone connue sous le nom de Maison du feu et de la fluorite, un nom que j'avais entendu durant mon excursion.

Dans ce royaume, les noms habituels des pays semblaient avoir été remplacés par des affiliations à certaines « Maisons ». Une façon unique de gouverner le monde mais, bien sûr, tout dans cette réalité était unique.

Dans divers lieux se trouvaient également des portails qui menaient à des endroits spécifiques. J'avais envisagé d'en franchir un, juste pour voir où il me mènerait, mais les portes magiques étaient bien gardées et je n'étais pas tout à fait prête à faire connaître ma présence.

Pas après l'accueil chaleureux que j'avais reçu en tout cas. J'étais restée dans mon coin depuis, essayant d'apprendre les lois qui régissaient cette terre. Cependant, certains habitants étaient franchement grossiers.

On m'avait insultée, tout ça parce j'étais « sans Maison ». C'est ainsi que j'avais appris pour leurs différentes régions et leur hiérarchie. Apparemment, il était mal vu de ne pas rejoindre une Maison. Elles offraient une protection à ceux qui vivaient au sein du territoire.

Toutefois, je n'avais pas besoin de protection, j'avais essayé de l'expliquer maintes fois. Or, les êtres qui m'avaient approchée avaient davantage pris mes paroles pour une contestation plutôt qu'un fait et j'avais été forcée de me défendre.

Peut-être que si je trouvais une Maison qui me plaisait, j'envisagerais de la rejoindre.

Hélas, je n'avais pas encore été très impressionnée.

La Maison de l'esprit et du saphir était celle qui m'avait attaquée à mon arrivée, alors non merci. Je ne resterais pas avec eux.

D'autre part, un imposteur se cachait parmi eux, se faisant appeler Odin. Comme je connaissais le *vrai* Odin, je n'avais pas le désir de rencontrer son faux clone.

La Maison du feu et de la fluorite était composée d'une élite malhonnête qui n'avait de cesse d'usurper l'identité des uns et des autres de ses membres. Pas intéressée.

La Maison de l'air et de l'améthyste venait de subir une révolte politique à laquelle je ne souhaitais pas prendre part, malgré le fait que leur roi soit un spectre du clair de lune.

La Maison de la mer et de la serpentine résidait essentiellement dans l'eau et je préférais la terre.

La Maison du sang et du béryl m'avait intriguée avec son roi vampire et sa reine mi-louve mi-vampire, mais sa proximité avec celle du feu et de la fluorite me gênait.

D'autre part, la possibilité de croiser un vampire m'avait poussée à éviter la Maison de la terre et de l'émeraude pour atterrir directement ici, afin d'enquêter sur la Maison d'or et de grenat.

Sauf que, visiblement, cette zone venait tout juste d'être revendiquée par une nouvelle Maison, celle de la mort et du diamant. D'après ce que je comprenais, cela avait été fait à l'amiable.

Un roi vampire avec un penchant pour la diplomatie ? avais-je pensé. *Hmm.*

J'avais alors senti une vague familière de magie et je m'étais précipitée ici.

Puis le bâtiment entier avait explosé.

Ce cache-cache commence à devenir ennuyeux, pensai-je devant l'enchantement errant dans les parages. *Peut-être que j'irai simplement au portail le plus proche et que j'apprendrai à manipuler cette magie à la place.*

Ce ne serait pas trop compliqué. J'aurais juste à contourner les gardes, ce que je pouvais faire avec deux-trois ombres bien placées.

Mais d'abord, j'avais vraiment besoin de mettre une robe plus appropriée.

Au lieu de me fondre dans l'ombre, je déambulai à la recherche d'un magasin ouvert. Cependant, à cette heure tardive, ils étaient tous fermés. Non pas que j'avais quoi que ce soit pour servir de monnaie d'échange. Les êtres de ce royaume utilisaient d'étranges choses comme le sang et la salive au lieu de l'argent.

En soupirant, je décidai de me téléporter dans l'un des magasins non loin pour faire des emplettes après la fermeture.

Je laisserais de la poussière d'étoiles derrière moi pour aider à augmenter les ventes du commerçant. Ce serait comme un coup de chance qu'il ou elle ne pourrait expliquer. Cela devrait compenser d'avoir volé un vêtement sur les étagères.

Dans d'autres royaumes, ce serait un honneur qu'une déesse entre dans une boutique.

Mais pas dans ce monde. Pas quand l'énergie surnaturelle était utilisée si ouvertement.

Il restait en vérité très peu d'humains, étant donné que la magie avait infecté la majorité d'entre eux. Les humains restants avaient tous été réduits en esclavage, inférieurs aux êtres surnaturels dans tous les domaines. Certains traitaient bien leurs mortels. D'autres non.

Je fredonnais en effleurant les divers tissus, à la

recherche de la bonne texture. Pas trop lourde. Pas trop légère. Quelque chose d'élastique.

Ça, décidai-je en sortant une belle robe noire, sans manches avec de fines bretelles et fendue au niveau de la cuisse. *Parfait.*

J'attrapai un sac au niveau de ce que je supposais être la caisse.

— Merci de votre accueil, dis-je au magasin en laissant une pincée de poussière d'étoiles derrière moi pour une prospérité fortuite.

Je m'entourai ensuite d'ombres pour me téléporter dans un hôtel à proximité.

Il me fallut trois essais pour trouver une chambre libre mais, une fois que ce fut fait, j'ôtai mes vêtements et me lavai. Il y avait du shampoing gratuit, tout comme dans l'hôtel précédent.

Du moins, je supposais que c'étaient des hôtels.

Cela aurait pu être des appartements lambdas.

Toutefois, cet endroit ressemblait à un hôtel, avec sa décoration simple et ses draps propres.

Quoi qu'il en soit, je me sentis presque à nouveau immortelle une fois tout cela terminé. Mais pas totalement.

J'ai juste besoin de faire une petite sieste, puis je continuerai mon voyage. La magie de l'explosion et le nettoyage juste après m'avaient un peu épuisée.

Je pendis ma nouvelle robe dans l'armoire, enfilai un peignoir douillet – *merci l'hôtel* – et m'étendis sur le lit.

Il est l'heure de dormir avec la lune, pensai-je d'un air songeur alors que ma puissance nocturne diminuait au fur et à mesure que le soleil s'élevait dans le ciel. *À dans quelques heures.*

———

Une vague de pouvoir me tira de mon sommeil, j'ouvris les yeux et étudiai la pièce inconnue.

Fenêtre. Lumière. Armoire. Robe. Je clignai des yeux. *Chambre d'hôtel.*

La main sur la tête, je restituai les événements d'il y a plusieurs heures dans une secousse d'énergie, l'explosion faisant vibrer ma vision. Ce n'était pas ma version d'une nuit idéale.

De plus, je n'avais toujours pas retrouvé le médaillon, ou l'objet que l'enchantement avait choisi d'intégrer dans ce royaume.

Je te trouverai, promis-je.

Une énergie chatoyante répondit, comme si la magie se moquait de moi, sauf qu'elle ne se dissipa pas. Elle demeura. Les lèvres recourbées vers le bas, je levai la main vers la substance palpitante.

Ce n'est pas une réponse, pris-je conscience. *C'est le pouvoir qui m'a réveillée.*

Je me redressai lentement dans le lit, concentrée sur la séduisante signature d'énergie. *À qui peux-tu appartenir ?* demandai-je en sortant de sous la couette.

L'essence magique semblait embrasser ma joue, m'attirer. *Un instant, s'il te plaît*, murmurai-je. *Je dois me préparer pour aller dehors.*

Je trouvai des produits dans la salle de bain, y compris une brosse à cheveux. Il me fallut quelques minutes pour dompter ma longue chevelure sombre mais je parvins à défaire les nœuds. J'utilisai ensuite un peu de poussière d'étoiles pour tresser des feuilles d'or dans mes cheveux, ma couronne nocturne.

Puis je mis la robe, le tissu effleurant le sol près de mes pieds nus. Je tournoyai devant le miroir, j'aimais la façon dont le tissu noir d'obsidienne tombait sensuellement sur mes courbes.

Très bon choix.

La robe exposait mon décolleté, laissant mon collier en or briller. Je murmurai un enchantement pour me fabriquer des manchettes dorées, un croissant de lune décorait le métal et indiquait mon identité.

D'un hochement de tête, je trouvai mes sandales plates et attachai les nœuds dorés sur mes chevilles. Puis je souris devant l'énergie virevoltante dans l'air. Elle n'était pas exactement visible, c'était plus une promesse qui s'attardait, hors de portée. Un complément à ma magie lunaire, du moins c'était ainsi que je choisissais de l'interpréter.

— Amène-moi à ton propriétaire, dis-je, curieuse de rencontrer celui qui possédait une aura aussi attirante.

Il ou elle était indéniablement puissant. Sombre. Potentiellement dangereux.

J'étais très intriguée.

La lueur intangible me conduisit au bout du couloir et à l'extérieur, dans la rue chaudement éclairée. Mes sens appréciaient grandement le ciel couvert, car la lumière vive diminuait sévèrement ma vision.

Je préférais grandement la nuit.

Néanmoins, je pourrais vivre dans cet endroit, avec ses rues pavées et sa belle architecture. J'avais toujours aimé l'Irlande cependant, dans tous les royaumes que j'avais visités. Les humains d'ici comprenaient souvent les événements surnaturels, étrangement. Je supposais que les faës en étaient responsables.

Le fragment de magie qui dansait me mena dans une rue, puis une autre, la présence s'intensifiant à chaque pas. Mon ventre bondit d'excitation, mon cœur manqua un battement, impatient de rencontrer quelqu'un de si talentueux.

Un autre dieu ou une autre déesse peut-être ?

Qui que ce soit, il ou elle était en possession d'une magie antique. Je le sentais sur ma langue, la saveur décadente me donnait envie d'en goûter plus.

Je n'avais jamais ressenti ce genre d'attirance auparavant, ce besoin intrinsèque de connaître l'entité derrière le pouvoir. Je me sentais jeune, innocente, aux expériences limitées.

Les nouvelles sensations étaient rares. Je fus tout à coup enthousiasmée par le potentiel de ce qui se trouvait à l'autre bout de ce fil magique.

Qui es-tu ?

Qu'es-tu ?

Pourquoi suis-je si attirée par toi ?

La magie semblait tournoyer d'excitation, le fil invisible embrassait mes sens, je le sentais plus que je le voyais. *Par là, par ici, par là,* semblait-elle dire en me guidant vers le bar dans lequel j'étais allée la veille.

Je fronçai les sourcils mais continuai ma route, curieuse de ce choix d'emplacement.

Ton propriétaire est-il là pour enquêter ?

Est-ce un leurre pour attirer des témoins ?

Peut-être qu'on avait jeté un sort pour attirer ceux qui étaient venus au bar hier soir.

Ça ne me gênait pas de parler de ce que j'avais vu.

Cependant, j'étais bien plus intéressée par l'individu qui possédait cette aura séduisante.

Si sucrée et attrayante, comme un dessert déliquescent. *Mmm.* J'inspirai, mon sang s'échauffa à l'idée de succomber à cette immense envie.

C'était comme si cet appel enchanté touchait mon âme même, faisant rugir mon cœur : *à moi, à moi, à moi.*

Je n'avais jamais rien ressenti de tel.

La magie effectua une autre courbe avant de dessiner une flèche invisible dans les airs, pointant directement sur un homme puissant qui se tenait près des débris de l'explosion de la veille.

Les bras ballants, sa posture décontractée et assurée semblait indiquer qu'il n'avait peur de rien. Avec toute cette énergie magnétique autour de lui, je comprenais pourquoi.

Peu importait que la rue soit bondée d'êtres surnaturels, l'aura de cet homme se démarquait du reste.

Un meneur.

Un puissant personnage.

Un vampire sexy aux traits bénis par les dieux de ce royaume, songeai-je en me tapissant dans l'ombre pour mieux observer ma proie.

Une grande taille, des cuisses fines, un dos musclé, de larges épaules ; j'aimerais bien enfoncer mes ongles dans ces dernières.

Ses sombres cheveux épais et ébouriffés me donnaient envie de les toucher, les caresser et les *empoigner*.

Un être avec autant de pouvoir serait assurément amusant au lit.

Peut-être que je m'attarderais un peu avec lui avant de continuer mes recherches sur mon médaillon.

Oh oui, cet homme valait vraiment la peine d'être pourchassé.

Une pensée qui se renforça lorsqu'il se tourna enfin.

Son visage ressemblait à celui d'un dieu déchu, respirant le péché, les traits anguleux. Il avait des pommettes saillantes, une mâchoire ciselée et de cruels yeux argentés.

Ces iris étaient braqués sur moi, il voyait à travers mon essence obscure et me tirait de ma cachette ridicule.

Le pouvoir distingue le pouvoir, pensai-je en m'avançant, aussi confiante que lui.

Je n'avais peur de personne ici, pas même de lui et de son aura fougueuse pleine d'énergie séduisante.

J'avais envie de le goûter, pas de le combattre.

De me faufiler au lit avec lui. De jouer avec lui. De le marquer. De le *mordre*.

Il haussa un sourcil sombre, ses beaux traits virèrent à l'arrogance et me donnèrent chaud.

Quel être divin, pensai-je en l'évaluant à nouveau. *Eh bien, peut-être apprécieras-tu plus ma présence que les autres de ton royaume.*

Il n'avait pas encore essayé de me tirer dessus, je pris ça pour un bon signe alors que je m'arrêtais à seulement quelques mètres de lui.

Cet être me donnerait peut-être enfin une seconde pour que je me présente, avant d'essayer de me maîtriser.

— Bonjour, le saluai-je.

Je m'arrêtai pour voir ce qu'il allait me répondre.

Il ne fit qu'arquer davantage un sourcil.

Délicieux, pensai-je en salivant presque devant cette assurance qu'il exhibait.

Je souris, parce qu'il semblait l'avoir mérité avec cette démonstration silencieuse de force.

Mais bientôt, il s'agenouillerait.

Ils le faisaient tous.

— Je suis Nyx, me présentai-je.

J'attendis un signe de reconnaissance.

Rien.

Vu comme la magie fonctionnait dans ce royaume, je n'en étais pas très surprise. Cette réalité ne semblait pas accorder de l'importance à la mythologie, contrairement à d'autres.

— Je suis la déesse de la nuit. Ou la maîtresse de la lune, comme disent certains.

Ce sourcil resta en place, son regard m'évaluait d'une manière similaire à mon analyse sans vergogne.

À l'exception qu'il ne parlait toujours pas.

Il se contentait de me fixer.

Toutefois, l'énergie autour de lui vibrait, m'accueillant. Le pouvoir séduisait mon cœur et comprimait ma poitrine.

Lèche, chuchotait ma poitrine. *Goûte-le.*

Je fis un autre pas en avant, me sentant attirée par lui presque comme par enchantement.

Il semblait tout aussi captivé, son regard croisant le mien et me retenant captive.

— Ta magie est à couper le souffle, avouai-je.

Je savais ce qu'il était par sa présence, son âme de vampire parlait intimement à la mienne. Mais quelque chose chez lui allait bien plus loin qu'un simple être surnaturel.

J'avais envie de connaître cet être important, le toucher, l'embrasser, le cajoler, me délecter de sa puissance. Tout ce qu'il désirait.

Juste quelque temps.

Puis je reprendrais la traque de ma magie perdue.

Ou peut-être que le médaillon finirait simplement par réapparaître.

Les enchantements étaient lunatiques, ils choisissaient toujours leur propre voie et changeaient quand ils le voulaient.

Cependant, cet homme respirait d'un pouvoir qu'il semblait contrôler. Pas de filaments errants. Rien que celui qu'il m'avait forcé à suivre, celui que je sentais se glisser en moi pour atteindre mon âme.

Cette magie était magnifique.

Hypnotique.

Je soupirai en présence de ce grand homme.

Il n'avait toujours pas parlé mais une minute seulement s'était écoulée depuis que je m'étais approchée.

Le silence pouvait paraître impoli mais son absence de

réponse semblait seulement méditative, comme s'il cherchait ses mots.

Ce n'était pas grave. J'attendrais qu'il parle et j'admirerais son physique en attendant.

Si solide et ferme.

Un homme de valeur, sans aucun doute.

À moi, continuait à tonner mon cœur.

Toucher, m'encourageaient mes doigts.

Goûter, murmurait ma bouche.

Je déglutis, cette nouvelle attirance m'étourdissait un peu. *Est-ce un enchantement ? Un sortilège sexuel ? Ou simplement une réaction à son intensité ?*

Mon regard croisa à nouveau le sien, ma gorge sèche.

— Qui es-tu ?

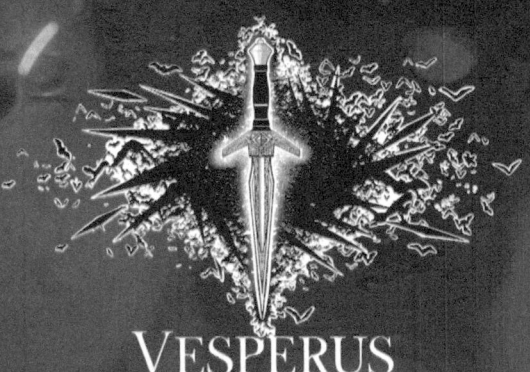

VESPERUS

Voilà quelle était l'entité responsable de l'explosion du bar. L'être qui avait pénétré illégalement notre royaume. La prime que mes hommes cherchaient depuis tous ces mois.

L'immortelle que j'avais prévu de traquer et de massacrer pour venger le décès prématuré de Klas.

Une déesse.

Oui, c'est ce que je croyais. Avec ses iris d'un doré hypnotique, ses épais cils bruns, son menton bien dessiné et ses lèvres pleines qui appelaient au péché. Elle en avait physiquement tout l'air.

Mais sa puissance prouvait également sa culpabilité.

Elle émanait d'elle en vagues palpables, faisant onduler ses longs cheveux noirs à chaque mouvement. Même sa robe, qui était plus appropriée pour une plage grecque qu'un hiver irlandais, semblait empreinte de sa propre énergie.

Céleste était l'adjectif qui décrivait sa présence physique. *Ravissante* également.

De plus, elle me regardait comme si elle avait envie de me dévorer.

Pas d'une façon meurtrière mais sensuelle.

Ma poitrine comprimée me criait également de la laisser faire ce qu'elle me voulait.

Car cette femme, cet être que j'avais prévu de tuer il y a seulement quelques heures, *m'appartenait*.

Ma destinée.

Mon avenir.

J'avais senti sa présence comme un poignard transperçant mon cœur. Son énergie avait réchauffé l'air, insistant pour que je me tourne vers elle et que je la *revendique*.

Seulement, elle était arrivée entourée d'ombres, se cachant de tout le monde dans la rue sauf moi.

Un regard de ma part et elle avait fait disparaître sa cape magique, me permettant de la voir réellement.

Et, bon sang, comme j'aimais ce que je voyais. Au point que je n'avais même pas réagi à son approche.

Je m'étais contenté de rester là, tel un idiot transi d'amour, laissant cette magie ancienne s'emparer de moi et me réclamer d'accepter mon destin.

Ça ne me ressemble pas, pensai-je, toujours interdit face à la présence féminine.

— *Qui es-tu ?* avait-elle demandé.

Je me retrouvai à me poser la même question.

Parce que je ne me sentais pas comme un vieux vampire en cet instant, ni un puissant roi.

Juste un homme fasciné par une femme. *Ma femme*.

Je pouvais sentir l'attraction s'enrouler autour de mon cœur et rediriger tous mes instincts vers un besoin primaire de la posséder, de la toucher, de la *mordre*.

Pas de la tuer, la capturer ou la punir.

Mais la *baiser*.

Cette sensation m'étourdissait, me frappait en plein cœur, me *coupait le souffle*.

Tout à coup, le son d'une lame s'agitant dans les airs interrompit le moment et me ramena à la réalité.

Ma main s'avança brusquement pour saisir le poignard qui visait la tête de ma destinée. Cette dernière écarquilla les yeux, riva son attention sur ma paume et la lame mortelle plantée dans ma peau. Je l'avais attrapée par le bout pointu.

Au lieu de la ranger, je la laissai tomber et me tournai dans la direction d'où était venu le couteau.

Kaspian. Je râlai.

— Elle est en train de t'ensorceler, m'avertit-il, un autre couteau déjà à la main. C'est une sorte d'hybride entre une déesse et une sorcière.

Nyx émit un son de protestation, suggérant que sa terminologie l'avait insultée.

Je l'ignorai et fixai calmement mon meilleur ami. *C'est mon âme sœur,* lui dis-je. Tous les vampires ne possédaient pas le don de télépathie mais moi oui.

Kaspian ne pouvait pas me répondre de la même manière mais son expression m'indiquait qu'il m'avait très bien entendu.

Car ses joues étaient devenues blêmes.

C'est également l'entité que nous chassions, ajoutai-je au cas où ce n'était pas clair. *Donc je ne suis pas ensorcelé, juste surpris.*

Chaque mot prononcé dans l'esprit de mon bras droit m'ancrait davantage dans la réalité.

Je sentais encore l'envie de la *posséder* mais l'incroyable choc sur le moment cédait peu à peu à la raison.

Kaspian écarquilla ses yeux sombres.

— Merde alors.

Ouais. J'étais d'accord, même si je ne savais pas si c'était parce que j'avais envie de coucher avec elle ou si c'était à cause de toute cette situation.

Bien que Nyx me fasse beaucoup penser à une

LEXI C. FOSS

succube, je n'étais pas sous son charme. Je n'étais qu'un esclave de notre destin commun.

Un destin que je pouvais rejeter avec quelques mots bien choisis. Ceux-ci me libéreraient instantanément et me rendraient le contrôle inaltérable que je possédais.

Sauf que les mots avaient du mal à sortir.

Parce que je peux m'en servir, pensai-je après avoir rompu le lien télépathique avec Kaspian. *Je peux m'en servir pour qu'elle s'explique. Ensuite, je pourrai la rejeter.*

Ça ferait mal, mais je ne souhaitais pas me lier à cette créature. Elle n'était pas affiliée à une Maison. Elle ne devrait même pas être là. De plus, elle avait tué Klas.

Je réunirais des informations, l'escorterais au portail approprié et la renverrais ensuite dans le royaume des dieux.

Ou peut-être que je la rejetterais et la tuerais.

Être ici sans appartenir à une Maison était une condamnation à mort de toute façon.

En fonction de ses réponses à mes questions, peut-être ferais-je ça rapidement.

Ou bien peut-être prolongerais-je son agonie si elle ne faisait preuve d'aucun remords.

Mon expérience avec les dieux misait grandement sur ce dernier scénario. Ils semblaient très rarement regretter leurs choix. Par conséquent, c'étaient des êtres omniscients et arrogants.

L'ancienne magie liant mon âme à une déesse semblait appropriée, étant donné mon passif avec les dieux.

En outre, le destin adorait me tester.

Heureusement, j'avais toujours apprécié un bon défi.

Celui-ci s'avérait porter une robe de soirée sexy qui épousait ses atouts d'une façon qui me donnait envie de l'*admirer* et de la *toucher*.

À la place, je me détournai des séduisants iris dorés de la déesse et me concentrai sur ma tâche.

Collecte des informations. Puis brise-la.

— Déesse Nyx ? demandai-je en prononçant son nom pour la première fois.

J'aimais plutôt ça, il sonnait bien.

Elle s'approcha davantage, sa silhouette sensuelle à quelques centimètres de la mienne. Elle semblait m'étudier à nouveau, son regard quittant le mien pour contempler ma bouche, mes épaules, puis plus bas.

— Tu peux m'appeler Nyx, murmura-t-elle. Je préfère éviter les titres. J'ai découvert qu'ils ne signifiaient pas grand-chose et que, parfois, ils fournissaient une fausse information sur le véritable pouvoir de l'individu.

Sage remarque. Cependant…

— Les titres peuvent aussi être une marque de respect pour un statut mérité.

Elle haussa les épaules.

— Il y a de meilleures façons d'exprimer son respect.

J'inclinai la tête, curieux.

— Comme ?

— Comme ne pas leur jeter des couteaux, répliqua-t-elle en jetant un regard appuyé à mon bras droit. Ou les qualifier d'hybride mi-déesse mi-sorcière en connaissant déjà leur titre.

Elle me regarda à nouveau.

— Mais comme je l'ai dit, les titres peuvent tromper. Je pourrais faire une démonstration de mon pouvoir à la place si vous voulez.

— Comme tu l'as fait en détruisant le bar ?

Je désignai les ruines de ce dernier et arquai un sourcil.

— Je crois qu'on a tous bien reçu le message, *Déesse*.

Elle plissa légèrement le front en regardant tour à tour la destruction qu'elle avait provoquée et moi.

— Entends-tu par là la façon dont j'ai sorti tout le monde après l'explosion ?

À présent, ce fut à mon tour de plisser le front.

— Sorti tout le monde ?

— Bon, techniquement, je les ai sortis des décombres en les téléportant.

Son regard parcourut la foule.

— Comme celui-ci.

Elle jeta un regard insistant sur Slater.

— Il était en très mauvaise posture, plaqué au sol par toutes les briques, mais il a commencé à guérir au moment où je l'ai sorti.

Elle continua à scruter la foule, et aperçut ensuite Nolan.

— Lui aussi, murmura-t-elle. Mais il y en a deux que je n'ai pas pu sauver à temps. Ils étaient trop près du centre de l'explosion.

Elle frissonna, suggérant que le souvenir l'agaçait.

Ce qui n'avait aucun sens.

— Ton pouvoir m'a-t-il appelée ici pour que je témoigne ? demanda-t-elle en se tournant à nouveau vers moi. C'est très impressionnant. J'imagine que tu as un titre qui accompagne toute cette grisante énergie.

Sa main se posa sur mon sternum, ses narines se dilatèrent en respirant mon parfum.

— Tu as l'odeur d'un dessert déliquescent, chuchota-t-elle rien que pour moi. Ça me donne envie de te lécher des pieds à la tête.

Je saisis son poignet avant que sa main s'égare mais je ne la relâchai pas. Je la tins simplement contre moi et dis :

— Trois hommes.

Elle fronça les sourcils.

— Quoi ?

— Trois hommes n'ont pas survécu, l'un d'entre eux était un membre de la Maison d'or et de grenat.

Prononcer ces paroles servait de rappel à mon objectif, un objectif dont cette petite diablesse semblait vouloir me détourner.

Car ce contact embrasait mon costume et ébouillantait ma peau à travers les couches de tissu.

Je devrais la repousser.

Sauf que…

La garder près de moi facilite la lecture de ses émotions, me rappelai-je.

C'était une excuse, certes bonne, mais une excuse tout de même pour continuer à la toucher.

Reconnaître cette faiblesse me permettait toutefois de garder le contrôle.

Cela me permit également de me concentrer sur mon don pour dénicher la vérité. Je l'utilisais tout le temps, c'était une seconde nature chez moi, mais je voulais être absolument certain de ses réponses.

Réponses qui, pour le moment, étaient avérées.

— Dans l'explosion ? questionna-t-elle en fouillant mon regard. Trois hommes n'ont pas survécu ?

— Oui. Trois sont morts pendant ton attaque.

Pas deux comme elle avait dit.

Elle leva les sourcils en essayant de faire un pas en arrière, mais ma poigne la maintint immobile.

— Mon attaque ? J'ai essayé de les *aider*, pas de les *attaquer*.

— En faisant exploser le bar ?

— Pourquoi je ferais exploser le bar ? m'interrogea-t-elle d'un ton imposant qui échauffa mon sang.

J'avais toujours apprécié les femmes fortes. Savoir que celle-ci était destinée à être mienne ne faisait qu'augmenter mon intérêt.

Un intérêt que j'ignorai en faveur de la vérité.

— Tu as fait exploser le bar parce que tu savais que mes hommes étaient sur le point de te capturer.

Du moins, telle était ma théorie.

Jusqu'à notre rencontre.

Désormais, je n'en étais plus si sûr.

Principalement parce que je n'avais pas encore senti de mensonges de sa part. Chaque mot qu'elle avait prononcé pour le moment se trouvait être véridique.

Y compris son commentaire sur son désir de me *lécher*.

Mais je m'occuperais de ça plus tard, en privé.

— Me capturer ? répéta-t-elle en clignant plusieurs fois des yeux. Pourquoi me captureraient-ils ?

— Parce que tu es entrée dans ce royaume illégalement.

Elle ouvrit la bouche, abasourdie.

— Illégalement ? Comment entre-t-on « illégalement » dans un royaume ?

— En tant que déesse, tu aurais dû franchir un portail dans l'Himalaya. C'est là-bas que ton royaume obtient la permission d'entrer.

Un fait qu'elle devrait déjà savoir car, non seulement c'était le premier portail qui s'était ouvert sur cette terre, mais il était également apparu il y a des milliers d'années.

Pourtant, son air confus ne fit que s'accentuer.

— Mon monde ne possède pas de portail menant au vôtre.

— Si, Déesse. Dans l'Himalaya.

— Nyx, corrigea-t-elle. Et il n'y a pas de portail entre mon royaume et le vôtre. Je suis ici seulement grâce à mon médaillon, c'est aussi la raison pour laquelle je ne suis pas encore partie. Parce que…

Elle s'interrompit, les sourcils froncés.

— La magie a décidé de partir en vacances quelque part dans votre monde.

Je la fixai.

— La magie a décidé de partir en vacances ?

Elle souffla, sa frustration était étrangement mignonne.

— Elle est en colère contre moi pour l'avoir utilisée trop rapidement dans le but de passer d'un royaume à un autre. Elle me punit en me faisant faire le tour de votre monde. J'ai cru la sentir ici, à Dublin, mais…

Sa bouche se tordit.

— Elle a disparu maintenant.

Rien que la vérité, distinguai-je, à la fois surpris et confus.

Quoi qu'il en soit, voilà qui était intéressant.

— J'ai fait tout ce que j'ai pu, déclara Trixie.

Son ton exaspéré détourna mon attention de Nyx et me fit tourner vers mon second et la sorcière qui se dirigeait vers lui.

Trixie possédait des pouvoirs de guérison, Kieran l'avait trouvée pour nous.

Je ne la connaissais pas bien, vu que j'avais tendance à éviter tous ceux qui avaient un lien avec la Maison de l'esprit et du saphir, ils étaient tous aussi prétentieux que leur dirigeant.

Néanmoins, cette sorcière avait été utile, j'avais une dette envers elle.

Hmm, je lui ferais sûrement don de mon venin de vampire.

Les sorcières utilisaient souvent diverses essences surnaturelles pour les potions, ou simplement pour faire du troc. En tant qu'ancien de mon espèce, ainsi que le descendant d'une puissante famille de vampires, le venin dans ma bouche valait presque plus cher que tout le reste. Elle pourrait l'utiliser pour concocter un sérum de vérité ou quelque chose de similaire.

C'était une forme de paiement que je n'utilisais pas souvent, comme elle était liée à mes capacités héritées, chose que la plupart des grands vampires préféraient ne pas exposer.

Cependant, je pourrais facilement lui dire que je me l'étais procuré par l'intermédiaire de quelqu'un d'autre, elle ne s'en rendrait pas compte.

— Je ne peux pas guérir ce type de ténèbres, continua-t-elle, ses yeux bleus étincelants rivés sur Kaspian tandis qu'il surplombait sa petite silhouette. Vous aurez besoin d'une assemblée de sorcières aux pouvoirs similaires à ceux de la Triarchie pour cela.

Je regardai autour de la sorcière et aperçus Slater en train de secouer ses cheveux sombres à quelques mètres, ses yeux couleur d'ardoise mécontents.

— Ténèbres ? répéta Kaspian d'une voix dubitative. Il a l'air d'aller bien à mes yeux.

— Parce que je vais bien, insista Slater.

— Non, l'avertit la sorcière. Tu as perdu toute ta lumière.

Slater baissa les yeux sur ses bras bronzés et revint à elle.

— J'ai toujours été comme ça. C'est ça d'être un métamorphe corbeau, chérie.

— Ces mâles, ce qu'ils peuvent être têtus, marmonna-t-elle en se détournant d'eux et en agitant sa main pâle. Je n'ai pas le temps pour ça.

Elle partit nonchalamment guérir un vampire de l'autre côté de la route, tournant le dos à nos sourcils froncés.

Quelle étrange créature.

Slater avait l'air guéri et au mieux de sa forme.

Bon, à part qu'il avait besoin de se raser. Son habituel duvet noir sur sa mâchoire avait poussé de façon négligée, je n'avais aucun doute qu'il réglerait ça dès qu'il serait rentré.

Ce qu'il pouvait faire tout de suite, à présent que nous avions attrapé l'être surnaturel errant sur Terre.

Le reste était officiellement mon problème, vu qu'elle était ma compagne.

Ses commentaires au sujet de son royaume qui n'était pas rattaché à celui-ci allaient également nous causer un problème, de nature politique, car j'avais senti qu'elle disait la vérité.

Ce qui signifiait qu'un autre royaume surnaturel avait accédé à notre monde.

De plus, cet être était puissant. *Trop* puissant. D'où sa tête mise à prix. Tout le monde avait senti son arrivée et plus d'un roi, y compris moi, souhaitait la voir partir.

Sauf que c'est apparemment ma compagne, pensai-je en détournant à nouveau mon attention sur elle.

Nyx était en train d'étudier mon cou, les pupilles dilatées en se léchant les lèvres. Son agacement envers mes questions semblait avoir disparu, elle n'était plus que pure fascination.

J'arquai un sourcil.

— Les déesses mordent-elles ?

— Cette déesse-là oui, murmura-t-elle en levant son regard avide. Ton pouvoir est une drogue.

Je faillis gronder. *Je pourrais dire la même chose du tien, chérie.*

— Tu dois avoir un titre.

Ses ongles s'enfoncèrent dans ma chemise, me rappelant que je tenais toujours son poignet.

Elle me chercha du regard.

— Un puissant vampire. Un roi.

— Roi de la Maison d'or et de grenat, confirmai-je. Vesperus.

— Vesperus.

Mon nom avait l'air d'une bénédiction sur ses lèvres, j'aimerais l'entendre le répéter sur ce ton voluptueux dans mon lit.

Oui, c'est bien un problème.

Je savais que des êtres aux destins liés pouvaient dompter même les êtres les plus puissants. Cependant, je foulais cette terre depuis plus de mille cinq cents ans et je n'avais jamais encore ressenti une attirance pour quelqu'un.

Sauf pour elle.

Cet être mystique qui donnait des explications remettant en question tout ce que je pensais savoir de la situation.

Tout cela pouvait être une ruse dangereuse, une façon de me duper. Ou alors le destin me liait à la plus dangereuse des complications.

— Bon, si tu n'as pas causé l'explosion, qu'est-ce qui l'a provoquée ? demandai-je en ressentant le besoin de retrouver le contrôle de la situation.

— Je ne sais pas, répondit-elle.

À nouveau, mon venin avait le goût de vérité.

— Je fouillais le bar à la recherche de ma magie perdue quand tout est devenu blanc. Puis je me suis réveillée, couverte de débris. J'ai téléporté tout le monde mais deux d'entre eux étaient déjà morts, dit-elle en arquant un sourcil.

Le troisième avait dû mourir avant que Trixie arrive sur les lieux.

Mais ce détail n'était pas important.

L'important, c'était la vérité sortant de la bouche de Nyx. Si elle avait provoqué l'explosion, cela ne paraissait pas intentionnel.

Étant donné qu'elle n'avait pas essayé de blesser qui

que ce soit d'autre, pas à ma connaissance en tout cas, cela semblait concorder avec son attitude jusque-là.

Bien sûr, c'était la première fois que mes hommes avaient été sur le point de la capturer.

— Alors tu es venue dans ce royaume via un médaillon magique que tu as perdu. Et depuis tous ces mois, quoi, tu erres à sa recherche ?

Sa bouche se tordit à nouveau.

— Oui. Bon, j'ai aussi profité de ce monde en me demandant si je voulais y rester. C'est le but de mon voyage, je recherche un nouveau foyer.

Je haussai les sourcils.

— Un nouveau foyer ?

— J'en ai marre du créationnisme. Je me suis dit que ça pourrait être amusant de vivre dans une réalité déjà existante, et c'est celle-ci qui m'a le plus intriguée pour le moment.

Son regard se tourna vers Kaspian.

— Sauf que tout le monde ici semble vouloir me tuer.

— Parce que tu es entrée en toute illégalité et que tu n'es donc liée à aucune Maison. Nous ne tolérons pas les étrangers ici. Être affecté à une Maison est un moyen de rester en vie.

Elle se retourna, et son expression s'assombrit lorsqu'elle croisa à nouveau mon regard.

— Je suis très bien restée en vie toute seule.

Je resserrai ma prise sur son poignet.

— Parce que tu n'as pas encore croisé un être aussi fort ou plus puissant que toi. Mais maintenant oui.

Ses narines se dilatèrent.

— Ne fais pas l'erreur de me sous-estimer, Roi.

— Je n'ai pas l'habitude de sous-estimer qui que ce soit, Déesse. Mais le fait est que tu es arrivée par une route illégale et que tu n'as pas de Maison. C'est la raison pour laquelle ta tête est mise à prix, une traque que ma Maison supervise personnellement.

Elle fronça les sourcils.

— Alors vous voulez tous me tuer ?

— Oui.

Ma réponse était directe mais je croyais en la vérité. C'est pourquoi j'ajoutai :

— Mais je suis prêt à t'accorder un asile temporaire dans la Maison d'or et de grenat.

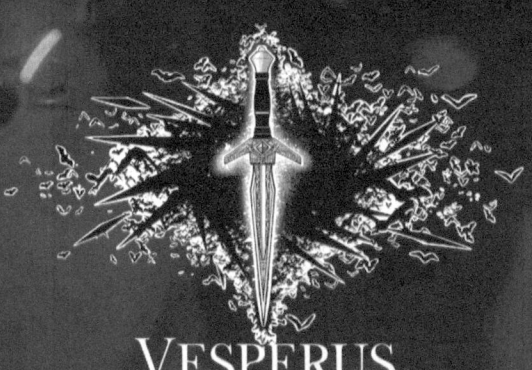

VESPERUS

Je n'avais pas besoin de regarder Kaspian pour savoir qu'il désapprouvait ma décision irréfléchie.

Mais il ne la remettrait pas en question.

Elle était ma destinée et j'étais le roi de la Maison d'or et de grenat.

J'avais également dit « temporaire », un mot clé dans ma proposition, car je ne pouvais rien lui offrir de permanent.

Les autres dirigeants de Maison contrediraient immédiatement ce marché. Nyx était trop puissante. L'avoir dans ma Maison me donnerait un avantage à propos duquel les autres ne seraient pas d'accord.

Cependant, certains de mes alliés accepteraient à contrecœur cet accord temporaire. Principalement parce qu'ils me devaient tous une faveur, en quelque sorte.

Elias, le roi du sang et du béryl s'était montré sans scrupules quand il avait pris une métamorphe louve pour compagne, améliorant ainsi sa position dans sa bataille contre le feu et la fluorite.

Je l'avais pardonné parce que le résultat final avait été en notre faveur à tous.

Et je savais qu'il valait mieux ne pas se mettre entre un puissant vampire et sa compagne.

Volker, le roi de l'air et de l'améthyste, me devait techniquement l'asile de deux de ses lieutenants après sa… *disparition*. Je lui avais récemment rendu ces lieutenants.

Je ne manquerais pas de le lui rappeler, étant donné que je soupçonnais qu'il serait le premier à critiquer mon offre. Sa susceptibilité à la magie lunaire le rendait désireux de se débarrasser de Nyx, il dirait qu'elle avait affaibli ses pouvoirs durant sa révolution.

Peu importe. Il avait sa compagne à présent, elle le stabilisait. Tout irait bien pour lui. Ou, au moins, il me ferait confiance pour que je m'en occupe à ma manière. Nous partagions des méthodes similaires dans nos approches politiques, ce qui le rendait plus susceptible de faire confiance en mon raisonnement.

Et puis, il y avait la nouvelle Maison de la mort et du diamant.

La baronne Sabrina ne serait peut-être pas très ravie mais je soupçonnais qu'elle appréciait suffisamment notre relation pour me laisser tenter une approche.

Tous les autres monarques seraient plus difficiles à convaincre.

En particulier Odin et Lady Gabriella. Mais c'étaient eux qui avaient perdu la trace de Nyx à son arrivée. Par conséquent, ils avaient perdu l'occasion de se charger d'elle.

Elle était mienne désormais. Je déterminerais son destin ici.

Et peut-être trouverai-je un moyen pour qu'elle reste, songeai-je.

Une puissante reine pourrait rendre la Maison d'or et de grenat redoutable.

Ou en faire une cible constante lors des invasions et des guerres.

Quoi qu'il en soit, inutile de se pencher sur les conséquences possibles si elle refusait mon offre.

Son regard tourbillonna, à la fois plein de savoir et de fascination.

— Qu'attends-tu de moi en échange de ce marché temporaire ? demanda-t-elle.

Elle avait eu l'intelligence de relever le mot clé.

Pas étonnant que le destin nous ait liés.

— Tu vivras avec moi et nous étudierons ensemble ta prochaine route, déclarai-je en réfléchissant en même temps aux termes de notre accord.

Si elle était réellement innocente, je ne pouvais pas la tuer. Cependant, la lâcher dans l'Himalaya ne me semblait pas non plus une bonne alternative.

J'avais donc besoin de la garder près de moi pendant que je décidais quoi faire d'elle. C'était ma responsabilité en tant que son compagnon, en plus de mon rôle dans ce monde.

Je n'étais pas le roi de tous les mercenaires pour rien. Nous accordions de l'importance à la gloire, à l'or et au sang.

De plus, j'avais pris sur moi pour trouver cette entité inconnue. La rançon n'avait pas réclamé sa mort, juste sa capture. Si on suivait ce cheminement, j'avais fait mon travail.

À présent, je devais simplement trouver quoi faire d'elle.

Car elle ne serait certainement pas autorisée à rester sur le long terme.

Ce qui me conduisit à ma dernière condition.

— Tu devras limiter ton pouvoir dans ce royaume. Celui-ci provoque des perturbations, ce qui nous a incités à offrir une récompense contre ta capture.

— Vivre avec toi, limiter mes pouvoirs et travailler à tes

côtés pour déterminer mon avenir, résuma-t-elle. Hmm. Sinon… je pourrais rester sans Maison, utiliser mes pouvoirs comme je l'entends et trouver ma propre voie. C'est comme ça que j'ai toujours vécu.

Elle tapota sa mâchoire de sa main libre, l'autre toujours dans la mienne.

— Tu as dit que tu en avais marre du créationnisme et que tu cherchais une nouvelle réalité pour t'y installer. Je te donne l'occasion de comprendre notre monde pour t'aider à décider, soulignai-je.

L'éclat dans ses iris dorés suggérait qu'elle m'écoutait et réfléchissait à mes paroles.

— Si tu refuses mon offre, on continuera à te traquer et à t'attaquer, sans jamais te laisser vraiment l'occasion de voir ce que notre monde a à t'offrir, hormis la mort.

Et ce, en supposant que je la laisse quitter Dublin sans la combattre.

Il valait mieux pour nous deux qu'elle accepte.

Ça pourrait également être plaisant, pensai-je en baissant les yeux sur sa bouche.

Bien sûr, si je couchais avec elle, je ne serais plus en capacité de rejeter notre marché.

Toutefois, nous pouvions faire d'autres choses, des choses dont je ne devrais absolument pas avoir envie, ni même envisager.

Mais elle n'était pas la seule à être attirée par le pouvoir qui se développait entre nous.

Une petite bouchée n'a jamais tué personne, songeai-je. Et j'avais toujours aimé prendre des risques. Pourquoi arrêter maintenant ?

— Je ne me suis pas vraiment sentie la bienvenue jusqu'ici, finit-elle par répondre.

Ses pupilles dilatées m'indiquaient qu'elle était tout à

fait consciente de notre forte attirance mutuelle. Mais je n'étais pas certain qu'elle ait saisi le lien de nos destins.

Les déesses ont-elles même une âme sœur ?

Ses réactions me prouvaient que le lien n'allait pas dans un seul sens. Mais cela ne voulait pas dire qu'elle se sentait liée à moi pour l'éternité.

— Peut-être que j'en ai vu assez et que je ne désire pas rester, ajouta-t-elle.

Je souris. Du pouce, j'effectuai de lents cercles dans l'intérieur de son poignet.

— Crois-moi, Nyx. Tu n'as pas encore vu ce que ce royaume avait à t'offrir. Je peux changer ça, promis-je, totalement confiant de lui assurer un accueil convenable dans ce royaume.

Ou, plus précisément, dans mon lit.

— Et si je refuse ? Je continue alors ce combat toute seule et je t'affronte ?

Oui. C'est exactement ce qui va se passer.

Je la laissai entrevoir cette réponse dans mon regard.

Au lieu de le confirmer à voix haute, je répondis :

— Tu cherches ton médaillon disparu. Pourquoi ne pas profiter de mon offre et utiliser mes ressources pour t'aider dans tes recherches ?

— Tu te portes volontaire pour m'aider à retrouver ma magie perdue ?

La pointe d'intrigue dans sa question m'indiqua que j'avais répondu juste pour qu'elle considère réellement ma proposition.

— Oui.

— Pourquoi ? Pourquoi me donner un asile temporaire ? En quoi cela t'est profitable ?

— La rançon concerne ta capture, non ta mort. En t'accordant l'asile et en limitant ton pouvoir, je respecte en principe la loi.

— Cela ne me dit pas ce que tu obtiens en retour, si j'accepte d'être prise en otage ici de mon plein gré.

— La rançon est une jolie somme, murmurai-je.

Elle sembla déçue de cette réponse.

— C'est une question d'argent ?

Je secouai la tête.

— De sortilèges, de cheveux de faë et d'autres denrées précieuses venant de toutes les Maisons. Tout le monde souhaitait que tu sois capturée, Nyx. Ils se sont assurés que tous ceux qui se portaient volontaires trouvent la récompense alléchante.

Elle ne paraissait toujours pas impressionnée.

— Alors, tu gagneras une grande prime pour m'avoir accordé l'asile.

— Non, chérie. Ma Maison recevra la prime, dis-je avant de m'approcher d'elle. Moi, je gagne l'occasion de jouer avec toi.

Ce ne fut qu'une fois les mots prononcés que je pris conscience de la véracité de cet aveu.

Mais c'était un facteur motivant.

Car cette femme avait suscité mon intérêt. Je savais que c'était le résultat du lien que je sentais vibrer dans ma poitrine.

Cependant, son énergie m'attirait également, de même que le rôle potentiel qu'elle pourrait jouer dans ma Maison.

Plus je pensais à ce que cela impliquerait de détenir une carte aussi puissante, plus je voulais la garder.

Je n'avais pas menti quand je lui avais parlé des valeurs de ma Maison : la bravoure, la richesse, le *prestige*. Nous les estimions tous.

De plus, cette femme était faite pour être reine de ce genre d'empire.

C'est précisément la raison pour laquelle les autres ne laisseront jamais faire cela, pensai-je en songeant au Grand Sacrifice. Vingt-quatre ans plus tôt, les Maisons s'étaient affrontées pour le pouvoir. Nombreux avaient perdu la vie. Une trêve précaire avait été déclarée.

Toutefois, les rivalités politiques demeuraient. Elles étaient simplement plus ténues, le déplacement des pions sur l'échiquier moins évident qu'auparavant.

Malgré cela, je distinguais de nombreuses tactiques de la part des Maisons.

Peut-être que Nyx deviendrait un puissant instrument.

Elle était ma destinée. Pourrais-je utiliser cet argument pour qu'elle reste dans ma Maison ? Ou bien voteraient-ils tous pour son bannissement ?

J'allais d'abord devoir constater la réaction de mes alliés pour connaître la réponse.

Ce qui requérait l'acceptation de cette magnifique créature. Peut-être ma décision était-elle imprudente, mais je m'étais assuré une porte de sortie avec le mot « temporaire ».

Tout comme je lui avais techniquement fourni une échappatoire.

— Qu'as-tu à perdre ? lui demandai-je. Accepte le voyage gratuit jusqu'à Reykjavik, regarde si mes ressources peuvent t'aider et nous partirons de là.

— Tout en promettant de minimiser mes pouvoirs et de vivre avec toi, me rappela-t-elle.

Je souris et traçai à nouveau des cercles avec mon pouce sur l'intérieur de son poignet.

— Je croyais que tu voulais me lécher, Nyx.

Elle plissa les yeux.

— Peut-être que je testerais plutôt tes pouvoirs d'abord.

J'arquai un sourcil.

— Cela signifie-t-il que tu rejettes mon offre ?

— Hmm.

Elle réfléchit un instant.

— Non.

Putain. Ma poigne se resserra autour de son poignet.

— Nyx…

— Non, je ne rejette pas ton offre, clarifia-t-elle.

Son sourire m'indiquait qu'elle avait voulu jauger ma réaction.

— Mais c'est bon de savoir que tu veux me goûter autant que j'ai envie de te goûter.

Elle remonta sa main libre sur mon bras et saisit mon épaule.

Je soutins son regard lorsqu'elle se hissa sur la pointe des pieds.

Elle pressa alors ses lèvres contre mon oreille.

— Ce qui, d'ailleurs, est la seule raison pour laquelle j'accepte ton asile *temporaire*.

Mes lèvres se recourbèrent devant son approche charmeuse. La main autour de son cou, je la maintins immobile en chuchotant :

— Je crois qu'on fera bien plus que se *goûter*.

Elle frémit d'excitation contre moi, un doux parfum à mes sens.

Mon regard dériva sur Kaspian et Slater sur le côté de la route, leur expression similaire m'indiquait qu'ils n'étaient pas ravis de la tournure qu'avait prise la situation. Mon bras droit allait très certainement me remonter les bretelles plus tard, de même que mes deux adjoints.

Ce qui rendait l'étape suivante nécessaire.

Il y avait trop de témoins dans la rue. Je ne pouvais pas prendre le risque qu'ils pensent que je m'étais amouraché de cette femme, même si elle était ma compagne.

Le fait de rendre ma liaison publique délivrerait aussi

un message aux autres Maisons. Un message qui me vaudrait sûrement quelques appels furieux.

Mais je m'en occuperais le moment venu.

C'est temporaire, me rappelai-je. *Une proposition d'asile temporaire en attendant que je découvre où me mène cette conjoncture.*

Je la fis reculer, la main serrée autour de son cou, les yeux rivés sur les siens.

— L'appartenance à une Maison se montre souvent avec des bijoux, ou dans certains cas…

Je relâchai enfin son poignet, satisfait de la tenir par le cou.

Je levai ensuite ma main désormais libre pour lui montrer ma paume et le début du tatouage de ma lignée, qui remontait à l'intérieur de mon avant-bras.

Elle ne pouvait pas le voir entièrement à cause de mon costume mais ses narines dilatées me laissaient deviner qu'elle aurait envie de l'explorer en détail plus tard, probablement avec sa langue.

— Les autres Maisons préfèrent la joaillerie mais les tatouages sont une tradition de la Maison d'or et de grenat. Une allégeance par le sang, lui expliquai-je.

Cependant, un tatouage était permanent, ce qui n'était pas adapté pour Nyx.

Mais les bijoux peuvent se porter temporairement.

— Pour achever notre accord, tu auras besoin d'une marque, continuai-je doucement, conscient de la foule de badauds qui grandissait autour de nous.

Certains pouvaient entendre notre discussion grâce à leur ouïe surnaturelle. On chuchotait à ceux qui n'entendaient pas ce qui se passait.

— Le roi lui offre un abri dans la Maison d'or et de grenat.

— Il va la marquer.

— C'est inattendu.

— Elle est puissante. Un ajout de taille.

— Mais elle a tué Klas et les autres.

— Elle dit qu'elle ne les a pas tués, le roi Vesperus semble la croire.

— Sérum de vérité, murmura l'un d'entre eux.

— Exactement.

Personne ne remettait en question ma décision, on ne faisait qu'en parler à voix basse. Je prenais cela pour un bon signe que la majorité des membres de ma Maison acceptaient ce changement.

Le peu qui ne le tolérait pas me le dirait franchement plus tard.

Comme Kaspian, pensai-je en croisant à nouveau ses yeux plissés. C'était son travail de remettre en cause mes décisions. Il m'aidait souvent à entendre raison et peut-être le ferait-il également dans cette situation.

Mais pour aujourd'hui, j'avais pris ma décision. *Elle est à moi. Je la garde... pour l'instant.*

— Une marque, répéta Nyx. Quel genre de marque ?

Je reportai mon attention sur elle et admirai le décolleté de sa robe noire avant de remarquer les bijoux peints sur sa peau. *Je commence à comprendre pourquoi le destin l'a mise sur mon chemin.*

— Tu portes déjà de l'or. Tu as juste besoin d'un peu de grenat.

Elle plissa le nez.

— Le rouge ne me va pas trop.

Je souris.

— Ça finira par t'aller.

Elle fronça les sourcils.

— Quoi ?

— Le sang, chérie.

Mon pouce effleura sa veine palpitante dans son cou étroit.

— C'est comme ça qu'on jure fidélité à la Maison d'or et de grenat, par le sang.

J'avais saigné en me tatouant.

À présent, cette magnifique créature saignerait pour moi.

Ses yeux se rétrécirent.

— Tu as dit que tu n'avais pas d'autres conditions.

— Ce n'est pas une condition supplémentaire. Je te l'ai déjà dit, ma récompense est l'opportunité de jouer avec toi. Dans mon monde, cela entend des jeux sanglants.

J'enroulai un bras autour de sa taille, l'autre main serrant toujours la base de sa nuque.

Ses ongles s'enfoncèrent dans mes épaules en guise de réponse, ses iris m'évoquant de l'or liquide.

— Tu n'es pas la seule à mordre, Déesse, lui dis-je en révélant mes canines. Alors ? Acceptes-tu mon offre ? Saigneras-tu pour moi ? Ou préfères-tu tester mes pouvoirs d'abord ?

NYX

Ce mâle.

Cet être sensuel, intelligent et calculateur.

Mmm. L'énergie autour de lui vibrait, impatiente, prête à frapper à tout moment.

« Parce que tu n'as pas encore croisé un être aussi fort ou plus puissant que toi. Mais maintenant oui. »

Certains êtres surnaturels vantaient inutilement leurs talents, sous-estimant totalement leurs concurrents. Cependant, cet homme, ce *roi*, ne se montrait pas arrogant en déclarant cela. Il était simplement conscient de ses aptitudes et capacités.

Ce serait un combat honnête.

Un combat que je remporterais non sans effort. *Ni douleur.* Pas pour moi mais pour les autres autour de nous.

Deux êtres puissants s'attaquant dans la rue, ça ne finirait pas bien. De plus, je n'avais vraiment pas envie de soustraire son rôle à cet homme. La vénération dans l'air n'était pas pour moi mais pour lui, le roi de la Maison d'or et de grenat.

Personne n'avait interrompu notre conversation. Personne ne m'avait attaquée après que Vesperus avait attrapé le couteau lancé en direction de ma tête. Personne n'avait également remis en question son offre d'asile temporaire.

Ils avaient simplement accepté ses paroles qui faisaient foi.

Pas parce que c'était un tyran mais parce qu'ils le respectaient.

C'était le genre d'homme que je voulais connaître, pas seulement à cause de sa magie enivrante. Même maintenant, je la sentais tambouriner dans ma poitrine, battant à un rythme qui me suppliait de le prendre, de l'accepter, de le *vénérer*.

Personne n'avait jamais provoqué une énergie aussi magnétique en moi.

J'avais désespérément envie d'en savoir plus sur cette sensation inconnue. C'était si nouveau et addictif qu'il ne me restait qu'une seule solution.

Accepter son offre.

Ce que j'avais déjà prévu de faire. Je pourrais facilement jouer le jeu et m'échapper. Avec un peu de chance, je ne causerais pas trop de dommages à son royaume dans la manœuvre. Parce que je n'avais vraiment pas envie de le combattre, ni lui ni les autres. Je souhaitais seulement vivre en paix.

Et trouver ma magie égarée.

Il m'avait proposé ses ressources. Pourquoi ne pas voir de ce dont il s'agissait ? Pourquoi ne pas explorer ce que cette liaison avait à m'offrir ? Pourquoi ne pas céder un peu plus à cette attirance ?

J'inclinai la tête sur le côté, les yeux braqués sur lui.

— Tu devrais savoir que mon sang est très puissant.

— Tout comme le mien, répliqua-t-il d'un accent légèrement plus prononcé à présent.

Un prédateur sur le point d'attaquer, pensai-je en admirant l'argent de ses iris. Il se mêlait aux bords noirs de ceux-ci, me rappelant l'éclatement d'une étoile. *Séduisant. Tentant. Peccamineux.*

— Tu acceptes ? demanda-t-il, son intonation anglaise plus présente, trahissant son impatience.

Oui, il a vraiment envie de me goûter autant que j'ai envie de le goûter.

— Oui.

Mords-moi, si tu l'oses, Roi de l'or et du grenat. Ta réaction à mon sang me montrera si tu es réellement digne de mon attention.

Seuls les plus forts pouvaient supporter une essence aussi intense que la mienne, d'où mon avertissement. Cependant, il avait répondu avec assurance, comme à chaque fois.

Un vrai meneur de sang royal. Un roi vampire.

Son expression s'assombrit, une part inhérente de lui comprit le défi que je venais de lui lancer.

Tu es à moi à présent, Déesse de la nuit, semblait-il dire en m'attirant tout contre lui, son bras autour de mes hanches. Sa main resta dans ma nuque, la serrant subtilement en abaissant ses lèvres vers mon cou.

Ses crocs effleurèrent ma peau, faisant se hérisser les poils de mes bras.

Oui…

Tant de pouvoir.

De domination.

Un alter ego digne de ce nom, murmura mon âme. Mon cœur en perdit quelques battements.

Vesperus lâcha un grognement bas contre ma peau, le prédateur en lui ressentait mon excitation. Je n'allais pas la lui cacher. Je souhaitais plutôt l'inviter à prendre plus d'initiatives.

Sa langue effectua des cercles autour de mon pouls, prolongeant l'instant et me faisant haleter. Je m'agrippai à ses épaules et mes yeux se fermèrent tout seuls.

Les auras autour de nous palpitaient toutes de curiosité, augmentant mes attentes.

C'est… c'est si différent…

Mes lèvres s'entrouvrirent quand Vesperus me mordit, ses canines libérèrent une sorte de venin euphorique dans mon système sanguin qui me fit le serrer très fort.

Oh, astre… J'avais envie d'arracher nos vêtements et de le *baiser* devant tous ces êtres surnaturels, de laisser nos pouvoirs se mêler réellement, pour tester son potentiel, voir exactement ce que cet enchantement brûlant signifiait en moi.

Le ressent-il également, ce filament d'énergie qui nous relie ? Est-ce réel ? Le fruit de mon imagination ? Ma propre magie me jouant des tours ?

Je frémis, perdue par l'intensité de sa bouche, par la forte attraction de son essence tandis qu'il avalait mon sang.

Il ne fut pas pris de convulsions. Il ne réagit pas comme si je l'avais empoisonné.

Non, il s'abreuva comme si je venais de redéfinir le sens de sa vie.

Toutefois, bien trop rapidement, il s'arrêta. Sa langue sillonna la morsure dans mon cou pour en faire jaillir du sang.

Il le fit couler jusqu'au croissant de lune entre mes seins.

Un courant électrique se mit à palpiter contre ma peau alors qu'il peignait la surface dorée de ma peau avec mon sang.

Mes cuisses se serrèrent devant l'intimité de cet acte, ses yeux rivés sur les miens tout du long.

Éclipse, soufflai-je en remarquant le changement de couleur de ses iris. Tout à l'heure, ils étaient argentés et cerclés de noir. Mais à présent, ils étaient noirs, les bords parsemés d'éclats argentés. Cela me faisait penser au moment majestueux où la lune cachait le soleil.

Saisissant.

Énigmatique.

Rare.

Ses lèvres retournèrent dans mon cou pour refermer la blessure avec du venin. Son essence me fit trembler tant j'étais intriguée et j'avais besoin de lui.

Je désirais le mordre.

L'embrasser.

Le chevaucher.

Quelle est cette folie ?

Il s'écarta pour me regarder à nouveau, son intérêt réciproque était telle une promesse torride qui me fit presque retirer ma robe en le suppliant de me prendre.

J'avais déjà ressenti de l'attirance auparavant, mais rien de tel.

Est-ce la magie de ce royaume ? Les lois de ce monde ? Quelque chose qu'il fait ? Devrais-je…

— Mon seigneur, interrompit une voix rauque.

Je la reconnus, elle appartenait au vampire qui avait essayé de me lancer un couteau au visage.

— Kieran vient d'arriver, il a ramené avec lui des spectres qui sont intéressés par la Maison d'or et de grenat.

Vesperus se tut un instant, son regard soutenant toujours le mien. Il finit par regarder l'homme à côté de nous.

— Tu peux t'en occuper ? Ou vaut-il mieux que j'assiste à cette réunion ?

Je suivis son regard pour étudier l'homme aux cheveux bruns, qui préférait d'abord jeter des poignards et interroger ensuite.

Des yeux sombres et expressifs.

Une silhouette athlétique.

Mortelle.

Je fis ce dernier constat en ressentant sa puissante aura. L'énergie qui émanait de lui était presque aussi intense que celle de celui qui me tenait.

Pourtant, je ne ressentais aucune attirance envers lui. Ma poitrine ne se comprimait pas, pas de filaments invisibles de magie séduisante apparents. Rien.

Rien qu'une estimation sincère de ses pouvoirs.

Pourquoi est-il différent ? me demandai-je en retournant mon attention sur Vesperus tandis que le vampire assassin et lui parlaient de *Kieran* et de ses *spectres*.

J'ignorai leurs bavardages inutiles et choisis plutôt de me concentrer sur l'énergie vibrante qui encerclait l'esprit de Vesperus. Elle était si chaude et grisante, elle me donnait à nouveau envie de le lécher.

Mordre. Sucer. Goûter.

Cette attirance était presque toxique, tel un sort qui avait lié nos âmes dans une étreinte immuable.

Quelle est cette magie ? m'émerveillai-je, les yeux rivés sur son cou.

D'autres paroles résonnèrent dans ma poitrine, *prendre, prendre, prendre.*

Pourtant, lorsque je me penchai pour embrasser sa gorge, sa main dans ma nuque me tira en arrière.

— Pas encore, dit-il d'un ton autoritaire qui me donnait très envie de désobéir.

Je n'avais jamais été du genre à suivre les ordres.

L'obéissance devait se gagner. Durant ma très longue

existence, peu avaient été en mesure de me donner envie de me soumettre.

Tu me mords. Je te mords.

J'employai ma capacité de me fondre dans l'ombre pour me libérer de sa poigne et apparaître derrière lui, ma bouche à un centimètre de son cou.

Seulement, je me retrouvai plaquée contre un mur de briques non loin, un Vesperus passionné appuyé contre moi.

— Patience, dit-il à voix basse. Personne ne t'a appris cette vertu ?

Je retroussai les lèvres.

— J'obéis à des *vertus* très différentes, Roi.

Je me téléportai à nouveau loin de lui, mais je me retrouvai encore dans la même position, il s'était téléporté avec moi.

Les yeux écarquillés par cette démonstration de puissance, j'étais sidérée par sa capacité à maintenir mon rythme. *Ce… Ce ne devrait pas être possible.*

Son expression m'indiqua qu'il était d'accord.

Mais une sorte de compréhension sembla se dessiner sur son visage tandis que son regard s'abaissait sur mon cou.

Mes pouvoirs.

Il… il les a absorbés…

Eh bien, voilà qui est nouveau.

Ce n'était pas le premier à me mordre mais tous les autres avaient presque été rebutés par l'intensité de mon essence. Non seulement il l'avait avalée sans problème mais il avait également ingurgité mon pouvoir.

— Oh, soufflai-je. C'est…

— Impressionnant, acheva une nouvelle voix.

Le ton sombre de cette dernière laissait percevoir une pointe d'étonnement sardonique.

— On dirait que j'ai loupé la fête. Cela vous dirait de m'expliquer ce qui s'est passé sur le territoire de la mort et du diamant ?

Vesperus se tourna lentement vers le nouveau venu, ses iris ressemblant toujours à deux éclipses.

— Tu entends par là le territoire qui appartenait, il y a quinze jours, à la Maison d'or et de grenat ? Ce territoire ?

J'étudiai l'homme à côté de nous, remarquant son aura divisée. *Un hybride mi-vampire mi-faë. Une magie mortelle. Intéressant.*

— Oui, le territoire qui appartient désormais à ma compagne, la baronne Sabrina, répondit l'homme. Le même territoire dans lequel je t'ai gentiment autorisé à entrer pour traquer…

Il s'interrompit, ses yeux gris perçants croisant les miens.

— Cette femme.

— Salut, dis-je en ressentant le besoin de parler.

Je devais rappeler à ces hommes que j'étais un être vivant, doté d'un cerveau, pas un sujet de conversation.

— Cette femme s'appelle Nyx, c'est la déesse de la nuit.

L'homme arqua un sourcil brun, assorti à ses longs cheveux.

— Bonjour, Nyx. Je suis Kieran. Pas de titre. Du moins, aucun que je n'aie envie d'utiliser. Juste Kieran, ça suffit.

— Propriétaire du truc qui fait mal, murmura Vesperus. Un titre plutôt élaboré à mes yeux.

À ces mots, Kieran sursauta, ses yeux dérivant sur Vesperus.

— Tu viens de faire une blague ?

— Je ne manque pas d'humour, répondit le roi vampire d'un ton impassible. Et j'aimerais toujours savoir ce que c'est.

— Je peux te faire une démonstration si tu veux, proposa Kieran, ses paroles ressemblant davantage à une menace. Y a-t-il des informations que Nyx devrait te fournir ? Je n'ai jamais testé cet outil sur un dieu ou une déesse auparavant.

Vesperus gronda, le son bas vibrant contre ma poitrine.

— Non.

Kieran haussa les épaules.

— Une autre fois, alors.

— Non, répéta Vesperus d'un ton toujours menaçant. Personne ne touche à Nyx sauf moi.

— Nyx ici présente est capable de communiquer ses propres ordres, répliquai-je.

— Compris ? ajouta Vesperus en m'ignorant.

Je levai les yeux au ciel.

— Ah, les hommes…

— Je vois.

Kieran me jeta un coup d'œil avant de reporter son attention sur Vesperus.

— Cela va sûrement jaser dans les Maisons.

— J'y compte bien.

— Hmm, fit Kieran avant de regarder les deux hommes derrière lui. Alors tu vas probablement vouloir interroger ces deux-là plus vite que prévu. Ils pourraient être en mesure de t'aider.

M'aider à quoi ? me demandai-je en analysant leur étrange aura mystique. Ohhh, ce sont des spectres !

— Votre espèce m'intrigue, murmurai-je en admirant leur énergie céleste. Beaucoup.

Mais pas de la même façon que Vesperus avait piqué ma curiosité. Seul son pouvoir semblait avoir cette maîtrise magique sur mon être.

C'était d'ailleurs la raison pour laquelle je ne l'avais pas encore écarté de moi. J'aimais bien la sensation de son corps contre le mien.

— J'arrive tout de suite, dit Vesperus à Kieran. Kaspian te mettra au parfum.

Le vampire faë baissa la tête.

— J'ai saisi l'allusion.

— Bien. Respecter tes aînés est la première règle pour survivre dans cette arène.

— Et te voilà encore à me prodiguer des conseils, dit Kieran d'une voix traînante. N'en fais pas une habitude ou je vais finir par croire que tu craques pour moi.

Vesperus sourit mais ne paraissait pas très amical.

— Je veux juste m'assurer que mon ancien territoire prospère sous tes bons soins.

Kieran leva les yeux au ciel, il mena ensuite les deux spectres derrière lui dans la rue plus loin, me laissant une fois de plus seule avec Vesperus.

— Toi et moi allons devoir discuter de tes manières, m'informa-t-il.

Je souris.

— C'est à ce moment-là que tu es censé me dire que je dois m'incliner devant mon roi ?

— Oui.

Je recourbai davantage les lèvres.

— Les déesses ne s'inclinent pas.

— Si tu veux survivre, tu le feras.

La sévérité de son ton était assortie au plissement de ses yeux.

— La Maison d'or et de grenat s'épanouit en respectant la hiérarchie. Tu en es un membre *temporaire*, ce qui signifie que tu dois bien te comporter, ou je serai forcé de t'exiler.

Sa main se porta à ma gorge avant que je puisse parler, son pouvoir formant un nœud coulant autour de mon cou.

Non, pas son pouvoir.

Mon pouvoir.

Le pouvoir dont il avait hérité par le biais de la morsure.

— Je ne suis pas du genre à m'agenouiller, lui promis-je.

Je m'assurai qu'il ressente mon énergie contre la sienne. Il avait peut-être absorbé ma force mais j'avais vécu avec toute ma vie. Je savais à quel point elle pouvait facilement maîtriser quelqu'un d'autre.

Même s'il exerçait admirablement le contrôle, ce que je respectais profondément.

Il n'était pas en train de me menacer, il me tenait simplement en place.

— Nyx, je t'offre un répit temporaire. J'ai besoin que tu honores ce cadeau en m'obéissant, du moins pendant que je me charge de cette situation. Tout le monde, y compris le monarque important que tu viens de rencontrer, considère que tu es responsable de l'explosion.

— Je ne le suis pas, répondis-je immédiatement.

— Je te crois, répliqua-t-il, ce qui me surprit un peu. Mais ils ne t'écouteront pas s'ils voient que tu n'es pas respectueuse. J'ai donc besoin que tu gardes cette bouche séduisante à distance pendant que je m'occupe de tout ce chaos politique.

— Ma bouche séduisante ? répétai-je en souriant à nouveau. Dis-m'en plus.

— Nyx.

— Vesperus.

Son prénom était vraiment sexy.

Il soupira d'un air exaspéré.

— J'ai du travail. Si tu veux que je t'aide, tu dois me laisser faire mon travail.

— Et ensuite ? lâchai-je en arquant un sourcil.

Son regard s'abaissa sur mes lèvres avant de remonter lentement, les éclipses brillant toujours avec éclat dans ses orbites.

— Ensuite, nous parlerons de cette bouche séduisante et de ce que tu pourrais faire avec.

Il relâcha ma gorge et fit un pas en arrière. Cependant, le feu dans son regard enflammait tout mon être.

Oui, la rencontre avec cet homme valait vraiment le coup, décidai-je en étudiant sa silhouette imposante et ses traits sensuels.

C'était un risque de fricoter avec cet être puissant, mais cela m'apportait également de la nouveauté.

Voilà l'unique raison pour laquelle je baissai légèrement la tête avec respect. Je ne m'étais jamais vraiment inclinée devant qui que ce soit et je ne commencerais pas maintenant. Toutefois, je pouvais feindre une révérence pour un immortel intéressant.

— Je me tiendrai bien, lui promis-je, mais seulement pour prouver mon innocence.

Non pas que je devrais réellement me soucier de ce que ces êtres surnaturels pensaient de moi. Ils n'avaient pas été très accueillants et je n'étais pas sûre d'avoir envie de rester.

Hélas, il semblait que j'allais rester un bon moment si ma magie continuait à me défier.

Est-ce ce que tu veux ? Que je donne une réelle chance à un royaume ?

Peut-être cela ferait-il revenir l'enchantement malicieux.

Je pourrais tester cette possibilité et jouer avec Vesperus en attendant.

La magie dans ma poitrine palpita à cette pensée en signe d'approbation. *Oui. Joue avec Vesperus. Et continue à traquer la magie.*

— Montre-moi le chemin, mon roi, dis-je en faisant de mon mieux pour paraître *obéissante*.

L'étincelle sombre au bord de ses iris argentés m'indiqua qu'il voyait clair dans mon jeu.

Mais il me tendit tout de même la main.

Je l'acceptai, plus qu'heureuse de le toucher à nouveau.

Est-ce ainsi qu'il agit avec tous les nouveaux membres de sa Maison ? me demandai-je tandis que nous nous mîmes en route, les lèvres retroussées vers le bas. *J'espère que non.*

Étrange pensée.

Pourquoi devrais-je me soucier de son interaction avec les autres ?

Une étrange vibration secoua ma poitrine, la sensation me rappela un grognement. *Bizarre.* Mais l'idée qu'il touche quelqu'un d'autre me donnait soudain envie de commettre un meurtre.

Je clignai des yeux, étonnée par cette nouvelle envie.

Cette magie est… dangereuse.

Pourtant, je ne semblais pas pouvoir la rejeter. Je ne *désirais* pas l'ignorer, ni la révoquer. Je voulais l'embrasser, la savourer, m'en *nourrir*.

Vesperus serra ma main.

— C'est moi qui parlerai.

Comme avec Kieran ? pensai-je en ricanant.

— Nyx.

Je lui jetai un coup d'œil en arquant un sourcil.

— Respect, articula-t-il.

Le respect se gagne, pensai-je. *Donc on verra.*

Mais je ne le dis pas à voix haute.

À la place, je souris et lui sortis, sur mon ton le plus obéissant :

— Bien sûr, *mon roi.*

VESPERUS

Si Nyx m'appelait encore une fois « mon roi », j'allais lui arracher cette robe et la baiser contre la première surface que je trouverais.

Oui, je lui avais dit d'être respectueuse.

Mais elle le faisait de la plus sensuelle des façons.

Et ça me distrayait beaucoup trop.

Chose que je ne pouvais me permettre assis à une table avec Kaspian, Kieran, Slater, Nolan et les deux spectres que Kieran avait amenés avec lui.

On avait proposé une chaise à Nyx mais elle avait préféré errer dans la pièce après avoir répondu poliment :

— Non merci, *mon roi*.

Elle ne semblait pas être du genre à pouvoir rester assise très longtemps. Et maintenant, elle était occupée à étudier chaque recoin du vieux restaurant. De temps à autre, elle gloussait devant un portrait accroché au mur avant de passer au suivant.

Kaspian n'arrêtait pas de la regarder, les lèvres retroussées vers le bas.

— Elle s'amuse d'un rien.

— Elle a dit qu'elle était déjà venue ici auparavant mais dans un autre royaume, répliquai-je en répétant les paroles qu'elle m'avait murmurées en entrant dans le bâtiment.

Oh, j'adore ce restaurant. Excellent choix, mon roi.

— Ça lui évoque… des souvenirs, ajoutai-je en plissant les yeux vers elle.

— Un autre royaume ? répéta-t-il.

Je réfléchis à comment répondre, car nous étions nombreux autour de la table. Mais je finis par opter pour la vérité.

— Elle a voyagé à travers des réalités grâce au médaillon qu'elle dit avoir perdu. C'est comme ça qu'elle est arrivée ici.

— Et tu la crois ? questionna Kieran d'un ton impassible.

Mes affaires avec le vampire faë étaient limitées mais il m'avait impressionné quelques semaines auparavant, lors de la réunion avec les autres Maisons. Mon opinion de lui avait continué à évoluer positivement durant la division du territoire.

À présent, il gagnait mon respect pour une tout autre raison : sa capacité à parler affaires sans rien montrer.

Ce trait lui servirait bien dans son nouveau rôle.

— Je la crois, finis-je par répondre. Je sens qu'elle dit la vérité dans ma bouche.

Je n'élaborai pas davantage, le fait qu'il ne pose pas de questions me laissait entendre qu'il connaissait déjà mon talent. Peut-être par son oncle par alliance, Elias.

Je n'exposais pas beaucoup mon talent mais quelques-uns le connaissaient, en particulier ceux qui avaient dû y avoir recours.

Tous ceux avec qui je l'avais partagé – via un sérum de vérité créé à partir de mon venin – le gardaient secret, parce que c'étaient des alliés.

Kieran semblait pouvoir devenir l'un d'entre eux.

— Je crois également qu'elle n'est pas responsable de l'explosion, poursuivis-je. Elle a sorti tout le monde des décombres.

Ce qui expliquait pourquoi tous les corps avaient été laissés n'importe où dans la rue au lieu d'être enfouis sous les ruines du bâtiment.

Elle ne les avait pas exactement laissés dans des positions confortables, ce qui suggérait qu'elle s'était dépêchée de tous les sauver.

Cette attitude ne collait pas avec la personne qui avait causé la destruction. De plus, le fait qu'elle se pointe sur les lieux ne m'évoquait pas le comportement d'un coupable.

À moins qu'elle ne coure après quelque chose et qu'elle utilise ses pouvoirs pour me piéger d'une certaine manière.

Auquel cas, je la tuerais.

Mais je n'arrivais pas à bien savoir ce qu'elle voulait de moi.

— Alors qui a fait exploser le bar ? interrogea Kieran d'une voix toujours dénuée d'émotion.

— C'est un mystère qui reste irrésolu.

Car si ce n'était pas Nyx, alors quelqu'un s'en était pris à ce pub pour des raisons inconnues.

Une magie qui avait mal tourné ?

Un combat qui s'était terminé dans une explosion ?

Quelque chose de complètement différent ?

Je n'en étais pas sûr et, pour l'instant, aucun de nos témoins ne pouvait me dire ce qui s'était réellement passé. Même Nyx avait semblé imprécise, elle m'avait raconté quelque chose sur la recherche de sa magie au moment où tout explosa.

Elle s'était réveillée avant tous les autres, vu qu'elle avait éparpillé les survivants dans la rue ensuite, mais elle n'avait pas fourni de détails utiles.

Pour l'instant.

Raison de plus de lui accorder un asile temporaire. Je pourrais garder un œil sur elle tout en lui demandant plus de détails. Peut-être se souviendrait-elle d'une information utile plus tard.

Ou peut-être que je cherche juste des excuses parce qu'elle est mon âme sœur.

Je regardai dans sa direction, elle balançait les hanches au rythme de la musique. Elle était dans son petit monde à l'autre bout du restaurant, appréciant la musique douce qui s'entendait dans les haut-parleurs.

— La dernière chose que je me rappelle, c'est m'être dirigé vers le bar, dit Slater à voix basse. Je vois ma main sur la porte, puis tout est devenu noir. Ensuite, je me souviens de Trixie en train de me réveiller.

La façon dont son air s'assombrit à la fin de sa phrase nous indiqua ce qu'il pensait de cela.

— Je me souviens d'être entré, ajouta Nolan.

Ses yeux multicolores me rappelaient ses ailes scintillantes, tels des diamants. Elles étaient cachées en ce moment, un attribut qui semblait venir de sa lignée de guerriers archanges.

Ou peut-être était-ce quelque chose dont son espèce était capable. Peu d'entre eux résidaient dans ce royaume, malgré le portail en Amazonie, probablement parce qu'ils étaient trop occupés à livrer une guerre contre les démons dans leur propre monde, Celestia.

Que Nolan rejoigne ma Maison avait été un pur hasard.

Kaspian lui avait sauvé la vie il y a des décennies.

— Puis tout est devenu blanc pour moi, pas noir, continua Nolan. Je me suis réveillé plus tard avec cette sorcière penchée sur moi.

Je sentais un scénario récurrent se profiler dans tous les témoignages.

— Elle vous a aidé tous les deux à guérir, précisai-je.

Les deux hommes grognèrent en guise de réponse, manifestement peu ravis que Trixie ait utilisé ses pouvoirs de guérison sur eux.

Classique. Mes hommes préféraient tous afficher leurs blessures avec fierté. La sorcière leur avait enlevé cela.

— J'avais besoin de vous en vie et en forme, ajoutai-je. J'avais cru que nous partirions en chasse. Mais la proie est venue à moi.

Je laissai glisser mon regard vers Nyx.

— Et tu as fait preuve de clémence, songea Kieran.

— À titre temporaire, rectifiai-je. Jusqu'à ce que l'on règle cette situation.

Il arqua un sourcil.

— Alors tu crois qu'il est possible qu'elle mente ?

— Ce n'est pas ce que j'ai dit.

— Non, en effet, acquiesça-t-il d'une arrogance qui me rappelait la mienne.

Ma mâchoire se contracta tandis que je réfléchissais à un moyen de détourner la conversation. Je m'attendais totalement à ce qu'il rapporte cette discussion à Elias, ce qui signifiait que je devais lui fournir un peu plus d'éléments. Quelque chose pour l'aider à calmer le roi du sang et du béryl, tout en satisfaisant mes nouveaux voisins de la Maison de la mort et du diamant.

— Elle constitue une menace pour notre royaume, reconnus-je lentement. Lui accorder un refuge *temporaire* au sein de ma Maison me permet de garder un œil sur elle, en attendant que je découvre ce qui s'est passé dans le bar.

— Je suis sûr que c'est la seule raison qui justifie cette décision, nota Kieran, visiblement conscient que j'en savais plus que ce que je disais.

Comme je lui avais presque arraché la tête pour avoir suggéré de le laisser torturer Nyx plus tôt, il semblait évident que je n'étais pas objectif en ce qui concernait la femme.

— C'est la seule raison qui compte, lui dis-je, pleinement conscient qu'il lisait en moi.

Cependant, je n'étais pas encore prêt à déclarer mon lien avec elle.

Du moins pas formellement.

Je laisserais les autres déduire ce qu'ils voulaient de la situation.

— Elle restera avec moi jusqu'à ce que je détermine la cause de l'explosion. Et aussi jusqu'à ce que je l'aide à trouver son médaillon perdu, étant donné qu'il semblerait qu'aucun des portails ne mène à son monde, dis-je en soutenant le regard de Kieran. Peut-être est-ce la première de son espèce à venir dans notre royaume, et nouvelle espèce, qui plus est. J'imagine que Sabrina et toi en savez quelque chose.

Pas Kieran personnellement mais sa moitié.

Ainsi que les deux spectres assis près de lui.

Ils étaient une nouvelle espèce dans ce royaume, et leur arrivée avait provoqué un vif émoi. Mais nous avions tout réglé en instaurant la nouvelle Maison, en faveur de laquelle j'avais voté.

Kieran le savait et devrait le respecter, étant donné que je leur avais également accordé à tous un endroit où vivre.

Même s'il était le seul vampire faë dont on connaissait l'existence, alors peut-être comprenait-il personnellement la situation de Nyx.

Il hochait la tête à présent, semblant comprendre le fond de ma pensée. *J'avais une dette envers toi, je me sentais redevable, alors j'ai voté en faveur de ta baronne. Maintenant, tu vas travailler à mes côtés parce que j'aurai probablement de nouveau une dette envers toi, ce qui, tu le sais maintenant, peut être avantageux.*

Son visage resta impassible, une expression bien utile

en politique. Je supposais que son lien familial avec Elias y était pour quelque chose.

— Alors tu t'occuperas de mener l'enquête concernant le pub ? demanda Kieran.

— Je crois que j'y suis obligé, oui. Cependant, je suis heureux de participer à cette enquête.

Je n'avais pas pour habitude de proposer ce genre de choses mais cela me semblait prudent dans cette situation, à cause de nos accords de territoire et tout le reste.

Kieran haussa les épaules comme si ça lui était égal.

— Sabrina voudra simplement être tenue informée.

— Je peux continuer à transmettre nos avancées par ton intermédiaire, proposa Kaspian. Et s'il devient nécessaire de collaborer à nouveau sur ce cas, nous vous contacterons.

Attention, Kas. Tu étales encore tes talents de diplomate, le raillai-je en m'assurant qu'il m'entende par notre lien télépathique.

Il m'ignora, habitué à mes commentaires lambdas lors de telles réunions.

Il me passerait toutefois un savon plus tard.

Kieran hocha la tête.

— Ou peut-être que tu pourrais assigner Nox et Bane et qu'ils pourraient servir d'intermédiaires.

— En jurant allégeance à la Maison de la mort et du diamant ou à celle de l'or et du grenat ? m'enquis-je.

— La mort et le diamant pour l'instant, répondit Kieran, tant qu'ils n'auront pas prouvé leur valeur pour rejoindre vos rangs.

Il leur jeta un coup d'œil.

— D'accord ?

Celui aux traits plus sombres acquiesça.

— Oui. Je souhaite rejoindre la Maison d'or et de grenat mais je suis conscient des épreuves requises.

Cela signifiait qu'ils ne voulaient pas seulement rejoindre ma Maison pour des raisons de sécurité, ils désiraient trouver une place en son sein.

Je dus réprimer l'envie de sourire. C'était exactement ce que j'avais souhaité. La faible lueur dans le regard de Kieran m'indiquait qu'il en était également bien conscient.

Raison de plus de lui être redevable, pensai-je en soutenant son regard. *Malin.*

Il semblait que j'avais sous-estimé les pions de cette personne sur l'échiquier. Il paraissait toujours désinvolte et arrogant. Mais les apparences étaient trompeuses.

Ou peut-être était-ce l'influence de Sabrina.

Je devrais les étudier plus attentivement plus tard.

— La Maison d'or et de grenat accepte ta candidature, dis-je à l'homme aux cheveux bruns. Kaspian vous en dira plus sur les épreuves d'admission.

Le spectre inclina la tête.

— Merci, Roi Vesperus.

Je regardai l'autre homme aux traits plus pâles.

— Et toi ?

Ses yeux d'un bleu perçant croisèrent les miens sans flancher. Il retroussa légèrement les lèvres.

— Moi aussi, j'aimerais rejoindre vos mercenaires. La mort est mon passe-temps favori. En faire ma profession, ce serait littéralement vivre de ma passion.

Eh bien, celui-ci avait assurément plus de caractère que l'autre.

— Je croyais que les spectres étaient censés être pacifistes.

— Nous le sommes, répondit-il. J'ai vécu très longtemps ainsi. Mais maintenant que nous sommes… dévoilés… j'aimerais envisager d'autres alternatives qui ne sont pas accessibles dans la Maison de la mort et du diamant, étant donné les récents événements en son sein.

— Je vois.

J'échangeai un regard avec Kieran. Il semblait avoir plus que tenu sa promesse de trouver un ou deux spectres qui pourraient être intéressés par la Maison d'or et de grenat.

— Ils travaillaient pour Max, dit Kieran en guise d'explication.

J'ignorais qui ou ce qu'était Max, mais je hochai tout de même la tête et reportai mon attention sur celui qui affirmait adorer la mort.

— Bane ? supposai-je.

— Nox, corrigea-t-il en affichant un sourire sardonique. C'est le diminutif de Noxious, nocif. Un surnom, pas le nom qu'on m'a donné à ma naissance.

J'arquai un sourcil.

— Ce « surnom » est-il lié à un talent que je devrais connaître ?

— Je suis doué avec les toxines.

Il regarda ensuite Bane.

— Il est meilleur pour les armes traditionnelles. Mais j'ai l'habitude de les améliorer… chimiquement.

— Oui, notre ancien superviseur aimait expérimenter, ajouta Bane. Et Nox s'amusait bien dans les labos.

Intéressant. Je croisai le regard de Kaspian.

— On dirait que tu viens de te faire deux nouveaux amis.

— On verra s'ils peuvent faire aussi bien, dit mon bras droit d'une voix traînante.

Nyx déambula dans la pièce, croisant à nouveau mon regard. Elle semblait fredonner un air que seule elle pouvait entendre, vu que la musique s'était arrêtée.

— Autre chose ? questionna Kieran qui avait l'air de s'ennuyer.

— Non, à moins que tu souhaites contester la décision de Vesperus, répondit Kaspian.

J'étudiai Kieran, curieux de connaître sa réaction.

Mais il se contenta de hausser les épaules.

— Cela promet une discussion intéressante et mon oncle n'approuvera pas cette manière d'agir. Cependant, j'imagine que tu as un plan à ce propos.

Je ne confirmai ni ne réfutai cette hypothèse.

Ce qui fit sourire Kieran lorsqu'il s'écarta de la table.

— Je crois que nous en sommes à deux faveurs à présent, Roi Vesperus.

Il regarda Nyx puis les spectres.

— Trois, techniquement.

— C'est noté, répliquai-je sèchement.

Le sourire de l'arrogant vampire faë s'agrandit.

— Dans ce cas, je crois que notre alliance part d'un très bon pied.

Il se dirigea vers la porte, mais il s'arrêta et ajouta :

— Mais ma proposition de démonstration tient toujours. Fais-moi savoir quand tu seras prêt ou dans le besoin.

À ces mots, il inclina légèrement la tête vers Nyx, qui répondit par une belle révérence, et il sortit.

Je fixai les portes, amusé.

— Une démonstration ? répéta Kaspian.

— De son truc qui fait mal, expliquai-je.

Kaspian plissa le front.

— C'est quoi ce truc qui fait mal ?

— C'est justement la question que je me pose.

Et la raison pour laquelle j'avais très envie de savoir quel engin de torture il avait nommé de la sorte.

— On dirait un jouet pour enfant, marmonna Kaspian.

— Oui. Mais je doute grandement qu'il l'utilise sur les enfants.

Kieran m'étonnait d'avoir des principes moraux, tout comme Elias et Volker.

Ce qui expliquait pourquoi je m'étais allié à eux.

J'étais souvent d'accord avec l'impératrice Asbesta mais pas toujours.

Quoi qu'il en soit, aucun de nous ne s'en prendrait à des enfants.

C'est peut-être pour cela que je protège Nyx, pensai-je tandis qu'elle continuait à danser dans le restaurant avec une énergie enfantine.

Je m'écartai de la table, très curieux d'entendre la mélodie qu'elle avait commencé à fredonner, et laissai Kaspian avec les autres. Il s'occuperait des détails de l'enquête et donnerait des tâches procédurières à Nox et Bane. Ils seraient mis au courant de tout, une façon de déterminer leur valeur dans nos rangs.

Pendant ce temps, je m'occuperais de la déesse virevoltante.

Je l'attrapai par la hanche alors qu'elle tournoyait juste devant moi, puis je la fis basculer vers le sol, les yeux braqués sur elle pendant qu'elle continuait à fredonner une vieille chanson irlandaise.

Je la reconnus, celle-ci avait au moins mille ans.

Je lui murmurai certaines paroles de la chanson avant de la redresser dans mes bras.

— Comment connais-tu cette chanson ? lui demandai-je.

— Je l'ai entendue dans l'une des réalités alternatives que j'ai visitées, chuchota-t-elle en se mettant naturellement à danser avec moi. Tout comme j'ai entendu chaque mot prononcé à cette table là-bas il y a quelques instants. Tu me gardes jusqu'à ce que tu trouves le coupable de l'explosion.

Ce n'était pas une question mais un fait.

— J'ai également dit que je t'aiderais à trouver le médaillon.

Elle hocha la tête.

— Et que tu me crois parce que tu détectes les mensonges.

—Je n'ai pas parlé de ça.

— Non, je l'ai simplement déduit.

Elle pivota sur ses hanches, essayant de mener la danse.

Je l'attirai à nouveau contre moi, une main posée sur sa hanche, et trouvai la sienne de mon autre main. Je la fis ensuite tournoyer dans la pièce, mes mouvements résolus et impérieux.

Si nous allions danser, alors je m'assurerais de mener la danse.

Elle sourit, comme si elle acceptait de s'amuser avec moi. Ses longs cheveux noirs effleurèrent le sol quand je la refis basculer. Le croissant de lune entre ses seins luisait, la trace de sang en son centre lui donnait un éclat rouge brun, semblable au grenat.

À moi, pensa une partie primaire de mon être. *Cette enchanteresse est à moi.*

Ce sentiment me venait du lien qui palpitait dans ma poitrine, ce lien magique que je devrais vraiment rompre d'un simple rejet.

Pourtant, j'avais envie de continuer à prendre ce risque, de repousser davantage les limites, de voir quel destin m'attendait de l'autre côté.

Rien qu'une minute.

Puis je reprendrais le contrôle de la situation et je la renverrais dans son royaume.

À moins que je trouve un moyen de la garder près de moi.

Car inutile de nier à quel point elle rendrait notre Maison puissante.

Je n'allais prendre aucune décision maintenant.

Je n'avais donc plus qu'une seule chose à lui dire :

— Es-tu prête à voir à quoi ressemble l'Islande dans ce royaume ?

Elle s'arrêta de danser, les yeux pétillants.

— En hiver ? Quand la lune brille presque toute la journée et la nuit ?

Son excitation était palpable.

— Oui. Oui, j'aimerais beaucoup voir ça.

NYX

Je ne me rappelais pas la dernière fois que j'avais pris l'avion. Je voyageais habituellement en me téléportant mais par le passé, j'avais parfois opté pour ce moyen de transport.

Principalement pour rentrer dans le moule.

Et pour voir comment c'était.

Cette expérience était un peu plus extravagante que les précédentes, en particulier parce que nous nous trouvions dans un jet alimenté par de la magie et non du kérosène.

Fascinant.

J'admirais le ciel, la lumière froide se transformait en noir d'encre, mon âme se réjouissait de ce lien renouvelé avec la lune. Peu importe dans quel royaume je m'aventurais, le satellite en orbite me ravitaillait toujours en énergie et appelait mon esprit à créer.

De la poussière d'étoiles chatouillait ma paume, ma peau vibrait de cette énergie et de cette puissance ressuscitées.

J'inspirai profondément, savourant les sensations, et souris devant les points scintillants à l'horizon.

Prendre l'avion avait assurément ses avantages, la vue en faisait partie.

Vesperus et Kaspian ne semblaient pas d'accord, cependant. Ils étaient assis à l'avant de l'espace luxueux, leurs têtes penchées, se parlant à voix basse.

— Tu es sûr de ça ? demanda Kaspian.

Sa question parvint facilement à mes oreilles puisque je les écoutais sans vergogne. Tout comme au restaurant.

— Le lien pourrait obscurcir ton jugement.

— J'en suis conscient, dit Vesperus d'un ton las. Ses pouvoirs pourraient également la rendre impossible à cerner mais je n'ai encore ressenti aucun mensonge de sa part, Kas. Pas même un soupçon de contre-vérité.

Parce que je lui ai dit la vérité, que gagnerais-je à mentir ?

— Alors tu vas la garder jusqu'à ce que tu décides du contraire, traduisit Kaspian.

— Je lui accorde ma clémence jusqu'à ce qu'elle me donne une raison d'agir autrement, corrigea Vesperus.

Sa déclaration me plaisait bien plus que le « garder » de Kaspian.

Personne ne pouvait me « garder ». J'étais une déesse. Je me contenterais de me volatiliser si on essayait de m'emprisonner.

— Elle pourrait s'avérer une alliée puissante pour la Maison d'or et de grenat, poursuivit Vesperus, et également faire une reine puissante.

Je clignai des yeux. *Une reine ?*

— Ce serait son rôle au vu de son statut de compagne, continua-t-il. Ensemble, nous serions les deux plus puissants monarques du monde.

— Odin et Lady Gabriella auront sûrement leur mot à dire à ce sujet, dit sèchement Kaspian.

— Ce qu'ils perdent nous profite, répliqua Vesperus.

Cependant, je pensais encore au terme qu'il avait employé, « compagne ». Qu'entendait-il par le fait que j'étais sa « compagne » ? Les déesses n'avaient pas de compagnon. Nous avions des consorts, des amants, des relations sexuelles occasionnelles avec un dieu dans le but de procréer.

Non pas que j'avais déjà fait ça.

Je n'avais pas encore trouvé le bon partenaire. Aussi, je n'avais pas décidé dans quelle réalité j'avais envie de m'installer pour élever un petit, ou même si j'avais envie d'en avoir un.

— Qu'est-ce qui se passera si elle ne souhaite pas être la reine de la Maison d'or et de grenat ? questionna Kaspian en suscitant mon intérêt.

— Si elle ne désire pas être notre reine, alors nous rejetterons la magie qui nous lie et nous passerons à autre chose, répondit Vesperus.

Sa réponse me fit froncer les sourcils.

Rejeter la magie ?

Quelle mag…

Je cillai, la main se portant à ma poitrine. *Cette magie ? Le palpitement dans mon cœur ? Est-ce cela, un lien entre deux destinées ?*

— Il ne va donc pas falloir que tu la touches, songea Kaspian. Autrement, le destin ne te laissera pas le choix.

— Seulement si je la baise.

L'accent anglais de Vesperus semblait caresser ce dernier mot, embrasant mon cœur de désir.

Baiser. Oui, ça me dirait bien s'il vous plaît.

Sauf que ses paroles étaient empreintes d'hésitation, me forçant à répéter chacune de leurs affirmations dans l'ordre, concentrée sur la signification plutôt que sur l'acte potentiel.

Vesperus avait dit que nous pouvions rejeter le lien.

Mais Kaspian avait souligné que Vesperus ne devrait pas me toucher pour que ça reste possible.

Ce qui signifiait que Vesperus ne pourrait pas coucher avec moi, sinon, nous serions liés par cette étrange magie.

Je fis la grimace. *Quelle sorte d'enchantement pouvait-il dicter aussi strictement notre avenir ? Est-ce la même magie qui m'a attirée vers Vesperus au départ ? Cette flèche invisible qui a sommairement pointé vers lui ?*

— Tu crois que tu y arriveras ? Je t'ai vu danser avec elle.

Vesperus ricana.

— Ce n'est que de la séduction. Tu devrais essayer un jour.

— C'est ce que je fais souvent, mais seulement quand je prévois de me faire ma partenaire.

— Alors peut-être que ton imagination aurait besoin d'être élargie, mon vieil ami. On peut faire beaucoup de choses avec des mains et une bouche, tu devrais probablement l'apprendre avant de trouver ta future compagne.

Kaspian éclata de rire.

— Oh, je sais très bien comment utiliser ma bouche et mes mains, l'ami. Mais je ne suis pas sûr que toi, tu ne pourras te contenter que de ça.

— Alors tu remets en question ma maîtrise de moi-même ?

L'avertissement sous-jacent dans le ton de Vesperus ne semblait avoir aucun impact sur son ami, car l'autre homme se contenta de rire à nouveau.

— Pas exactement. Je pense simplement que tu sous-estimes grandement le pouvoir du destin.

— Je ne sous-estime jamais rien.

— Il y a toujours une première fois à tout, Ves, dit son

ami d'une voix traînante. Exemple parfait, ta compagne regarde avec nostalgie par le hublot de ton jet.

Et elle écoute tout ce que vous dites, ajoutai-je, le regard toujours rivé sur les étoiles pendant que je continuais à réfléchir à leur commentaire.

— Elle m'a pris au dépourvu, c'est certain, avoua Vesperus.

— C'est un euphémisme. J'ai cru que tu allais la manger toute crue.

— J'aurais pu si mon bras droit ne lui avait pas jeté un poignard au visage, répliqua mon *compagnon*.

— Je ne m'excuserai pas.

— Je sais.

— Tu aurais fait la même chose pour moi.

— Je sais. Mais si Nyx souhaite se venger en te lançant un poignard, je ne l'arrêterai pas.

Hmm. Tentant, mais je préfère finir les combats plutôt que les déclencher. Cependant, Vesperus avait stoppé ce combat avant même qu'il ne démarre en attrapant la lame par la pointe.

Un geste instinctif pour me sauver… sa compagne.

Quelle magie incroyable, m'émerveillai-je. Il m'avait protégée sans même me connaître, à cause d'un lien qu'il avait senti vibrer dans sa poitrine.

La même attraction qui m'avait précipitée vers lui.

Et qui m'avait donné envie de le lécher.

Cette magie resterait-elle en moi si je quittais ce royaume ? Mon cœur se briserait-il sans Vesperus ?

Il avait parlé de rejeter cette magie, toutefois. Il semblait donc que nous avions la possibilité de briser l'enchantement.

Mon cœur saigna à cette éventualité, reniant ma capacité à rompre un lien si beau, si lumineux et chaud, rempli d'une énergie qui réjouissait mon âme.

Je me sentais entière.

Heureuse.

Revigorée.

Comme si j'avais un nouveau but dans la vie… me lier à Vesperus.

Tout cela fait-il partie de l'enchantement ? Ou est-ce un effet indésirable ?

Je pourrais le rejeter pour le découvrir mais je n'étais pas vraiment prête à ça. J'en voulais en faire un peu l'expérience d'abord, voir quel genre de sorcellerie nos corps pouvaient créer ensemble.

Sauf qu'il avait sous-entendu que le sexe consoliderait notre lien.

Je suis une déesse. Rien n'est jamais définitif.

Mais comme son ami avait dit, il y avait une première fois à tout.

Je songeai aux décisions à prendre, la magie lunaire faisant vibrer ma peau.

Les deux hommes poursuivirent leur discussion, abordant le sujet de l'explosion et du ressenti de mon innocence. À partir de là, ils entamèrent une conversation stratégique sur le moyen de déterminer l'identité du coupable. Apparemment, la magie avait détruit toutes les caméras et les vidéos de surveillance de la zone, les laissant sans aucun indice. De plus, Trixie, leur sorcière guérisseuse, avait dit qu'elle ne reconnaissait pas cette magie.

Cependant, celle-ci était curieusement familière au métamorphe corbeau de la Maison d'or et de grenat – *Slater*, avais-je appris plus tard.

— Ce n'était pas elle, Votre Majesté, avait-il dit à Vesperus avant que nous quittions le restaurant.

Vesperus m'avait laissée près de la porte avant d'aller dire un mot en privé à son corbeau.

Évidemment, j'avais écouté. Je n'avais pas survécu aussi longtemps en ignorant les conversations privées, surtout celles où il était manifestement question de moi.

— Dis-m'en plus, avait ordonné Vesperus.

— Je sens l'énergie explosive, elle ne correspond pas à l'essence de la déesse, avait murmuré le corbeau, ses yeux gris luisant de puissance.

Vesperus avait hoché la tête, tous deux avaient discuté de la signature énergétique quelques minutes de plus. Le corbeau semblait doué pour traquer. Par conséquent, il était resté pour enquêter dans Dublin. L'archange était resté avec lui.

La démonstration de camaraderie était intéressante et, visiblement, habituelle dans la Maison d'or et de grenat. Les mercenaires n'avaient pas l'air du genre loups solitaires, nombre d'entre eux fonctionnaient tout aussi bien en meute.

Je soupçonnais que leur meneur était responsable de cela, vu qu'il semblait travailler en étroite collaboration avec Kaspian. Les deux se mirent à élaborer des stratégies pour savoir comment Vesperus annoncerait mon asile temporaire aux dirigeants des autres Maisons.

— Leur parleras-tu du lien entre vos deux destins ? demanda Kaspian.

— Pas encore.

Kaspian réfléchit un instant.

— Et aux membres de notre Maison ? J'ai remarqué que tu as omis de le mentionner à Slater et Nolan mais je crois qu'ils ont des soupçons, tout comme Kieran et probablement les spectres.

— Est-ce ta façon de me dire que je ne l'ai pas très bien caché ?

— Tu l'as protégée de moi, et à nouveau avec Kieran. Et tu étais… *tactile*. Tu ne l'es généralement pas.

Vesperus passa les doigts dans ses épais cheveux bruns, détournant mon regard des étoiles pour admirer ses doigts du coin de l'œil. *Puissantes. Viriles. Des mains parfaites.*

— Elle est à moi, répondit-il simplement. Et elle aussi avait les mains baladeuses.

— Ce que tu ne tolèrerais pas habituellement, souligna Kaspian.

Ses paroles m'intriguèrent. Vesperus ne semblait pas adepte des démonstrations d'affection en public, ce qui me rendait unique.

J'aimais plutôt ça.

Bien sûr, c'était sûrement lié à toute cette histoire de destin, mais une partie de moi que j'ignorais se délectait de savoir que c'était une première pour lui.

— Je ne vais pas rendre l'information publique pour l'instant mais je ne l'expliquerai pas non plus, dit Vesperus à son ami. Pas tant que je n'aurai pas trouvé la meilleure façon de m'y prendre.

Kaspian acquiesça.

— En attendant, ça nous donnera une idée des réactions des autres Maisons quand elles apprendront qu'elle est devenue membre de la Maison d'or et de grenat.

— Exactement.

Il semblait amusé par cela.

— Je suis surpris qu'Elias ne m'ait pas encore appelé.

— Kieran te laisse peut-être du temps pour que tu communiques toi-même la nouvelle.

Vesperus émit un son qui suggérait qu'il n'était pas d'accord. Sa paume se porta à sa nuque et la serra.

— Je commencerai à passer des coups de fil demain. Je veux dormir d'abord.

— Non, tu veux jouer d'abord, corrigea Kaspian. Tu es peut-être mon roi, Ves, mais tu étais mon meilleur ami bien avant qu'on te donne ce titre. Je te connais mieux que personne.

Depuis combien de temps ? me demandai-je. La magie qui émanait d'eux avait l'air ancienne, d'au moins un millénaire, peut-être deux. S'étaient-ils connus au cours de leur jeunesse ?

Je faillis leur poser la question, mon désir d'en savoir plus sur Vesperus prenant le dessus sur mes pensées. *C'est à cause du lien. Devrais-je le rejeter pour le rompre, ou l'autoriser à me consumer un petit peu plus ?*

La première suggestion semblait ennuyeuse et insipide, je reviendrais simplement à mon existence précédente, si tant est que j'eus bien compris Vesperus.

La deuxième suggestion en revanche faisait battre mon cœur d'excitation. J'aimais l'idée d'expérimenter cela un peu plus longtemps.

Un compagnon.

Pourquoi pas ?

Ça a l'air marrant.

Peut-être qu'après y avoir un peu cédé, ma magie reviendrait.

Ou peut-être que le but de tout ça était de m'assurer que j'avais trouvé mon destin.

Peut-être que… j'étais censée être ici avec Vesperus et que c'était la raison pour laquelle mon médaillon s'était effrité.

Je suivis le fil de cette pensée tandis que le jet entamait sa descente, le vrombissement familier de l'énergie nocturne m'effleura, tel un baiser aux pouvoirs alléchants.

L'hiver en Islande était une bénédiction, la lune tout le temps suspendue dans le ciel.

Je soupirai, satisfaite et ravie de cette décision.

Pour l'instant, je me prêterais au jeu de Vesperus et de

notre lien magique tout en me délectant du ciel sombre et de la nuit enchantée.

Tu as gagné, dis-je au médaillon. *On restera un peu plus longtemps.*

L'énergie frémit autour de moi, me rappelant un gloussement heureux, ou peut-être était-ce une vibration agréable. Difficile à dire puisque la magie semblait posséder une volonté et une imagination propres.

Mais dès que j'en aurai fini avec ce royaume, je m'attends à ce que tu me reviennes, pensai-je.

Un silence paisible s'abattit sur moi, cette déclaration n'était ni affirmée ni infirmée par la magie.

Peut-être qu'elle sentait que je n'en aurais jamais terminé avec ce royaume parce qu'elle souhaitait que j'y reste.

Je laissai cette pensée me suivre jusqu'en bas.

Je croisai ensuite le regard impatient de Vesperus lorsqu'il se leva.

Et je le suivis en descendant du jet.

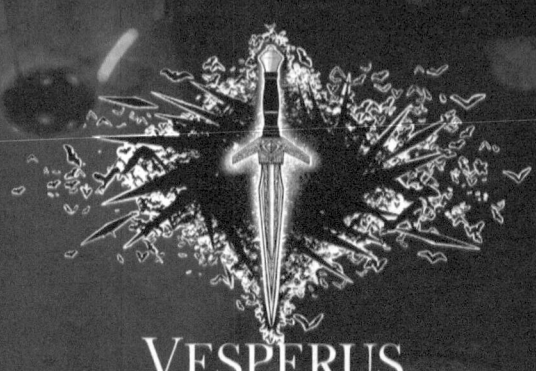

VESPERUS

Nyx nous suivit sans dire un mot. Elle n'arrêtait pas de pencher la tête en arrière pour contempler le ciel, sa peau pâle luisant presque sous le clair de lune.

Une légère couche de magie dorée semblait recouvrir ses bras, ça la rendait encore plus majestueuse que tout à l'heure.

Déesse de la nuit. Maîtresse de la lune.

Ce nom semble approprié.

Elle avait une prestance si royale et invulnérable en cet instant, du moins jusqu'à ce que je croise son regard.

Le feu qui brûlait dans ses orbites dorées m'appelait, m'incitant à abandonner ma place devant et à me placer à côté d'elle.

Je déglutis, combattant cette envie, et me forçai à avancer dans le parking.

Kaspian me jeta un jeu de clés tandis que nous nous approchions d'une rangée de voitures, puis il en fit tourner un autre autour de son doigt.

— Je vais attendre Manuela et Pam, dit-il en parlant de nos pilotes.

Évidemment, répliquai-je mentalement.

Il se contenta de sourire, ses intentions sexuelles visibles dans son regard sombre.

Je suggère que tu entraînes tes mains et ta bouche, ajoutai-je en arrivant à mon SUV, côté passager. *Tu sais, pour te préparer à ta future compagne.*

Il répondit en ricanant, attirant le regard de Nyx.

— Votre télépathie va-t-elle dans un sens ou dans les deux ? demanda-t-elle sur le ton de la conversation, ses yeux passant de lui à moi. Hmm, un seul sens, autrement, vous n'auriez pas eu besoin de parler à voix haute dans l'avion.

Ses magnifiques iris croisèrent les miens.

— Inutile de me cacher vos commentaires, *mon roi.* Je ne me vexe pas facilement.

À ces mots, elle se téléporta sur le siège passager et me sourit à travers la vitre.

Je plissai les yeux. *Mon roi.* Ce n'était pas le titre qui échauffait mon sang mais sa façon de le dire, comme si elle essayait de me provoquer en se moquant de celui-ci de la plus polie des manières.

C'était un geste insolent qui me paraissait désobéissant.

Cela me donnait envie de corriger son attitude.

— Je suggère que tu la ramènes chez toi avant de la manger, *mon roi,* proposa Kaspian, son amusement palpable dans ces deux derniers mots.

— Je vais faire bien plus que la manger, marmonnai-je en usant de ma rapidité vampirique pour passer de l'autre côté du SUV.

Nyx regardait déjà dans ma direction, comme si je n'avais pas bougé d'un pouce.

Peut-être que c'était le cas à ses yeux.

J'avais aperçu une once de ses pouvoirs tout à l'heure, après avoir bu de son sang. Cela avait été grisant, me donnant envie d'aspirer et de m'imbiber de chaque goutte de son énergie. Cependant, je m'étais efforcé de m'arrêter pour garder le contrôle.

— N'en fais pas trop, m'avertit Kaspian.

L'amusement avait disparu de son ton.

— Je n'ai pas besoin de rappel, Kas.

— Mieux vaut prévenir que guérir, et regretter plus tard.

Je l'ignorai et m'installai derrière le volant. Le rire de Kaspian chatouilla mes oreilles à travers la portière, le grondement de sa voix me rappela celui du moteur alors que je démarrais la voiture.

Nyx resta silencieuse pendant que je quittais le parking, le regard sombre de Kaspian nous suivant jusqu'au bout. Je me souviendrais de son avertissement et tâcherais d'y prendre garde car c'était le même qui revenait sans cesse dans mon esprit.

— Mon royaume ne possède pas d'âmes sœurs, dit Nyx en me tirant de mes pensées. Mais je sens la magie dans ma poitrine. C'est… Ce n'est pas désagréable.

Non, songeai-je. *Certainement pas.*

— Ta discussion dans le jet suggérait que j'étais ta première conquête, continua-t-elle.

Elle confirmait ce que je soupçonnais déjà, elle avait entendu chaque mot échangé, tout comme dans le pub.

— Tu peux avoir plusieurs compagnes ?

Je réfléchis un instant à la réponse que j'allais lui donner, tentant de trouver le meilleur moyen de lui expliquer le concept. Tous ici dans ce monde comprenaient la symbolique des âmes sœurs en grandissant, mais elle n'était pas née ici.

— Si on rejette un lien du destin, on peut parfois en trouver un deuxième. Mais ce n'est ni habituel ni garanti.

Quant au fait d'avoir plusieurs compagnes ou compagnons, je n'en avais jamais entendu parler. Toutefois, vu comme la magie changeait dans ce royaume, tout était possible.

— Donc, si nous nous rejetons, tu pourrais trouver une deuxième compagne ?

Je haussai les épaules.

— Possible. Mais il m'a fallu mille cinq cents ans pour te trouver, donc je doute que ça arrive de sitôt.

— Aimerais-tu trouver une deuxième compagne ?

Son ton sous-entendait davantage une curiosité sincère qu'une jalousie potentielle.

Je jetai un coup d'œil dans sa direction et m'aperçus que son expression était assortie à son ton.

— Comme une seconde compagne alors que tu es toujours ma première ? Ou est-ce une question hypothétique, en supposant que nous nous soyons mutuellement rejetés ?

Elle détourna le regard de la fenêtre pour se tourner vers moi.

— Aurions-nous besoin de nous rejeter mutuellement ?

— Oui.

Autrement, la personne rejetée pourrait en souffrir.

— Oh.

J'aperçus du coin de l'œil son nez se plisser.

— Dans certaines Maisons perdurent des règles archaïques qui forcent un couple à se battre jusqu'à la mort. La Maison d'or et de grenat n'emploie pas de telles pratiques mais un rejet non mutuel peut créer une distraction. Et mes mercenaires ne tolèrent aucune distraction sur le terrain.

— Je vois. Donc tous ceux qui ont été rejetés sans l'accepter… ils ont été supprimés ?

— Congédiés, clarifiai-je. Pas tués.

Nous n'étions pas sans cœur, simplement pragmatiques.

— Je ne peux pas me permettre d'être *congédié* de mon poste.

Il y réfléchit un moment.

— Alors nous aurions besoin de nous rejeter mutuellement.

— Oui.

Je resserrai ma prise sur le volant, car je n'appréciais pas l'idée de rejeter ce lien potentiel. Je me concentrai alors sur sa première question.

— Et non, je ne chercherais pas de seconde compagne, surtout si nous sommes toujours liés.

Je n'étais même pas sûr que ce soit possible mais peu importe.

— Je préfère la monogamie, lui dis-je.

— La monogamie, répéta-t-elle comme si elle savourait le terme.

— Oui, je ne partage pas.

Et je m'attendais à ce que ma compagne fasse de même.

Elle resta silencieuse encore quelques secondes, ses mains toujours posées sur ses genoux tandis qu'elle étudiait mon profil.

— Les dieux et déesses de mon monde vivent souvent librement.

Ma mâchoire se contracta.

— Ce n'est pas ton monde.

— Non, reconnut-elle doucement. Je suppose que ça explique pourquoi je n'apprécie pas l'éventualité que tu prennes une seconde compagne. Ça... ça me rend furieuse.

Elle paraissait un peu désarçonnée par cette possessivité.

Je comprenais en grande partie ce qu'elle ressentait. Même si j'avais toujours préféré la monogamie aux coups d'un soir, je n'avais jamais ressenti le besoin de posséder l'une de mes conquêtes. De plus, aucune ne m'avait fait réagir de manière possessive ou protectrice devant les autres.

Or, je l'avais fait aujourd'hui avec Nyx.

— L'idée que tu prennes un autre compagnon m'énerve aussi, confessai-je en appréciant cette discussion.

Pas de jeux, pas de mensonges, pas de déclarations pacifistes. Rien qu'une pure sincérité.

C'était… rafraîchissant.

— Cette magie est intense, songea-t-elle en portant sa main sur son cœur. J'aime ça.

— Cela veut-il dire que tu n'as pas envie de la rejeter ?

Elle regarda à nouveau par la fenêtre.

— Hmm, non, pas encore. Cette sensation est nouvelle pour moi, différente de tout ce que j'ai connu auparavant, chose rare dans mon existence.

— Alors, c'est plus une expérience pour toi ? traduisis-je, incertain de savoir quoi en penser.

En étais-je à moitié amusé, mais aussi irrité ?

— Pas une simple expérience, murmura-t-elle, une expérience unique, magique, pleine d'enchantement nouveau.

Elle me regarda une fois de plus.

— J'ai voyagé dans des tas de royaumes pour trouver un nouveau foyer, un nouvel objectif. C'est la première réalité dans laquelle je me rends qui m'intrigue.

Mes lèvres menacèrent de se recourber.

— Alors je t'intrigue ?

— Oui, répondit-elle immédiatement. Ta magie est plutôt séduisante, *mon roi*.

Je grognai, ce surnom faisait disparaître mon amusement et m'excitait grandement.

— Arrête de dire ça.

— Pourquoi ? s'enquit-elle.

J'aurais juré entendre une pointe de ronronnement dans ce seul mot.

— Ne m'as-tu pas dit de bien me comporter tout à l'heure ? De faire preuve de respect ?

— Pour la réunion, oui. Mais nous sommes seuls à présent. Plus besoin de titres.

Selon elle, ils ne signifiaient pas grand-chose de toute façon.

— Donc les règles du jeu changent quand nous sommes seuls ?

— Oui.

Je ralentis la voiture au panneau stop, puis je continuai vers Reykjavik, ou ce qui était autrefois la capitale de l'Islande en tout cas. C'était à présent le quartier général de la Maison d'or et de grenat, la ville avait été rebâtie en fonction.

— Alors parle-moi des nouvelles règles.

Sa voix me laissait entendre qu'elle plaisantait, la déesse n'avait aucun désir de s'incliner devant moi. Je devais mériter son respect.

Défi accepté.

J'avais très envie de la voir à genoux, surtout dans ma chambre.

— Pas de règle quand nous sommes seuls, décidai-je, car je voulais me sentir libre avec elle.

C'était risqué, mais pourquoi ne pas tester les limites ? L'absence de règles me permettrait de la connaître réellement, je décèlerais rapidement si elle était faite pour mon royaume ou non.

D'autre part, nous avions implicitement établi que nous nous attendions à ce que l'autre dise la vérité. Je préférerais ne pas fissurer cette base précaire en l'étouffant de règles.

— Tu sembles plutôt me faire confiance, murmura-t-elle.

— Oui, n'est-ce pas ?

Je m'arrêtai à nouveau, puis je pris la route qui nous mènerait enfin en ville.

L'aéroport était à plus de soixante-cinq kilomètres de chez moi.

Mais la magie me permettait d'accélérer sur les routes recouvertes de neige. Les pneus avaient été pourvus d'un enchantement, ils faisaient tout fondre sur leur passage, garantissant une conduite sûre malgré le climat rude.

— Tu peux déceler la vérité et communiquer par la pensée, résuma-t-elle en me montrant à quel point elle avait discerné mes talents. Tu peux lire dans les esprits également ?

Non, répondis-je via un lien mental relié à ses pensées. *Je peux seulement parler dans l'esprit des autres, pas les lire.*

Elle demeura silencieuse un instant.

— Donc ça ne va vraiment que dans un sens.

— Oui. Mais maintenant, j'ai envie de savoir ce que tu as dit.

Car, de toute évidence, elle avait essayé de me répondre.

— Je me demandais si nous pourrions communiquer dans les deux sens une fois que j'aurai bu de ton sang.

La promesse chaleureuse de ces mots fit bouillir mon sang d'impatience.

— Il n'y a qu'une seule façon de le découvrir, répliquai-je en attrapant son poignet lorsqu'elle posa sa main sur ma cuisse.

Je la reposai sur ses genoux.

— Mais pas avant qu'on soit arrivés.

— Hmm, ça ressemble à une règle.

Elle ne boudait pas vraiment, c'était plus une raillerie.

— Plutôt une précaution. Je ne sais pas comment je réagirai à ta morsure, ni toi à mon sang.

D'autant plus que je préférerais ne pas conduire quand elle poserait sa bouche sur moi.

— Dans ce cas, pas de baise, c'est quoi ? Une règle ou une précaution ?

Sa question soudaine faillit presque me faire quitter la route.

Je déglutis, ma queue tout à coup dure comme la pierre.

En partie à cause de sa proposition sanguine, puis de la main baladeuse que je venais d'attraper.

Et maintenant parce qu'elle avait prononcé le mot « baise ».

Cette femme va mettre à l'épreuve ma maîtrise de moi-même plus que quiconque ou quoi que ce soit dans ma vie.

— Parce que baiser rend le rejet du lien impossible, n'est-ce pas ? poursuivit-elle, ce fichu mot éveillant un brasier en moi. C'est ce que j'ai déduit de ta discussion avec Kaspian.

Je me raclai la gorge. Mon esprit tourbillonnait d'une faim obscure à laquelle je ne devais pas prêter attention. Autrement, je pourrais bien m'arrêter et la faire basculer à l'arrière.

— Le couple peut rejeter le lien, dis-je d'une voix qui résonna rauque à mes oreilles. Mais le sexe l'emporte sur le rejet, donc une fois qu'on… *baise*… il n'y a pas de retour en arrière.

— Même pour nous ? demanda-t-elle. Je ne viens pas de cette réalité. Peut-être que les règles sont différentes pour nous.

Même si je désirais grandement tester cette théorie…

— Je pense qu'on ne devrait pas faire de suppositions,

parce qu'une fois que le destin aura scellé nos deux âmes, le sceau sera impossible à briser.

— Pas même par la mort ?

— Tu es en train de dire que tu veux me baiser et me tuer ? répliquai-je, n'appréciant pas la tournure qu'avait prise notre conversation.

Elle rit, ce son inattendu me fit froncer les sourcils.

— Non. Je suis simplement curieuse de savoir ce qui se passe quand l'un meurt. Je n'ai pas envie de te tuer, seulement de te goûter.

Sa main revint sur ma cuisse et cette fois, je ne l'arrêtai pas.

— Et de te baiser.

Oui, elle menace vraiment de me faire perdre mes moyens. Je sentais ce désir qu'elle avait mentionné, l'excitation enivrante tisser une toile autour de mes sens qui me suppliait de la prendre, d'arrêter le SUV, de la déshabiller et de lécher chaque centimètre de son corps de déesse.

Certaines femmes étaient de grandes séductrices, se jetaient ouvertement sur moi et s'assuraient que je sache qu'elles feraient *n'importe quoi* pour moi.

Cependant, l'approche de Nyx était différente. Elle était confiante et directe, mais pas d'une manière trop simple. Elle m'avait fait part de son intérêt tout en me disant que je devais lui procurer du plaisir.

Et si je ne remplissais pas ses critères, elle ne s'occuperait sûrement pas de mon plaisir. Elle exigeait d'être vénérée avant d'accepter de rendre la pareille.

Cette expérience était toute nouvelle pour moi, elle m'incita à prendre sa main, à porter son poignet à ma bouche. Je mordillai l'endroit où l'on sentait son pouls battre sous sa peau, mon instinct de prédateur me poussait à planter mes crocs dans sa chair.

— Si une moitié meurt, ça peut rendre l'autre personne folle, dis-je contre sa peau, répondant à sa question sur la conséquence de la mort de l'un des deux êtres unis par un lien. Les âmes se lient, elles ne font presque plus qu'une. Blesser une moitié endommage les deux.

Je déposai un baiser sur son poignet, puis reposai sa main sur ses genoux.

— Je suppose donc que l'interdiction de baiser est notre seule règle, étant donné que c'est plus qu'une précaution. Ça pourrait potentiellement changer nos vies, car même si tu viens d'un autre royaume, nos âmes seront liées à jamais. Si nous nous lions et que tu pars, ce sera sûrement comme si tu étais morte, et je tiens à ma santé mentale.

NYX

Les commentaires de Vesperus au sujet du lien errèrent plusieurs minutes dans mon esprit tandis qu'il conduisait en silence.

Je ne me sentais pas rassurée de pouvoir causer sa perte. Malgré le peu de temps que nous avions passé ensemble, je voyais bien que c'était un bon dirigeant. Cela concordait avec ce que j'avais entendu sur lui en Irlande avant de le rencontrer.

Si nous laissions s'établir ce lien entre nous et que je finissais par me décider à partir dans une nouvelle dimension, cela pourrait le détruire.

À moins que je l'emmène avec moi.

Mais alors, il quitterait son royaume pour une femme qu'il connaissait à peine, tout ça à cause d'une magie qui les destinait à être ensemble.

Je fronçai les sourcils.

— Peut-être faut-il que nous le rejetions, dis-je en réfléchissant à voix haute, avant que... avant que ça obscurcisse notre jugement et que l'irrémédiable se produise.

Je prononçai la fin de ma phrase sur un ton bien moins assuré que le début. Il me coûtait presque physiquement de lui dire une chose pareille

Étrange. Je posai la main sur ma cage thoracique, tentant de faire disparaître la douleur sourde qui était apparue en moi en faisant cette déclaration.

Vesperus demeura silencieux un long moment, le seul son audible provenant du vrombissement de l'engin qui ronronnait de l'étrange magie de ce monde.

— Ce serait une décision pragmatique, continuai-je. De… rejeter le lien, je veux dire.

Je massai davantage ma poitrine, essayant d'éliminer la douleur tout en parlant.

— Cet enchantement est différent de tout ce que j'ai pu voir. Et même si j'apprécie la sensation, je… je ne suis pas certaine que les avantages valent que l'on prenne le risque.

En particulier parce que le lien semblait pouvoir coûter à Vesperus sa place sur le trône

Il était roi. Il avait besoin d'une compagne pour gouverner à ses côtés, je n'étais probablement pas la bonne candidate pour ce rôle.

— Je suis ici pour explorer ce royaume et l'appeler peut-être mon chez-moi. Même si tu es la plus belle rencontre que j'ai faite depuis mon arrivée, je ne veux pas qu'un sort induise en erreur mon choix de rester.

— Les sorts nous induisent souvent en erreur, murmura-t-il, ou bien la magie. Elle a provoqué de nombreuses fois le chaos dans ce monde, le dernier remonte à vingt-quatre ans, le Grand Sacrifice.

— Qu'est-ce qui s'est passé ?

Il secoua la tête, son expression trahissant de la tristesse.

— Un vrai génocide. Une extermination massive provoquée par un conflit entre les Maisons. Une trêve a été instaurée mais elle ne tient qu'à un fil. Le fait que tu sois ma moitié… pourrait bouleverser ce mince équilibre.

— Pourquoi ?

— Question de pouvoir, répondit-il simplement. Notre union fournira une position supérieure à la Maison d'or et de grenat, beaucoup ne l'accepteront pas, ni ne l'apprécieront. D'un côté, ça permettrait de fournir certaines protections supplémentaires à mon territoire et de chasser les envahisseurs potentiels. De l'autre…

— Ça pourrait déclencher une guerre, achevai-je à sa place.

Il hocha la tête.

— C'est ce que tu entendais lorsque tu disais vouloir évaluer leurs réactions lorsqu'ils apprendraient que tu m'avais temporairement accordé l'asile.

Il me lança un regard de côté et retroussa légèrement les lèvres.

— Tu ne devrais vraiment pas écouter les conversations des autres.

Je pourrais lui faire la leçon sur l'importance de trouver des endroits plus discrets pour parler en privé mais je voyais qu'il plaisantait. Il était probablement au courant que j'écoutais, vu que je ne m'étais pas embêtée à le lui cacher au pub.

— L'information est précieuse dans toutes les situations.

— C'est vrai, reconnut-il en se garant sur le côté.

Il ne coupa pas le moteur et laissa la chaleur continuer à filtrer par les bouches d'aération. Vu l'air frisquet, c'était agréable. Bien que je puisse réguler ma température avec ma magie, il était plus agréable de savourer cette chaleur venue de l'extérieur.

Ses yeux argentés croisèrent les miens, les éclipses de tout à l'heure avaient disparu et son regard avait repris son aspect normal. J'en déduisis que son accès à mes pouvoirs avait été temporaire, sûrement parce qu'il n'avait pas beaucoup bu de mon essence.

— Et si nous rejetions le lien et que nous ne le disions à personne ? suggéra-t-il. Tu trouveras tout de même refuge dans la Maison d'or et de grenat et tu resteras avec moi. Mais nous renierons secrètement la magie pour nous aider à garder les pieds sur terre, et nous pourrions voir en même temps si ta présence sur mon territoire évoque une réaction favorable de la part de mes sujets.

— Alors nous feindrons d'être toujours liés…

— Nous ne feindrons pas vraiment, pas techniquement. Le lien sera brisé mais si nous couchons ensemble, il reviendra. Cela signifie que nos âmes seront toujours liées mais que nous ne serons pas envoûtés.

J'enlevai la main de ma poitrine.

— Ça veut dire que ce lien en moi aura disparu mais que si nous *choisissons* d'être ensemble, il reviendra ?

Il hocha la tête.

— À moins que l'apparition d'un second partenaire parvienne curieusement à l'interrompre, mais comme je l'ai dit, c'est rare. Et lui aussi peut-être rejeté.

— Rejetterais-tu la tienne ?

Il me fixa.

— Cela dépendra d'où nous en sommes dans l'établissement de notre lien. Nous pourrions rejeter la magie et ne rien ressentir l'un pour l'autre, ou bien nous pourrions ressentir la même chose, juste sans…

Il s'interrompit et baissa les yeux sur le point que je massais.

— Il n'y a vraiment qu'un seul moyen de le savoir, dis-je lentement. Et puis, si… si je décidais de rester… je saurais que ce serait pour de bonnes raisons.

— Et nous aurons eu le temps de jauger les réactions de tout le monde.

— Sauf que tu prévoyais de ne le dire à personne, n'est-ce pas ? lui rappelai-je en repensant à sa discussion avec Kaspian.

— Je prévoyais ni de confirmer ni de nier cette liaison parce que c'est le meilleur moyen de laisser libre cours aux rumeurs. J'écouterai ce que tout le monde pense et je me baserai sur ces réactions et sur les bruits qui courent pour échafauder le plan suivant.

Mes lèvres se retroussèrent.

— Tu es un roi très stratège.

Raison de plus pour laquelle j'avais besoin de le rejeter. Je ne pouvais pas mettre sa santé mentale en péril pour une décision motivée par un sort, et non par la logique.

Même si j'aimais la sensation d'être liée à lui, je n'étais pas sûre de vouloir l'être pour toujours. Vivre une éternité avec une seule personne, c'était très long.

Tout comme la perspective de s'engager éternellement envers une seule réalité semblait un peu intimidante.

— Je crois qu'on devrait faire ça, dis-je en me sentant désormais un peu plus résolue.

Mon cœur me faisait toujours mal mais le fait de savoir que quelque chose d'autre pourrait nous attendre sans que nous soyons sous le charme du sort motivait ma décision.

Cette magie n'avait peut-être rien d'un leurre alléchant.

Son aura n'appelait peut-être pas vraiment la mienne.

C'était peut-être un troll, pas un vampire sexy.

Je n'en avais aucune idée. Cet enchantement pouvait tout déformer dans mon esprit, me faisant voir un homme qui n'était pas du tout mon genre sinon rien qu'une âme que j'étais censée rencontrer et avec qui je devais potentiellement m'unir.

— C'est la décision la plus pragmatique, déclara-t-il en me reluquant. Tu devras toujours modérer tes pouvoirs. Et tu devras t'abstenir de causer des problèmes sur mon territoire ou je serai forcé de t'exiler... ce qui signifie que les Maisons réclameront sûrement ta mort cette fois-ci.

Mes lèvres se tordirent.

— Alors ils seront très déçus d'apprendre que je ne peux pas mourir. Je suis une déesse de la création. Si on parvient d'une manière ou d'une autre à détruire mon enveloppe corporelle, mon esprit se contentera de retourner à Khaos pour renaître, et je ne serai pas contente.

Ses iris argentés pétillèrent d'amusement.

— Non, j'imagine que non. Mais je suppose que tu te trouveras à nouveau dans ton royaume.

Je plissai les yeux.

— Mon royaume, où je peux trouver un autre médaillon et revenir ici pour me venger, *Roi Vesperus*.

Son amusement ne sembla que s'intensifier davantage.

— Si un jour je dois te tuer, Déesse de la nuit, alors je m'attendrai à ce que tu reviennes pour m'anéantir.

Ce n'était pas une blague mais la pure vérité.

Cela me calma un petit peu.

— Ne me sous-estime pas, Roi, menaçai-je pour la énième fois aujourd'hui.

—Je n'y songerais même pas, Déesse, répliqua-t-il d'un ton un peu plus sérieux à présent. Mais j'ai besoin que tu comprennes que je ne pourrai rien contrôler si la trêve s'interrompt. Les Maisons réclameront ta traque et tu ne devrais pas sous-estimer mon talent pour la chasse.

L'avertissement dans son ton me fit frissonner, pas de peur mais d'excitation.

Je compris tout à coup son amusement lorsque je proférais des menaces à son encontre.

Elles l'excitent.

Sa menace me donnait envie de provoquer une course-poursuite, pour voir comment il se déplaçait, pour tester ses capacités et le baiser en récompense… s'il m'attrapait.

Je déglutis.

— Il faut qu'on rejette cette magie.

Je prononçai cette phrase d'une voix étouffée, mon cœur manqua plusieurs battements.

—Je n'apprécie pas à quel point cela… me séduit.

Il inclina la tête, plein d'arrogance et de sensualité virile.

— Est-ce la magie ou nous ? demanda-t-il doucement. Je suppose qu'on le découvrira car, Nyx, Déesse de la nuit, Maîtresse de la lune, je te rejette.

Je poussai un cri, ma poitrine se fendant à ses mots et me laissant haletante à côté de lui. J'agrippai ma robe, la déchirant presque en tentant de saisir mon cœur brisé. Mais ses mains s'emparèrent de mes poignets pour les maintenir.

— Dis-le-moi aussi, dit-il.

Sa voix était sévère, semblant vouloir m'anéantir, chacun de ses mots me fit l'effet d'un fil barbelé enserrant mes sens.

Il me rejetait.

Il nous rejetait.

Il… il…

Je frémis, mon esprit vola en éclats tandis que mon corps tremblait d'une agonie telle que je n'en avais jamais vécu.

Était-ce une erreur ? Aurais-je dû ne pas lui proposer

cela ? *Pourquoi l'ai-je suggéré ? Pourquoi autoriserais-je cela ? Il est censé être à moi… mon compagnon… mon âme…*

— Nyx.

Sa voix transperça mes pensées, m'arrachant un gémissement.

Je me sentais si faible, j'avais si froid, j'étais seule. *Je dépéris. Je meurs. Une déesse sans Maison, sans royaume, sans âme.*

J'avais visité tant d'endroits, sans jamais me sentir à l'aise avec un seul aspect de ces réalités.

Jusqu'à Vesperus. Jusqu'à ce lien magique qui m'avait menée à lui… susurrant ses pouvoirs… sa grandeur…

Mais il l'a rejeté. Il…

Je sursautai lorsque ses crocs transpercèrent mon cou et ouvris brusquement les yeux en criant.

— Comment oses-tu !

Comment ose-t-il me rejeter et ensuite me mordre !

—Je ne t'appartiens pas. Tu… tu…

Ses mains se saisirent de mon visage, je vis ces deux éclipses à nouveau éclatantes dans ses yeux.

— Dis : « Vesperus Veritas, je te rejette. »

Le rejeter ?

Il m'a rejetée…

— Tu as promis de le faire en retour, continua-t-il en me fusillant du regard. Ne fais pas ta faible maintenant.

Je grognai. *Je suis une déesse. Je ne suis pas faible. C'est juste… qu'il…* Je déglutis, incapable de finir ma phrase. Je me sentais si étourdie, si brisée, si… si… *rejetée.*

Je souhaitais qu'il ressente la même chose.

Qu'il ressente cette perte, qu'il prenne conscience à quel point ça faisait mal. C'était peut-être mon idée mais je ne m'étais pas attendue à cette douleur !

Je grondai.

Ce qui fit *sourire* cet enfoiré.

— Ça, c'est bien ma déesse. Allez, rejette-moi.

— Ta déesse ? *Ta* déesse ?

Ce connard m'appelait ainsi après avoir enfoncé cette énergie invisible dans ma poitrine ? *Non.* Non, hors de question. Je ne l'acceptais pas. Parce que… parce que…

— Vesperus Veritas… je te rejette.

Une bouffée d'énergie crépita entre nous, faisant hérisser tous les poils sur mes bras.

Je fermai les yeux, tentant tant bien que mal de respirer, et mon cœur cessa de battre.

Jusqu'à…

Jusqu'à ce que tout disparaisse.

En une fraction de seconde, tout changea et mon esprit s'allégea d'un poids, me libérant de l'agonie du rejet.

Mes lèvres s'entrouvrirent, les entrailles en vrac après avoir été déchiquetées par un nouveau sort. La lune embrassa mes sens, ragaillardit mon esprit et saupoudra ma peau de poussière d'étoiles.

Je soupirai, me détendant sur le siège en cuir, et ouvris lentement les yeux.

Vesperus m'avait libérée, son expression ne laissait rien transparaître tandis qu'il se tenait silencieusement à mes côtés.

— Tu n'es pas un troll, murmurai-je, ravie de constater que le corps délicieux de Vesperus était toujours là.

Et, mmm, il sentait toujours le chocolat.

Une onctueuse glace avec du caramel fondu et des cacahuètes chaudes. Oh oui.

— Je ne crois pas que ça a marché, dis-je en me penchant vers lui. J'ai toujours autant envie de te lécher.

Il arqua un sourcil.

— Ah oui ?

Je parcourus son exquise silhouette du regard.

— Oui, j'imagine donc que la règle de ne pas baiser s'applique toujours.

— Oui, affirma-t-il d'un ton et d'un air toujours impassibles.

Je reculai un peu pour l'étudier, légèrement irritée par sa capacité à ne rien laisser transparaître.

— Tu as toujours envie de me lécher ?

Ces magnifiques iris, ces deux éclipses toujours scintillantes, scrutèrent lentement et sensuellement mon corps.

— On verra, répondit-il.

Il posa la main sur le levier de vitesse et retourna sur la route.

Je fronçai les sourcils.

C'était quoi cette réponse ? N'est-il plus attiré par moi comme moi par lui ?

Mon estomac gargouilla en guise de réponse.

Rompre l'enchantement l'avait-il immunisé contre moi , ou bien jouait-il les désintéressés, le bon roi protégeant son cœur et son trône ?

Hmm.

J'aurais juste à… tester ses limites, étudier ses réactions et aviser.

Peut-être ne comprend-il pas encore ce qu'il ressent, pensai-je.

Eh bien, si c'était le cas, je n'aurais qu'à l'aider.

Mon regard retourna à la nuit dehors, la lune apaisait mon esprit et me rappelait mon véritable objectif.

J'étais venue ici pour découvrir si ce royaume pouvait être mon chez-moi. Désormais, je devrais aussi décider si Vesperus pourrait être un futur compagnon.

Ou s'il n'était qu'une passade.

Quel que soit notre destin, j'avais prévu de le lécher.

Parce que le chocolat était ce que je préférais.

Et j'avais l'intention de dévorer la friandise à côté de moi.

VESPERUS

Rompre le lien était une idée raisonnée, un choix pragmatique, la bonne route à suivre.

Pourtant, je n'arrivais pas à me débarrasser de cette sensation d'avoir commis une erreur.

De plus, je ne semblais pas pouvoir contrôler mon attirance pour Nyx.

Elle fredonnait pendant que je lui faisais visiter chez moi, ses yeux magnifiques dérivant vers les fenêtres aussi souvent que possible pour admirer le ciel.

C'est pourquoi je choisis de lui montrer le toit en avant-dernier.

Nous avions déjà vu le salon, les cuisines — où je l'avais présentée à des membres de mon personnel — et les trois différentes salles à manger.

Je lui avais également montré les différents appartements où tout le monde dormait aux autres étages et je l'avais fait passer par la bibliothèque, la salle de conférence attenante et la salle de repos du deuxième étage.

Puis, j'avais contourné le troisième étage en déclarant subtilement :

— On reviendra ici dans un instant.

À présent, je me tenais en haut des escaliers qui menaient à mon sanctuaire préféré.

— C'est une partie de la Maison interdite à quiconque. Mais en tant que mon… invitée… tu as le droit d'y venir quand tu veux.

Cela servirait à propager des rumeurs concernant notre lien. Seule une future reine aurait accès à mon sanctuaire privé. Même Kaspian n'y était pas invité.

Bien sûr, il briserait cette règle en cas d'urgence.

Mais ce n'était jamais arrivé auparavant.

Mes quartiers étaient bien protégés. Le manoir, qui ressemblait davantage à un palais, avait été construit le long du port principal dans la vieille ville de Reykjavik.

Un côté de la propriété était bordé par l'eau et les trois autres donnaient sur un grand parc.

J'avais renoncé à la visite du parc. Je me disais que Nyx pourrait l'explorer après une bonne nuit de sommeil. Elle pourrait bientôt tout voir.

Mes doigts survolèrent le clavier pour déverrouiller la porte.

— Je ferai enregistrer tes empreintes plus tard.

Un simple enregistrement numérique de son essence magique lui donnerait accès à tous les recoins du palais.

Peut-être accordais-je trop ma confiance à quelqu'un que je venais de rencontrer mais je suivais mon instinct avec elle.

Qui n'avait pas changé depuis que nous nous étions rejetés dans le SUV.

J'avais toujours autant envie d'elle et me demandais même si nous avions bien rompu le lien. Cependant, je ne sentais plus la vibration dans ma poitrine, donc nous avions dû réussir à le briser. Cette maigre sensation que je ressentais n'était qu'une attraction résiduelle.

Une attraction intense, folle et irrésistible.

Putain.

J'avais pensé que la rejeter atténuerait mon intérêt. Pourtant, c'était presque comme si le contraire s'était produit, me donnant encore plus envie de la posséder.

J'avalai ma salive et m'efforçai de me concentrer sur la visite de mon lieu préféré.

Elle cessa de fredonner, saisie par la vue pittoresque depuis le toit, mise en valeur par le ciel étoilé.

— Oh, souffla-t-elle. Oh c'est parfait.

Elle écarta les bras en tournoyant sur l'allée en marbre.

Elle continua à explorer les bancs creusés dans le mur d'un côté, puis elle admira le parc sombre plus loin avant de se rendre vers l'endroit que je préférais : la piscine.

Elle n'était pas grande mais suffisamment pour y faire des longueurs. Cependant, ce n'était pas à ça qu'elle servait.

Elle s'agenouilla pour y tremper les doigts.

— Elle est si chaude.

Je souris.

— Elle est chauffée par la magie. Elle ne refroidit jamais.

J'avais voulu avoir ma propre source d'eau chaude à domicile, comme il y en avait tant ici en Islande. J'avais donc utilisé un enchantement pour chauffer l'eau.

Par conséquent, la piscine était plus faite pour le loisir que la nage.

À chaque fois que j'avais besoin de réfléchir, je montais ici et laissais l'eau exercer son effet apaisant sur moi. Voilà pourquoi je considérais cet endroit comme mon sanctuaire.

Je ne savais pas trop pourquoi je m'étais senti contraint de le lui montrer. Peut-être parce que je voulais lui donner envie de rester quelque temps, cela allait bien au-delà du fait de vouloir faire courir des rumeurs.

Même sans la magie qui nous liait, je me sentais

captivé par sa présence. Elle était magnifique, puissante, impertinente, honnête. Elle ne jouait pas à de petits jeux retors, elle savourait simplement la vie et disait le fond de sa pensée.

Le lien m'avait peut-être forcé à la trouver mais mon intérêt pour elle était sincère.

Ou alors, il restait peut-être encore un soupçon de magie entre nous, un enchantement subtil qui essayait de m'attirer à elle.

J'avais besoin de réfléchir et, naïvement, je lui avais donné accès à mon lieu favori pour ce faire.

En soupirant, je m'installai sur l'un des bancs et la regardai errer dans mon espace privatisé. Sa peau semblait scintiller sous le clair de lune, l'éclat doré attirait mon regard sur chaque centimètre de peau exposée.

Toi non plus, tu n'es pas un troll, chérie, pensai-je en l'admirant. *Plutôt une nymphe séduisante qui danse dans la nuit.*

Mon sang bouillonnait tandis qu'elle contournait la piscine avec grâce. Sa robe flottait en majestueuses vaguelettes tentantes. J'avais envie d'empoigner le tissu et de l'arracher, de contempler cette peau laiteuse et de regarder avec attention si la lueur de sa magie scintillait sur d'autres parties de son corps.

Un corps que j'avais envie d'explorer avec ma langue.

Oui, moi aussi j'avais très envie de la lécher.

Mais je n'allais pas le lui dire, pas encore. Pas avant d'être sûr de pouvoir contrôler ce désir. Autrement, nous nous serions rejetés pour rien.

Nyx avait raison, il valait mieux que notre lien magique n'interfère pas avec nos décisions. J'avais besoin d'avoir les idées claires pour faire les bons choix.

Quand bien même, cette enchanteresse consume complètement mon esprit. Je m'émerveillais tandis qu'elle tournoyait, ses pas ressemblant plus à une danse qu'autre chose.

Elle écarta les bras et rit en tournant encore, de la magie dorée apparut davantage sur sa peau.

— C'est quoi, ces paillettes sur tes bras ? demandai-je d'une voix qui trahissait ma curiosité.

Elle chaloupa vers moi, d'un pas léger au son d'une chanson qui résonnait dans son esprit.

— De la poussière d'étoiles.

Ses doigts délicats s'agitèrent au-dessus de moi, saupoudrant sur mon corps de cette substance scintillante.

— Ça porte chance.

J'arquai un sourcil et inclinai la tête.

— Ah oui ? Et comment puis-je être certain que tu ne viens pas simplement de m'ensorceler, Déesse ?

— Tu sens les mensonges, Roi. Est-ce que je mens ?

Ses iris dorés étaient assortis aux paillettes sur ses bras.

— Non, confirmai-je en me penchant en avant.

Tu ne mens jamais, me dis-je à moi-même.

Y compris quand elle avait déclaré toujours vouloir me lécher.

Ce serait si facile de la déshabiller ici et de la baiser au clair de lune. Je sentais son excitation, je voyais le défi dans son regard.

Cependant, je ne pouvais pas céder.

Pas encore.

Pas avant que je sache exactement les conséquences que cela engendrerait pour ma Maison.

— Nous devrions nous retirer pour la soirée, dis-je en me levant brusquement.

La faire monter ici avait été une mauvaise idée. Elle allait sûrement se déshabiller et se baigner nue. J'adorerais la regarder et à la fois, je détestais ça.

Parce que je ne devrais pas… *je ne pouvais pas*… la toucher.

Putain.

Je ne me retournai pas pour voir si elle me suivait. Je me contentai de me diriger vers la sortie, ouvris la porte et me mis à descendre les escaliers.

Elle soupira en me suivant, d'un air nostalgique, comme si elle disait au revoir à un vieil ami.

Je faillis me retourner mais je ne me faisais pas confiance. Cette femme me plaisait, son âme se mêlait à la mienne au-delà de ce fichu lien.

Elle est dangereuse. Plus dangereuse qu'aucun d'entre nous n'aurait pu l'imaginer.

Sauf que Kaspian n'avait pas réagi ainsi avec elle, ce qui signifiait que ma réaction était causée par ce lien de la destinée.

Seulement, nous l'avons rompu, pensai-je en arrivant au troisième étage et en me dirigeant tout droit vers mes appartements. *Je l'ai senti se briser.*

Je serrai les dents, mes entrailles brûlaient de désir, elles attendaient d'être nourries par l'être qui fredonnait derrière moi.

Est-elle consciente qu'elle chante ? Ou est-ce une habitude ?

Et pourquoi est-ce si excitant ?

Je n'étais pas du genre à m'émerveiller comme un enfant ou à écouter des chansons douces. Pourtant, cet être m'enchantait avec sa musique. Sa façon de danser, de fredonner et de vivre avec tant de joie était fascinante.

J'ai juste besoin de sommeil. Ça fait longtemps que je ne me suis pas reposé et la journée a été sacrément longue.

Poussant les doubles portes au bout du couloir, je conduisis Nyx dans mes appartements privés.

— Coin salon, dis-je en montrant les canapés. Bar.

Je pointai le mur de verre et le comptoir qui y était fixé.

— Il y a du sang dans le frigo…

Je m'interrompis et la regardai.

— Tu as besoin de sang ?

Je supposais que non mais elle avait mentionné un penchant pour les morsures.

— Seulement du tien, ronronna-t-elle.

Son air sensuel hanterait mes rêves ce soir.

De la pure séduction.

Je me forçai à détourner le regard d'elle et poursuivis la visite. Évidemment, celle-ci se termina par la chambre. Je n'avais pas de chambres d'amis attenantes à ma suite. Par conséquent, nous partagerions cette nuit le lit à baldaquin au centre.

Pourquoi ai-je décidé qu'elle devait dormir avec moi déjà ?

Ah oui. Parce que j'étais censé la surveiller.

En tant que ma compagne.

Je ne peux pas vraiment le faire si elle se trouve dans les quartiers des invités.

Génial.

— Ces fenêtres donnent sur un balcon si tu veux profiter un peu plus de la lune, lui dis-je en désignant les rideaux qui cachaient des baies vitrées. Là-bas, c'est la salle de bain.

Il s'y trouvait une baignoire avec de la place pour six personnes parce que j'aimais avoir de l'espace, en plus d'une douche à côté.

Mon dressing se trouvait au bout de la grande pièce, principalement rempli de costumes comme celui que je portais maintenant.

— Il faudra qu'on te fasse une garde-robe vu que tu n'as rien apporté avec toi.

J'aurais sûrement besoin de demander à Cara qu'elle lui fasse faire un tour en ville, ou peut-être un autre de mes généraux. Quiconque libre pour…

L'eau se mit à couler dans la douche, Nyx tapa dans ses mains, ravie.

Je la regardai bouche bée.

— Qu'est-ce que tu… ?

Sa robe tomba au sol, j'en perdis la voix et les mots que je m'apprêtais à dire.

Elle se pencha ensuite pour défaire ses sandales.

Lentement.

Tellement lentement.

Elle me laissa tout le temps de scruter chaque fichu centimètre de son corps.

Cette provocation était absolument étudiée, prévue pour me pousser à agir. Toutefois, je refusai de mordre à l'hameçon. *J'ai plus de maîtrise que ça, Déesse.*

Quand Nyx se releva enfin, son air était si incroyablement innocent que je ne pouvais dire si elle était très bonne actrice ou sincèrement inconsciente de ses actions sur moi.

— C'est tellement mieux que la douche de l'hôtel, commenta-t-elle en entrant dans le carré de verre, face à moi. Je peux te piquer du shampoing et d'autres produits ?

La gorge serrée, je tentai de lui répondre. Finalement, je lui fis un petit oui de la tête.

Putain.

Elle était nue, dans ma chambre, dans la douche.

Et oui… oui, les paillettes dorées scintillaient sur toutes les parties de son corps, y compris ses tétons rosés, empourprés par le doré.

Mais l'eau les fait redevenir roses… elle rince les paillettes… me donne envie de chasser ces gouttes séduisantes avec ma langue.

Je m'éclaircis la gorge et me détournai d'elle. J'avais besoin de retrouver le contrôle. Ce n'était pas facile, l'image d'elle en train de se doucher derrière moi était profondément ancrée dans mon esprit.

Elle va vraiment hanter mes rêves.

J'attrapai des serviettes et les posai sur le banc près de la douche. Je choisis ensuite un débardeur et un caleçon pour qu'elle les enfile une fois qu'elle aurait terminé… *de danser dans ma douche.*

Car c'était exactement ce qu'elle s'était mise à faire, l'air qu'elle fredonnait résonnait autour d'elle tandis que de la fumée commençait à encercler sa silhouette ondulante.

—Je…

Je m'interrompis, la gorge à nouveau serrée.

— Hmm ?

Elle me fit face, les mains dans ses cheveux somptueux tandis qu'elle les massait pour faire pénétrer le shampoing.

Et maintenant elle va sentir comme moi.

Bon sang.

—Je vais me coucher.

Ma voix était plus rauque que prévu mais putain, j'avais une foutue déesse dans ma salle de bains, nue, qui chantait sous ma douche.

— On parlera de tes vêtements demain matin.

Je n'attendis pas qu'elle acquiesce, je fermai plutôt la porte de la salle de bain derrière moi et m'appuyai contre elle en poussant un grognement bas.

C'était une très mauvaise idée. Je n'y ai vraiment pas réfléchi sérieusement.

Je devrais simplement aller dormir sur le canapé.

À la place, j'optai pour le lit.

Je ferai juste semblant de dormir quand elle aura terminé.

Au mieux, cela me donnerait l'occasion de l'étudier discrètement, sans qu'elle ne soit consciente que je l'observe. Au pire, elle tenterait de me séduire pendant mon sommeil.

Je présenterais alors cette bouche insolente à ma queue.

Si elle souhaitait autant me goûter, elle pourrait avaler.

Je retirai mon costume, le laissant sur une chaise non loin à côté de mes chaussures que j'avais ôtées d'un coup de pied. Normalement, je dormais nu, mais cette fois, je gardai mon caleçon et me glissai sous la couette.

Mon verre de sang quotidien devrait attendre demain.

De plus, un peu d'essence d'elle coulait en moi, ce qui, à mon avis, me permettrait de rester en forme jusqu'au petit-déjeuner.

Je fermai les yeux au moment où l'eau s'arrêta dans l'autre pièce.

Voyons ce que tu décides de faire.

NYX

L**A MAISON DE** V**ESPERUS ÉTAIT TOUT CE QUE JE DÉSIRAIS** et plus encore. Grandiose, élégante, pleine de caractère et de charme.

Et ce toit…

Oh, c'était *merveilleux*.

Je faillis me téléporter pour dormir sur l'un des bancs. Cependant, son parfum m'attira dans sa chambre, où je le trouvai déjà couché.

Je me penchai au-dessus de lui.

— Merci pour ton hospitalité, Roi, chuchotai-je, consciente qu'il ne dormait pas vraiment.

Néanmoins, son absence de réponse m'indiqua qu'il préférait se reposer plutôt que de jouer avec moi.

Très bien, très bien, nous pouvons reporter notre danse à plus tard.

Sa réaction face à ma nudité m'avait prouvé tout ce que j'avais besoin de savoir sur son attirance pour moi.

Nous verrons bien. J'ai bien vu ta réaction, Vesperus Veritas, Roi de la Maison d'or et de grenat. Tu me désires et moi aussi, je te désire.

Cependant, je laisserais cette attraction s'intensifier, verrais où cela nous menait et aviserais.

Je partis lentement de l'autre côté du lit et retirai ma serviette pour me sécher les cheveux. C'était plus simple ainsi que d'avoir recours à la magie pour faire partir l'eau de mes longues mèches humides.

Il est vrai que j'étais également un peu fatiguée.

La journée avait été riche en péripéties après tout. J'avais bien le droit à un peu de repos.

Demain, j'explorerais ma potentielle Maison.

Et je séduirai le roi.

———

Je me réveillai seule, le côté de Vesperus était froid.

As-tu seulement dormi ? me demandai-je en scrutant le lit bien fait, ou bien est-ce moi qui ai dormi *trop longtemps ?*

Je me glissai hors des draps et me dirigeai vers les rideaux qu'il m'avait montrés lors de cette visite rapide de ses quartiers. Jetant un œil au travers, je remarquai que le soleil était suspendu bas dans le ciel.

Il était peut-être quatorze heures alors ?

Je n'étais pas sûre, mais le soleil levé indiquait que c'était l'après-midi en Islande en hiver.

Quelle que soit l'heure, il était clairement temps de partir en exploration.

Je souris, allai chercher ma robe dans la salle de bain et laçai mes chaussures. Je me coiffai avec un peu de poussière d'étoiles et je fus prête.

Où devrais-je aller en premier ? Je tapotai mon menton et haussai les épaules. *N'importe.*

Vesperus avait dit que j'avais besoin d'une garde-robe, alors je m'occuperais peut-être de ça lors de ma visite.

Je me tapis dans l'ombre et me téléportai dans le parc

que j'avais vu depuis son toit. J'atterris derrière sa propriété, dans un paysage enneigé ponctué de petits arbres.

Le trottoir avait été déneigé, l'énergie restante me disait que cela avait été fait avec de la magie et non pas par une personne. Comme l'enchantement qui avait nettoyé les routes hier soir.

Extrêmement intrigant, m'émerveillai-je, adorant l'agitation présente dans l'air. *Cela pourrait vraiment être un foyer idéal.*

Je longeai le chemin, exaltée par l'espoir de rester ici. Garderais-je Vesperus comme moitié ? Resterais-je avec lui pour toujours ? Gouvernerais-je ce territoire en tant que reine ?

À quoi ma vie allait-elle ressembler sur le long terme ?

Tant de questions s'imposaient à moi. Au lieu de m'attarder sur les réponses, je choisis de savourer l'instant et continuai ma promenade dans le parc.

J'arrivai finalement à une clôture que je franchis en me téléportant, atterrissant de l'autre côté de la rue.

Gauche ou droite ?

J'effectuai alors une pirouette et pris la direction vers laquelle ma rotation s'était terminée… ce qui s'avéra une bonne décision.

Mon choix était tout naturel également, car ce chemin allait me mener droit au centre-ville.

J'allais finalement remplir ma garde-robe.

Hmm. J'étudiai avec soin les vitrines des magasins, jusqu'à ce que j'en trouve un qui m'attire, et j'y entrai.

Heureusement, il était ouvert, donc je pourrais payer mes vêtements comme il se devait.

Du moins, en quelque sorte. Il fallait encore négocier ce détail.

— Il y a quelqu'un ? lançai-je en errant entre les étagères.

— Oui ?

La voix féminine provenait de derrière moi. Je dus me tourner et me retrouvai face à face avec une grande femme aux cheveux roux flamboyant.

Une métamorphe, sentis-je. *Mais pas une louve. Un grand chat peut-être ?* Je faillis demander mais je ne voulais pas paraître impolie, donc je restai professionnelle.

— Bonjour, je suis Nyx. Je suis nouvelle au sein de la Maison d'or et de grenat.

Je désignai mon pendentif en forme de croissant de lune.

— Le roi Vesperus dit que j'ai besoin d'une garde-robe. Je peux faire mes achats ici ?

Elle cligna des yeux, les fentes jaunes confirmaient mon hypothèse du métamorphe chat.

— Le roi Vesperus paie pour vos nouveaux vêtements ?

— Euh, non. Je peux les payer. Vous acceptez les éléments surnaturels comme monnaie dans ce royaume, c'est ça ?

Elle cilla encore, ses doubles paupières rendant ses yeux blancs avant qu'ils ne redeviennent jaunes.

— Le sang est notre système de monnaie dans la Maison d'or et de grenat mais oui, nous acceptons d'autres monnaies.

Elle m'étudia.

— Qu'êtes-vous ?

Oh, apparemment, les questions personnelles ne la gênaient pas.

— Une déesse. Et vous ?

— Une métamorphe tigre.

Elle croisa les bras, l'air peu impressionné par ma présence.

— Qu'avez-vous à me proposer comme monnaie d'échange ? Je vois que vous n'avez pas de sac et cette robe ne cache rien de valeur non plus.

Je souris.

—Je n'ai pas besoin de sac.

Au lieu de m'expliquer, je tendis la main pour lui montrer un petit tas de poussière d'étoiles.

—J'ai ça.

Elle examina ma main avec une méfiance évidente.

— Et qu'est-ce donc ?

— De la poussière d'étoiles.

Son front se plissa.

—Jamais entendu parler de cette chose.

— Non, j'imagine que non. C'est plutôt rare.

Je fermai la main, cachant la magie dissimulée dans ma paume.

— Et si je vous faisais une démonstration ? Cela vous aidera à déterminer sa valeur, vous me direz ensuite ce que j'ai le droit d'acheter. Marché conclu ?

Son air méfiant ne quitta pas ses traits.

—Je ne sais pas…

— Je vous promets que ça va vous plaire. Nous ne ferons qu'un petit vœu, quelque chose de tangible.

— Un vœu ?

— Oui. C'est comme ça que ma poussière d'étoiles fonctionne. Vous faites un vœu en saupoudrant de la poussière et il se réalise.

Comme lorsque l'on faisait un vœu en voyant une étoile filante, ce que faisaient beaucoup d'humains dans d'autres royaumes. Mais je n'étais pas certaine que l'on comprenne ce concept ici.

— Un vœu… je… peux souhaiter ce que je veux et vous me l'accorderez comme une sorte de génie ?

— Pas moi mais les étoiles. De plus, vous ne pouvez pas souhaiter tout ce que vous voulez, il y a des limites.

En particulier parce que je contrôlais la quantité de poussière d'étoiles que je souhaitais partager.

— Tenez.

Je tendis la main vers elle.

— Faites un vœu, quelque chose de concret… quelque chose que vous aimeriez voir apparaître dans le magasin. Ça vous aidera à comprendre comment ça fonctionne.

Elle paraissait toujours dubitative, les bras toujours croisés en fixant ma main.

— Et qu'est-ce que vous allez faire ? Saupoudrer ce truc sur moi ?

— Non, je vais en mettre dans votre main et vous allez en saupoudrer devant vous tout en faisant un vœu.

— À voix haute ?

— Dans votre tête, ça suffit, murmurai-je. Assurez-vous simplement que vous commencez votre phrase par « je souhaite ». La poussière d'étoiles fera le reste.

Elle me dévisagea un long moment avant de finir par hausser les épaules.

— Bon, d'accord. Quelque chose de concret, une chose que je souhaiterais voir apparaître instantanément ?

Je hochai la tête pour l'encourager.

— Oui.

Elle regarda ma main, le nez plissé comme pour sentir la magie. Devant l'absence d'odeur, car la poussière d'étoiles ne sentait rien, elle me tendit sa paume.

Je libérai assez de poussière pour qu'elle crée quelque chose de spécial et fis un pas en arrière pour la laisser faire.

Son expression me laissait entendre qu'elle avait l'impression de perdre son temps, mais elle finit par fermer les yeux. Enfin, elle ouvrit la main et libéra la magie.

Le propriétaire du magasin à Dublin n'aurait rien su de

tout cela, c'est pourquoi j'avais laissé la poussière d'étoiles sur son comptoir en lui souhaitant prospérité. Elle connaîtrait probablement une hausse des ventes en conséquence, et peut-être serait-elle un peu plus chanceuse encore, mais c'était à peu près tout.

Cependant, cette commerçante allait se réjouir parce qu'elle venait d'utiliser la poussière d'étoiles pour créer, ce qui était mon véritable pouvoir en tant que déesse de la création.

Comme le prouvait la magie qui dansait dans l'air devant nous en tournoyant.

Elle fit un bond en arrière tandis que la poussière atteignait une grandeur d'un mètre quatre-vingts, je m'interrogeai alors sur la nature de son vœu.

Mes lèvres s'entrouvrirent soudain lorsqu'un dos viril et nu apparut devant moi.

Oh. Ohhhh. Elle… elle avait créé… *un homme.*

Et pas n'importe quel homme. Celui-ci ressemblait à une faë avec des oreilles pointues et de longs cheveux blonds.

— Oh, grands dieux, souffla la vendeuse. Est-ce… ? Est-ce réel ?

— Euh oui, dis-je en grimaçant et en faisant le tour du beau spécimen pour me placer à côté d'elle. *Très* réel.

Et bien bâti aussi…

— Vous avez souhaité une faë nue ?

— Techniquement, j'avais demandé un elfe, murmura-t-elle, les yeux écarquillés devant le bel homme. D'un… d'un vieux film…

La créature devant nous cilla plusieurs fois.

— Bonjour, salua-t-il. Où suis-je ?

— En Islande, répondis-je. Euh…hmm…

Je n'étais pas certaine de savoir quoi dire. Ma poussière d'étoiles pouvait tout créer, même ça.

— Je pensais que tu souhaiterais une veste ou un collier.

Pas un elfe… nu… avec des abdos. Et des cuisses très musclées…

— Va-t-il disparaître ? demanda-t-elle en fixant son sexe. Ou bien puis-je le garder ?

— Je… je ne crois pas qu'il soit sage de garder un être vivant. Mais non, il ne disparaîtra pas. Il est en vie et…

Une explosion de pouvoir secoua le magasin, me propulsant sur plusieurs mètres tandis qu'un coup de feu retentissait.

Mes yeux s'écarquillèrent alors que l'elfe s'écroulait au sol.

Une balle au milieu du front.

Mort.

Je le regardai bouche bée, abasourdie. La poussière d'étoiles érigea immédiatement un bouclier autour de moi et la vendeuse tandis que l'énergie sombre s'approchait de nous.

— C'est quoi ce bordel, Raymond ? cria la commerçante en se précipitant à la porte de son magasin. Tu me dois une nouvelle vitrine ! Et un nouvel elfe !

Je clignai plusieurs fois des yeux. *Quoi ?*

— Un nouvel elfe ? répéta la voix rauque. Tu ne peux pas invoquer comme cela des créatures par la magie, Lissa. Tu connais les règles.

— En principe, je n'ai rien invoqué. J'ai fait le vœu qu'il apparaisse.

Je rampai pour la voir fusiller du regard un homme qui faisait presque deux fois sa taille dans la rue.

— Tu as fait le vœu qu'il apparaisse ? dit-il d'un air impassible. Mais bien sûr… avec quoi ?

— De la poussière d'étoiles, répondit-elle en me pointant du doigt. C'est elle qui me l'a donnée.

Les sourcils de l'homme imposant se haussèrent, son pistolet braqué tout de suite sur moi.

— T'es qui, toi, bordel ? Et où est ta marque ? À quelle Maison appartiens-tu ?

— Pourquoi c'est toujours une question de Maisons avec vous ? marmonnai-je en me débarrassant d'un tas de poussière sur ma robe. Et pourquoi vous ressentez tous le besoin de braquer des armes sur moi ?

Cela commençait sincèrement à me taper sur les nerfs. J'avais cru que ce territoire serait différent. Hélas, non. Ils voulaient toujours me tirer dessus d'abord et m'interroger ensuite.

— C'est une déesse et son croissant de lune est marqué par le sang, lui dit la vendeuse, Lissa. Elle a dit que le roi Vesperus l'avait envoyée ici pour acheter des vêtements, elle m'a offert de la poussière d'étoiles en guise de paiement.

Pas exactement ce que j'avais dit mais son explication s'en rapprochait.

— Et tu l'as crue ? railla Raymond. J'ai senti son pouvoir à un pâté de maisons. Elle n'est pas l'une des nôtres. Et tu l'as laissée te faire un putain d'elfe ?

Lissa leva les yeux au ciel.

— Ne sois pas jaloux, Ray. J'avais juste envie de jouer un peu.

— De jouer un peu ? Avec un elfe nu et sexy ?

Elle souffla, faisant voler les cheveux orange sur son front.

— Je n'allais pas y toucher.

Non, elle voulait simplement le garder.

— Je m'occupe de toi dans une minute, grogna Raymond en se tournant vers moi. Laisse-moi voir ta marque.

Je plissai les yeux.

— Pourquoi ?

— Pour voir si tu dis la vérité.

— Pourquoi ne demandes-tu pas à ton roi ? répliquai-je en arquant un sourcil.

Il lâcha un rire.

— Parce que je ne vais pas le déranger avec ces bêtises. Et ta réticence est la preuve dont j'ai besoin, ma jolie.

La balle fendit l'air, heurtant mon bouclier magique et rebondissant vers l'idiot qui avant tenté de me tirer dessus.

Lissa hurla, tombant à côté de l'homme tandis qu'il s'écroulait sur le sol gelé. Le tir avait ricoché sur son épaule, la puissance de l'impact l'avait fait tomber. Il survivrait.

Cependant, la fureur de Lissa la fit grogner avec force, m'indiquant que notre brève amitié touchait sûrement à sa fin.

J'écartai ma magie d'elle et fis plusieurs pas en arrière.

— Je ne veux pas faire de mal, lui promis-je. Je voulais juste des vêtements.

Le grognement qu'elle me fournit en guise de réponse était inintelligible, pourtant elle m'indiqua tout ce que j'avais besoin de savoir.

Tout comme la rafale de cris dans la rue, rapidement remplacée par une alerte sonore qui fit se dresser mes oreilles.

Je me suis trompée… ce territoire n'est pas un foyer idéal. Il est violent, chaotique, hostile et…

Je me téléportai lorsqu'une substance ardente fut projetée en direction de ma tête.

Et carrément grossier ! J'en avais assez, irritée par ces êtres hostiles qui continuaient à vouloir me tuer sans préambule.

J'en ai marre.

J'érigeai un mur de poussière d'étoiles pour repousser tout le monde loin de moi.

Cependant, un filet de magie se faufila à travers mon mur et vint me frapper à la poitrine.

Je reculai en titubant, confuse par la sensation familière. *Pourquoi ? Pourquoi ferais-tu ça ?*

Car c'était l'enchantement de mon médaillon qui m'avait attaquée.

Je secouai la tête, essayant de m'éclaircir les idées.

Je pris ensuite conscience que j'étais à présent la cible d'au moins une douzaine d'êtres surnaturels en colère.

Argh. Et voilà.

VESPERUS

MA MONTRE VIBRA LORSQUE JE REÇUS UN APPEL entrant, un coup de fil auquel je m'attendais et que j'avais redouté toute la journée.

Volker, roi de la Maison de l'air et de l'améthyste.

Nous avions parlé plusieurs fois depuis qu'il avait revendiqué le trône, surtout de ses deux aides loyales : Feyre et Lady Oleander Price.

Je leur avais accordé ma clémence après la disparition de Volker, principalement parce que je savais à quel point elles avaient été précieuses pour lui durant son règne. De plus, je savais ce que l'imposteur sur son trône aurait fait aux deux meurtrières en son absence. Elles étaient loyales envers Volker, pas envers le nouveau monarque.

Je leur avais donc offert un abri en échange d'une poignée de missions.

Puis, quand Volker était miraculeusement sorti de sa tombe, dans laquelle il n'avait jamais été enterré, j'avais autorisé ses deux loyales servantes à retourner le servir. Elles s'étaient engagées envers lui par le sang de toute façon. C'était logique de les laisser honorer leur promesse.

Cependant, cela ne voulait pas dire que Volker et moi étions amis.

Chose qui se confirma lorsque ses traits stoïques apparurent à l'écran.

— Vesperus.

— Volker.

Une seconde de silence s'ensuivit, le roi récemment restitué souhaitait prolonger le suspense dans le but admirable d'avoir le dessus.

Mais il devrait savoir depuis le temps que le silence ne me désarçonnait jamais.

Nous venions tous deux d'une époque d'honneur que très peu de gens semblaient comprendre ces temps-ci. Voilà pourquoi nous avions tendance à nous tolérer et à souvent voter en faveur de l'autre.

Quand il avait repris sa couronne et le trône de la Maison de l'air et de l'améthyste, je n'avais pas sourcillé.

Toutefois, s'il m'avait demandé de l'aide, je lui aurais dit qu'un roi honorable gérait lui-même ses affaires.

Cependant, il ne m'avait jamais rien demandé. Il connaissait déjà les règles tacites pour gouverner et il les honorait, comme moi.

— Alors tu es au courant pour la fugitive, finis-je par dire en décidant de prendre la main. Je l'ai trouvée.

Il arqua un sourcil.

— Et tu as décidé de la garder.

Ce n'était pas une question mais un fait.

— Pour le moment, confiai-je. Elle ne peut pas fuir par l'intermédiaire d'un portail, donc j'évalue la situation.

— Pourquoi ne pas simplement la tuer ?

Ses iris gris étincelaient de puissance, même au travers de l'écran.

— Parce qu'elle n'a rien fait de mal hormis entrer illégalement dans notre monde.

Ce n'était pas l'entière vérité mais pas un mensonge non plus.

— Elle essaie de trouver un médaillon qui la laissera retourner dans sa dimension.

— Retourner dans sa dimension ? Qu'est-elle ?

— Une déesse. Plus précisément, la déesse de…

De la magie effleura ma peau, me faisant taire. Je regardai par les fenêtres de mon bureau, m'attendant à moitié à voir Nyx dans le patio.

Mais elle n'était pas là.

Cependant, j'avais l'impression qu'elle était juste à côté de moi, son essence semblable à un signal lumineux dans l'air qui me fit souffler profondément.

Qu'est-ce que tu fais ? demandai-je. Mon instinct de me connecter mentalement à elle fit presque cheminer ces mots jusqu'à son esprit. Toutefois, je me retins lorsque je ressentis une autre bourrasque de magie.

— C'est quoi ça ? demanda Volker, la ressentant également, manifestement.

Ce qui ne présageait rien de bon puisqu'il se trouvait ailleurs dans le monde.

— C'est la déesse de quoi, Vesperus ?

— De la nuit, dis-je lentement en parcourant des yeux la pièce qui semblait se métamorphoser. Je dois y aller.

— Tu dois la tuer, corrigea-t-il. *Maintenant.*

— Je ne réponds pas de toi, Volker, répondis-je en me levant. Je te rappelle plus tard.

Je raccrochai avant qu'il puisse riposter.

Non pas qu'il pouvait réellement dire quoi que ce soit. Volker et moi étions semblables. Il comprenait que je n'écoutais que deux choses dans ma vie : moi et mon peuple.

En cet instant, les alarmes avertissant de la présence

d'un intrus retentissaient dehors. Mon peuple avait besoin de moi.

Sauf que je soupçonnais que c'était à cause de quelque chose que Nyx avait fait.

Putain. Je n'aurais pas dû la laisser seule mais je n'avais pas été capable de dormir avec son corps nu divin à seulement quelques centimètres du mien, et j'avais eu besoin de réfléchir seul.

Ce qui allait à l'encontre de l'objectif de la garder dans ma chambre, où je pouvais la *surveiller*. Cependant, elle était endormie, je m'attendais à ce qu'elle vienne me trouver dès son réveil. Je lui avais montré où se trouvait mon bureau la nuit dernière, donc elle savait où chercher.

Visiblement, elle avait eu d'autres projets en tête.

Projets que j'aurais dû anticiper plutôt que de la laisser livrée à elle-même.

Idiot, me réprimandai-je. Le manque de sommeil avait manifestement obscurci mes idées, car si j'avais été plus alerte, je n'aurais jamais laissé une déesse seule dans mon palais sans garde.

Je me dirigeai vers la porte du patio et appelai Kaspian avec ma montre. Elle fonctionnait comme un téléphone mais magique, comme tout dans ce monde.

— Je croyais que tu jouais les baby-sitters, salua Kaspian en décrochant, mais je vois qu'elle cause des problèmes à la boutique de Lissa.

— La boutique de Lissa ? répétai-je, incrédule. Pourquoi elle… ?

Je m'interrompis tandis que le souvenir de notre discussion avant qu'elle se déshabille me revenait.

— Ah oui. Elle est partie faire du shopping.

Je pinçai l'arête de mon nez et soufflai.

— Tu l'as laissée faire du shopping ? *Seule ?*

— Rien du tout. Je l'ai laissée dormir dans mon lit

pendant que je travaillais. Apparemment, elle est réveillée maintenant.

Et je n'aimais pas trop son « jouer les baby-sitters ». C'était une déesse. Je ne pouvais pas exactement « jouer les baby-sitters » avec elle.

— Apparemment.

— On se retrouve là-bas, dis-je avant de raccrocher et de sortir sur le patio.

Le magasin ne se trouvait qu'à six cents mètres de ma propriété. Cela me prendrait plus de temps d'y aller en voiture qu'au pas de course, j'utilisai alors ma vitesse de vampire.

Seulement, je me figeai lorsque je trouvai Nyx derrière une muraille d'énergie tournoyante.

Ses yeux dorés étaient braqués sur la foule d'êtres surnaturels, sa colère palpable chatouillait mes sens et fit se hérisser tous mes poils.

Il me fallut une seconde pour comprendre sa fureur, ils la mitraillaient tous avec des magies diverses ou des armes, le bouclier entre eux pour unique défense.

C'est quoi ce bordel ?

— Stop ! ordonnai-je en criant à ceux au-delà de la barrière.

— Ils m'attaquent, cracha-t-elle. Je ne vais pas arrêter de me défendre !

— Ce n'est pas à toi que je parle, c'est à *eux*.

Nombre des mes hommes posèrent immédiatement un genou à terre, l'air respectueux comme il se devait.

Il fallut quelques secondes aux autres pour comprendre qui avait parlé, leurs yeux s'écarquillant de peur tandis qu'ils tombaient à terre en signe d'obéissance.

Le dernier parmi eux, un métamorphe ours du nom de Raymond, s'arrêta enfin d'essayer d'attraper avec ses griffes la magie de Nyx et s'assit sur ses fesses en poussant un grognement sonore.

— Que se passe-t-il ici ? demandai-je sur un ton impérieux.

Nyx n'abaissa pas sa barrière, ses iris dorés ondoyants de pouvoir. J'avais dû sentir son appel de soutien à la lune, car son bouclier était fait de la même substance que celle qui recouvrait ses bras la nuit dernière.

De la poussière d'étoiles.

Une femme se racla la gorge. *Lissa.*

— Euh… la… déesse m'a donné de la poussière d'étoiles pour que je fasse un vœu. J'ai fait le vœu de voir apparaître un personnage d'un vieux film, un elfe. Ça a fonctionné.

Raymond gronda en entendant ces mots, faisant arquer un de mes sourcils.

— Tu as créé un elfe ? demandai-je en regardant Nyx.

— Non, ce sont les étoiles qui ont exaucé son vœu.

L'irritation dans son ton ne m'échappa pas.

— J'ai tenté de lui offrir de la poussière d'étoiles pour payer les habits mais ce métamorphe… dit-elle en pointant Raymond, lui a tiré dessus en pleine tête. Il a ensuite essayé de m'abattre après que je lui ai dit de vérifier mon identité avec toi.

Mon autre sourcil se leva.

— Tu as essayé de tirer sur ma compagne ?

Ce n'était pas ce que j'aurais dû dire ou ce que j'avais même prévu de dire mais, choqué, les mots sortirent de ma bouche sur un ton bas et meurtrier, me forçant à les exprimer à voix haute.

Cet homme avait osé blesser ce qui m'appartenait ?

Nous avions peut-être rejeté notre lien mais nous étions tout de même liés d'une certaine manière, d'une façon indéfinissable.

Par conséquent, c'était à moi de la protéger, de la courtiser, d'en faire peut-être ma compagne pour la vie.

Or, cet homme avait essayé de me la prendre ? De gâcher cette opportunité avant même le début de notre relation ?

Je fis un pas en avant, ignorant les cris de la foule.

— Regarde-moi, réclamai-je.

Il reprit sa forme humaine, nu et agenouillé de l'autre côté de la barrière de Nyx, la tête baissée en signe de supplication.

— Je… je ne m'étais pas rendu compte…

— Tu ne t'étais pas rendu compte qu'elle était ma compagne ? Peut-être parce que tu n'as pas daigné me poser de questions sur sa présence.

— N… non, Votre Majesté. Je… je croyais qu'elle mentait… Elle n'est pas marquée. Je ne voulais pas v… vous déranger, bégaya-t-il, ressemblant bien moins à un grizzli que d'habitude.

Je plissai les yeux.

— Peut-être aurais-tu dû le faire.

Je sortis un couteau de ma poche et le fis tournoyer entre mes doigts, me demandant quelle serait ma prochaine décision.

Le prédateur en moi réclamait du sang. Mais l'homme semblait déjà saigner.

— Tu l'as poignardé ? demandai-je à Nyx.

— Non, la balle a rebondi sur mon bouclier et s'est logée dans son épaule.

Elle jeta un œil à Lissa.

— C'est à ce moment-là qu'elle s'est mise à crier et que les alarmes ont retenti.

— Je vois.

Je continuai à faire tournoyer la lame entre mes doigts, sans jamais quitter Raymond des yeux.

Si je le punissais, je devrais tous les punir. En effet, tous les êtres agenouillés dans cette rue avaient essayé d'attaquer ma compagne.

Pas ma compagne. Juste… ma compagne potentielle.

De plus, ils ne savaient pas qui elle était, ils avaient simplement vu une étrangère… *créer un elfe ?* Quelle étrange excuse pour déclencher un affrontement.

— C'est sa magie qui t'a fait réagir ainsi ? demandai-je à Raymond.

— O… oui, chuchota-t-il. Et… et le blond nu.

— Le blond nu ? répétai-je alors que Kaspian arrivait à mes côtés.

— Quoi ? fit ce dernier en jetant un coup d'œil à la foule.

— L'elfe, précisa Nyx. Il était blond.

— Et nu, grogna le métamorphe. *Dans la boutique de ma compagne.*

— Oh, c'était juste pour s'amuser, rétorqua Lissa. Je n'avais pas l'intention de faire quoi que ce soit.

— Argh, je voulais juste des vêtements, marmonna Nyx, clairement exaspérée.

— Qu'est-ce que j'ai raté ? demanda Kaspian, son ton déconcerté assorti à mon ressenti.

Nyx répéta toute l'histoire pour lui, y compris comment la poussière d'étoiles exauçait des vœux, et que Lissa avait créé un elfe blond nu provenant d'un film.

— Merde alors, souffla Kaspian. Je peux avoir de la poussière d'étoiles ?

Je lui grognai dessus et il sourit.

— Allez, mec. Ça pourrait être marrant.

Je me demandai pourquoi je l'avais choisi comme bras droit s'il ne pouvait pas rester sérieux dans une situation aussi stupide.

La lame dans ma main se figea tandis que j'envisageais de le poignarder à la place de Raymond.

— Tout ça n'est clairement qu'un malentendu, continua Kaspian en me faisant plisser des yeux. Et si tout le monde rentrait chez soi pendant que je parle à notre roi et à notre invitée, hein ?

J'arquai un sourcil, me demandant quelle audace lui prenait de donner des ordres à *mon* peuple.

Cependant, ils obéirent miraculeusement, profitant de la première occasion pour fuir.

Ma mâchoire se contracta. *Oui, je vais vraiment finir par poignarder Kaspian.*

— Arrête de me regarder comme si tu avais envie de me tuer et rejoins-moi chez toi.

Il actionna sa vitesse vampirique avant que je puisse répondre, me faisant grogner dans son sillage.

C'était un son bas, que personne n'entendit à part Nyx.

Tous s'étaient repliés chez eux, me laissant seul dans la rue avec ma compagne.

Je la regardai.

Elle soutint mon regard.

— Je croyais qu'on n'allait le dire à personne, commenta-t-elle au bout d'un moment.

— J'ai changé d'avis. Allons-y.

J'avais un meilleur ami à assassiner.

NYX

Écoute, je voulais simplement des vêtements, réexpliquai-je. Ton royaume se sert de la magie comme monnaie, donc je lui ai offert la mienne pour m'offrir une nouvelle garde-robe, que tu m'as demandé d'acquérir, qui plus est.

— Je crois avoir dit que nous parlerions de ta garde-robe, répliqua-t-il en contractant la mâchoire à chaque mot. Tu n'étais pas censée vagabonder seule.

Mes sourcils se haussèrent.

— Petit un, je peux acheter moi-même mes vêtements…

— Ah oui ? me coupa-t-il en pointant du doigt la rue derrière nous.

Pour une certaine raison, nous avions décidé de rentrer en marchant plutôt que de nous téléporter, courir ou utiliser un quelconque moyen de locomotion plus rapide.

— Tu viens de créer un bouclier en utilisant ta magie lunaire, ce qui peut sûrement être ressenti dans le foutu monde entier.

Il leva son poignet comme pour étayer son argument.

— J'ai déjà raté trois appels du roi Laskaris et deux du roi Volker. Je suis sûr que l'impératrice Asbesta sera la prochaine vu que ta magie lunaire a également un impact sur les océans.

Tandis qu'il parlait, sa montre s'alluma et il râla en appuyant sur le bouton rouge.

— Ça fait quatre appels du roi Laskaris.

— Alors c'est ma faute si le compagnon de la commerçante a décidé de tuer mon cadeau, puis essayé de me tuer à mon tour ? m'enquis-je, irritée par ses reproches. Je suis une déesse, *Roi Veritas*. Je devrais pouvoir faire du shopping comme j'en ai envie.

— Pas sans une présentation formelle, *Déesse Nyx*. Mon peuple ne sait pas encore qui tu es et tu ne m'as pas laissé le temps de le leur dire.

— Parce que nous avions décidé de ne le dire à personne, jusqu'à ce que tu changes d'avis.

Ce qui était mon petit deux.

Enfin, non, mon petit *trois*.

J'avais d'abord voulu aborder le sujet de sa nouvelle règle, car je pensais que l'interdiction de baiser était la seule qui prévalait.

Mais à présent, il avait ajouté l'interdiction de se promener à la liste, et je m'opposais immédiatement à cette règle.

Il s'arrêta près du portail de son parc – je ne l'avais pas encore vu parce que j'avais simplement traversé la clôture – et me fit face.

— Je t'ai expliqué comment les Maisons fonctionnaient en matière d'affiliation. Ta marque n'est pas aussi évidente que celle de la plupart des membres de la Maison d'or et de grenat. J'avais l'intention d'y remédier en réunissant mes conseillers et en te présentant à eux comme mon *invitée*, mais les événements de cet après-midi ont tout changé.

Son ton était désormais moins hostile et plus fatigué, ses yeux m'indiquaient qu'il n'avait pas beaucoup dormi la nuit dernière, ou peut-être depuis plusieurs nuits.

Je fronçai les sourcils.

— Tu as besoin de repos.

Il rit sans humour et ouvrit le portail en me faisant signe de passer.

— Dis-moi quelque chose que je ne sais pas.

Je réfléchis à sa déclaration tout en obéissant à sa demande tacite de pénétrer sur ses terres.

— L'elfe blond était très bien monté.

Voilà, c'était quelque chose qu'il ne savait pas, non ?

— *Pardon ?*

Je le regardai par-dessus mon épaule.

— Il était bien membré, clarifiai-je, et mignon aussi.

— Essaies-tu de m'énerver ?

— Non, je te dis quelque chose que tu ne sais pas. Maintenant tu le sais.

Il me regarda bouche bée tandis que le portail se fermait derrière lui.

— Dans quel monde ou quelle dimension souhaiterais-je savoir la taille de la queue d'un autre homme ?

Je réfléchis à sa question.

— Eh bien, j'imagine que tu serais intéressé si tu préférais avoir des hommes dans ton lit.

Je connaissais plusieurs dieux pour qui c'était le cas, donc ce ne serait pas si surprenant. Cependant, l'expression colérique que prit Vesperus à cet instant m'indiqua que ça ne servait pas du tout ses intérêts.

— C'était une simple formule rhétorique, Nyx, pas une vraie question.

Il s'approcha de moi, me faisant reculer rapidement

jusqu'à ce que je heurte un tronc d'arbre. Ses mains se plaquèrent contre l'écorce, m'emprisonnant comme pour me surplomber.

J'aurais pu me téléporter mais son air frémissant me retenait captive.

— Je commence à comprendre pourquoi Raymond a tiré sur l'elfe, dit-il à voix basse en se penchant vers moi. Si je te surprenais avec un blond « bien membré », je l'abattrais également.

La mâchoire m'en tomba.

— *Quoi ?*

— Je te l'ai déjà dit, Nyx. Je ne partage pas. Tu es à *moi*.

Mes paumes se posèrent contre son torse et mes ongles s'enfoncèrent dans sa chemise.

— Nous avons rejeté le lien.

— Oui, confirma-t-il en contractant ses muscles sous mes mains.

— Donc je ne suis pas à toi et tu n'es pas à moi.

— Ce n'est pas ce dont on avait convenu, Déesse. On s'était mis d'accord pour supprimer la magie afin de nous éclaircir les idées, et voir ce qu'on ressentirait *une fois* le lien rompu.

— Exact. Et tu as dit « on verra » quand je t'ai demandé ce que tu ressentais pour moi.

— Oui, parce que la réponse à cette question n'est pas évidente. Je dois songer à ma Maison, à mon trône et à l'avenir de mon peuple aussi.

Son poignet se mit à nouveau à vibrer, le faisant râler.

— Ton pouvoir est une menace pour l'équilibre précaire de ce royaume, Nyx. Et tu…

J'arquai un sourcil.

—Je… ?

— Et tu…

Sa main quitta l'arbre dans mon dos pour venir saisir mon visage, son regard s'abaissant sur ma bouche.

— Tu es une menace plus grande encore pour moi.

Ses paroles étaient douces et pourtant empreintes d'une sombre émotion qui fit manquer à mon cœur plusieurs battements.

Je déglutis.

— Je n'essaie pas d'être une menace. Je désire juste un nouveau chez-moi.

Bien que cette réalité m'attire de nombreuses manières, il semblait clair que ses habitants n'allaient pas m'accepter très facilement.

Mais là encore, rien de ce qui valait la peine d'être acquis dans la vie n'était jamais censé être facile. Le bonheur exigeait souvent que l'on fournisse de gros efforts pour l'obtenir, tout comme pour être couronné de succès, atteindre ses objectifs et connaître d'autres joies de l'existence.

Comme l'amour, pensai-je. *Et les relations.*

Deux choses que je n'avais jamais pensé désirer. Pourtant, ma présence ici me fit reconsidérer mes ambitions. Je me demandai si je devrais monter la barre un peu plus haut, ou du moins essayer.

Est-ce la raison pour laquelle tu m'as repoussée tout à l'heure ? demandai-je à ma magie errante. *M'empêchais-tu de blesser les gens que je suis censée diriger un jour ? Me forçais-tu à voir ce que signifiait réellement cette chance ?*

L'enchantement ne répondit pas mais j'aurais juré voir les réponses à mes questions dans le regard de Vesperus lorsqu'il leva les yeux vers moi. Ses réponses étaient indéchiffrables car trop complexes. Nous cherchions et désirions tous les deux obtenir ces réponses, mais nous ne pouvions les trouver qu'ensemble.

Peut-être était-ce une illusion d'optique.

Ou un fil du destin s'assurant que nous retrouvions notre chemin originel.

Je n'en étais vraiment pas sûre.

Toutefois, en cet instant, tout ce que je voulais, c'était qu'il m'embrasse, le laisser me goûter pour la première fois et avoir un aperçu du pouvoir ancré profondément en lui.

Le pouvoir que j'avais senti vibrer en lui tout à l'heure dans la rue.

Le pouvoir qui m'avait attirée à lui à Dublin.

Le pouvoir que je sentais à présent, tout autour de nous, me recouvrant d'un parfum divin.

J'ai envie de te dévorer, pensai-je en enfonçant davantage mes ongles dans sa chemise. *Embrasse-moi.*

Cependant, sa montre vibra encore, gâchant l'instant et le faisant reculer un peu. Il regarda l'écran et proféra un juron.

—Je vais devoir limiter les dégâts ce soir, ce qui signifie que je vais être contraint d'organiser, entre autres, une réunion avec plusieurs de mes conseillers de différentes régions. La rumeur va vite se répandre concernant ce que tu représentes pour moi, ce que j'avais espéré éviter. Mais ma… possessivité… l'a emporté sur ma stratégie.

Sa possessivité, me répétai-je en songeant à ce mot.

— C'est pour ça que tu as changé d'avis ? demandai-je, sincèrement curieuse.

— Oui. L'un de mes hommes a essayé de t'attaquer. J'ai… réagi.

— Et ça ? m'enquis-je en montrant l'arbre derrière moi. Ça aussi, c'était une expression de ta possessivité ?

— T'entendre parler d'un autre homme et de sa…

Il s'arrêta et plissa les yeux.

—Je ne partage pas.

— Tu l'as déjà dit.

Mais je ne pris pas la peine de lui faire remarquer que

nous ne nous appartenions pas encore l'un à l'autre, car cela n'avait manifestement aucune importance pour lui. Malgré la rupture du lien, il se sentait toujours très *possessif* à mon égard, en ma qualité de compagne.

Si les rôles étaient inversés, je ressentirais la même chose.

Car si l'elfe avait été nu dans sa chambre, je n'aurais pas été contente.

— Intéressant, murmurai-je. Je ne crois pas avoir déjà ressenti ça jusqu'à aujourd'hui.

Rien qu'y penser me donnait envie de tuer l'elfe de mes propres mains.

Pauvre créature, pensai-je.

— Je me demande s'il survivra.

Vesperus haussa un sourcil.

— Je suppose que ça dépend de quelle espèce d'elfe il était.

Je haussai les épaules.

— Tu devrais demander ça à Lissa. C'est elle qui l'a conjuré.

— Hmm.

Il réfléchit un moment.

— Tu sais, je pense que je vais laisser cette tâche à Kaspian puisqu'il semble si désireux de s'accaparer ma place sur ce territoire.

— Je n'ai pas pris ta place, je voulais juste t'éviter de prendre une décision impulsive, répondit l'homme en question d'une voix traînante, lorsqu'il fit son apparition à quelques pas. Mais il semble que je sois arrivé trop tard, car la rumeur a déjà commencé à se répandre sur ton lien privilégié avec la déesse.

Vesperus contracta la mâchoire.

— Raymond a essayé de la tuer. C'est inacceptable.

— Je suis d'accord, répondit Kaspian sans perdre un

instant. Mais il n'avait aucune idée de qui elle était. Tout ce qu'il a vu, c'est un être puissant dans la boutique de sa compagne, qui essayait de la séduire avec un elfe nu. Il a réagi. J'imagine qu'il a eu une réaction similaire à celle qui bouillonne en toi à présent.

Les poings de Vesperus se serrèrent.

— Tiens-le hors de ma vue pendant quelques jours.

— C'est comme si c'était fait.

— Je dois aussi rassembler les différents dirigeants du territoire pour leur parler de Nyx.

— Cara est déjà penchée dessus, répondit Kaspian. Elle va tous les convoquer d'ici demain.

Vesperus acquiesça en se frottant la mâchoire.

— Je veux leur parler avant d'en faire part aux autres monarques.

— Notre territoire est loyal. La nouvelle de votre lien ne se répandra pas. Mais son pouvoir...

— A été ressenti dans le monde entier, acheva Vesperus. Oui, je sais.

Il fit taire un autre appel entrant.

— Je vais recevoir des plaintes toute la nuit.

— Alors pourquoi ne pas rédiger une déclaration et l'envoyer à tous en même temps ? suggéra Kaspian. Tu ferais mieux de t'occuper de tes alliés séparément.

Je les regardai tour à tour, curieuse de leur dynamique.

Il était clair que Vesperus considérait Kaspian comme son conseiller. La façon dont il hochait la tête à cet instant m'indiqua qu'il écoutait également souvent l'autre homme. Étant donné le conseil avisé qu'il venait de lui prodiguer, je comprenais pourquoi. C'était rafraîchissant de voir un monarque écouter son entourage et prendre des décisions concertées plutôt qu'individuelles.

C'est vraiment un bon dirigeant, me dis-je en le regardant.

— Tu as mangé aujourd'hui ?

Je clignai des yeux.

— Non.

— Quand as-tu mangé pour la dernière fois ?

— Euh……

Je n'avais pas souvent besoin de manger, donc je n'y avais pas vraiment réfléchi.

Il me regarda droit dans les yeux.

— Nyx, quand as-tu mangé pour la dernière fois ?

— Ça fait un moment, avouai-je en fronçant les sourcils. Mon énergie provient de la lune, pas de la nourriture. Et ça n'a pas été très facile de trouver à manger dans ce royaume, vu la réaction des gens à mon égard.

Je pinçai les lèvres sur le côté et haussai les épaules.

— Je vais bien pourtant.

Son expression indiquait le contraire.

— J'aurais dû m'assurer qu'on te prépare un petit-déjeuner avant ton réveil.

— Entre autres choses, ajouta Kaspian.

Vesperus le fusilla du regard. Quoi qu'il ait pu lui répondre, il le fit par télépathie, et cela ne fit que sourire son interlocuteur.

— Je m'occuperai de toi plus tard, lui dit Vesperus avant de me tendre la main. Viens, on va manger un bout et ensuite, je commencerai cette longue liste d'appels.

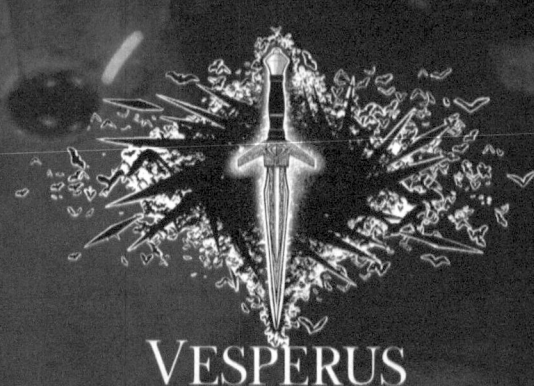

VESPERUS

Je fixai l'écran noir sur mon bureau un long moment, frappé d'épuisement.

Un plaidoyer avec Cara.

Suivi de trois messages bien sentis.

Puis de cinq appels tendus.

Tout ça après avoir présenté Nyx au personnel de cuisine, où je l'avais laissée pour qu'elle mange. C'était il y a plus de trois heures.

Heureusement, elle n'avait pas quitté le palais. Je le savais parce que j'avais demandé à Cara de lui tenir compagnie, d'où le plaidoyer de tout à l'heure.

Cara devait s'être remise de ma demande car elle m'avait envoyé un message cinq minutes auparavant, avec une photo d'elles deux au bord de la piscine.

Sur le toit.

> Nyx m'a invitée à faire un plouf. Je crois que je l'aime plus que toi maintenant.

Je lus le message de Cara une deuxième fois et ricanai.

Il était de bien meilleur augure que celui que j'avais reçu juste avant de l'impératrice Asbesta.

> La Maison de la mer et de la serpentine ne
> paiera pas sa part du butin tant que l'entité
> se balade librement. Elle provoque de la
> détresse dans notre royaume aquatique.
> Soit tu la supprimes, soit tu trouves un
> autre moyen de régler ça.

Avant ce message, il y avait eu celui de Lady Gabriella qui me rappelait de tenir Sky au courant de *toutes* les évolutions de la situation.

Et juste avant, j'avais reçu un bref message de Volker :

> Appelle-moi. Tout de suite.

Même si je n'étais pas habitué à recevoir des ordres, je l'avais rappelé en premier, en particulier parce que ses capacités de faë étaient liées à la lune. Par conséquent, il pouvait sentir Nyx plus que la plupart, chose qu'il avait admise comme étant la cause de certains de ses problèmes il y a quelques mois.

Cependant, il était stable à présent, je le lui avais rappelé durant notre appel une heure auparavant.

Je réitérai également ma position sur le fait de tuer une entité qui n'avait fait aucun mal.

Et comme cela n'avait pas suffi, j'avais déclaré :

— C'est ma compagne, Volker.

Il le découvrirait bien assez tôt, alors je m'étais dit que ça ne ferait pas de mal d'être sincère avec lui.

— Je vois, avait-il répondu. Cela complique certainement les choses.

C'était peu dire.

Cependant, ça l'avait un peu calmé. Plutôt que de réclamer la mort de Nyx, il m'avait dit de le tenir informé.

— Si tu ne peux pas dompter son pouvoir…

Il s'était tu, le reste de sa phrase clair dans mon esprit.

Tu devras soit la tuer, soit la renvoyer chez elle.

Parce que c'est ce que je lui dirais si les rôles étaient inversés.

— Je comprends.

Ce fut tout ce que je lui répondis.

Notre appel s'était terminé quelques secondes plus tard, lorsque nous fûmes sur la même longueur d'onde. Nous n'étions pas amis et nous ne le serions jamais. Toutefois, une certaine forme de respect régnait entre nous, me confirmant qu'il n'agirait contre moi qu'en cas de nécessité absolue. Ce n'était pas qu'il me faisait confiance pour gérer la situation, il savait simplement que je m'en occuperais.

Je m'attendrais à la même chose de sa part.

J'avais ensuite appelé Elias Laskaris.

Il avait exprimé son irritation d'avoir été ignoré pendant des heures. Toutefois, il avait presque immédiatement ajouté :

— Mais je comprends que tu puisses te sentir un peu distrait en ce moment.

— Alors Kieran te rapporte nos conversations, avais-je dit d'une voix traînante.

— Seulement les plus pertinentes, avait-il vaguement répondu.

Mon secret ayant visiblement été partagé, je n'avais pas pris la peine de mesurer mes paroles. Bien sûr, je n'avais pas mentionné le rejet du lien et m'étais contenté d'appeler Nyx ma compagne.

— Tu vas devoir trouver un moyen de temporiser ses pouvoirs, avait-il dit. Les Maisons ne l'accepteront pas dans sa forme brute.

— J'ai besoin de temps.

— Tu ne peux pas faire traîner ça trop longtemps. Les

autres sont déjà anxieux et une fois qu'ils prendront conscience que c'est ta moitié…

Il n'avait pas eu besoin de terminer sa phrase, je savais déjà la suite.

— La guerre, avais-je déclaré simplement.

— La guerre, avait-il répété.

J'avais peut-être imaginé la pointe de douleur dans sa voix mais j'en doutais.

Il avait perdu de nombreuses vies cruciales durant le Grand Sacrifice, comme nous tous.

Notre discussion s'était achevée de la même manière que celle avec Volker.

J'avais ensuite eu une troisième fois cette discussion avec Kieran, lui demandant également s'il y avait eu d'autres incidents sur son nouveau territoire.

— Non, avait-il répondu.

Son accent américain ressortait grandement dans ce simple mot.

Notre appel avait été bref. Contrairement aux autres, j'avais terminé la discussion en promettant d'examiner certaines des demandes qu'il m'avait transmises de la part d'êtres surnaturels ayant changé d'allégeance pour la mort et le diamant.

J'avais enfin appelé Nolan et Slater, qui étaient toujours en chasse. Slater avait déclaré que le fil magique n'existait plus. Nolan m'avait donné des nouvelles des autres entretiens avec les témoins.

Personne n'était au courant de rien.

Étonnant.

Je soufflai d'un air exaspéré et fermai mon ordinateur. Ce dont j'avais besoin maintenant, c'était de dormir. Mais j'avais une déesse à récupérer et une faë à chasser de mon toit.

Je songeai à mettre ma veste de costume mais la laissai

pendre à la porte. J'avais relevé les manches jusqu'aux coudes il y a des heures. Je n'étais pas obligé de m'embêter à afficher un air élégant. C'était ma maison. Je choisis de me mettre à l'aise.

La plupart des membres de mon personnel s'affairaient, les heures sur notre territoire étaient uniques en raison des longues nuits et de la présence des vampires. Mais la majorité choisissait de travailler de midi à minuit, les magasins ouvraient à deux ou trois heures de l'après-midi et fermaient à neuf ou dix heures le soir.

Par conséquent, le petit-déjeuner se prenait généralement entre midi et trois heures, le déjeuner vers six ou sept heures et le dîner à minuit.

Ces horaires nous convenaient, même lors de longues journées d'été.

J'avais fait part de ces variations à Nyx tout à l'heure. Elles n'avaient pas semblé la gêner, juste l'intriguer. De plus, elle avait apprécié de réclamer des plats en cuisine.

Lorsqu'elle n'avait su me dire la dernière fois qu'elle avait mangé, mon cœur s'était fendu. Je ne m'étais pas bien occupé d'elle, malgré son commentaire sur mon « hospitalité » la nuit dernière.

Bien sûr, je venais de la revendiquer cette semaine mais j'avais l'impression d'avoir échoué en ne lui demandant même pas si elle avait eu envie de manger au pub de Dublin. Aucun de nous n'avait commandé à manger. Cependant, là n'était pas la question.

Elle était ma compagne, ou plutôt ma compagne rejetée en tout cas, et je devais prendre soin d'elle.

Je passai la main sur mon visage en montant les escaliers et râlai quand ma montre vibra.

J'en ai fini avec les discussions politiques.

Toutefois, quand je vis que c'était Kaspian, je répondis tout de même.

— Je suis épuisé. Peu importe l'objet de ton appel, je te fais confiance pour t'en occuper.

— J'ai essayé de le faire plus tôt et ça t'a énervé, fit-il remarquer.

Bien dit.

J'étais trop fatigué pour trouver une bonne répartie.

— Qu'est-ce qu'il y a, Kas ? demandai-je en continuant à gravir les marches tandis que l'hologramme de son visage me suivait.

— C'est à propos de l'enterrement de Klas, dit-il en abordant directement le sujet. Son corps a été réclamé avant que Nolan puisse organiser un rapatriement en avion ici. Apparemment, la compagne de Klas a décidé de garder sa dépouille en Irlande. Elle l'a fait transférer dans une autre morgue plus tôt dans la journée, plus près de chez eux.

Mes pas ralentirent.

— Sa compagne ?

Kaspian acquiesça d'un grognement.

Mon front se plissa lorsque je songeai à la demande de transfert que j'avais signée l'autre jour.

— Je n'avais pas conscience qu'il avait une compagne.

Avait-elle été mentionnée dans le dossier ? J'en avais tellement feuilleté que je ne me rappelais plus.

— Moi non plus, avoua Kaspian. Mais je ne le connaissais pas bien.

— Moi non plus.

Cela me mettait mal à l'aise.

Cependant, nombreux étaient les membres de ma Maison que je ne connaissais pas réellement. Impossible de tous les rencontrer. C'est pour cette raison que j'avais des conseillers territoriaux, des gens de confiance de mon cabinet auxquels je me fiais pour connaître les habitants au sein de leur juridiction.

— Si sa compagne souhaite l'enterrer en Irlande, alors il faut qu'on accepte, finis-je par dire. C'est une décision familiale.

— Je suis d'accord. Je voulais juste te tenir au courant, vu que tu as demandé des funérailles pour un guerrier.

Je hochai la tête.

— C'est vrai, mais je ne me suis pas rendu compte qu'il était lié à une compagne.

Autrement, j'aurais pris le temps de la rencontrer à Dublin.

— Peux-tu envoyer quelque chose ? Pas un bouquet de fleurs classique, mais peut-être une pierre porte-bonheur ou quelque chose pour commémorer le service de Klas.

Kaspian réfléchit un instant avant de baisser le menton.

— J'en parlerai à Niamh.

Niamh était la souveraine de cette région, j'étais en train de chercher où la transférer maintenant que l'Irlande était contrôlée par la Maison de la mort et du diamant.

— Vient-elle demain à la réunion ?

— Oui, confirma-t-il.

— Bien.

J'avais besoin de parler stratégie avec elle.

— Autre chose ?

— Ouais, Cara n'arrête pas de m'envoyer des photos d'elle sur le toit. Si j'avais su que les devoirs de baby-sitter impliquaient un plouf dans ta piscine, j'aurais accepté.

Je râlai et mis fin à l'appel sans lui répondre. Il ne s'attendait pas à une quelconque réponse de toute façon.

La réunion de demain pesait lourdement sur mon crâne en finissant de grimper jusqu'au toit. Même si j'avais envie de dormir, je n'en serais pas capable, pas avant que je trouve ce que je voulais dire au conseil.

Je poussai un soupir et appuyai mon pouce sur le

lecteur d'empreintes pour accéder à mon sanctuaire. Je franchis la porte. J'avais demandé à Cara de surveiller Nyx tout à l'heure, et lui avais ordonné de lui accorder les mêmes permissions que les miennes. Elle l'avait manifestement fait puisqu'elle et Nyx se trouvaient sur mon toit.

Elles se baignaient toutes deux dans la piscine, barbotant près de la cascade dans le coin.

Toutes deux étaient nues, ce qui aurait pu provoquer mille scénarios différents dans ma tête. Cependant, c'était Nyx qui retenait mon attention, ses longs cheveux retombant en vagues autour d'elle tels de sombres fils de soie. Elle pencha la tête en arrière pour contempler la lune, la substance chatoyante dansait sur sa peau et disparaissait dans l'eau.

Toutes mes pensées sur la réunion de demain s'évaporèrent tandis que je commençais à me demander comment j'étais censé survivre à cette nuit avec cette séductrice dans mon lit.

— Ah, voilà notre roi, murmura Cara en souriant, ses yeux vert pâle parsemés d'éclats dorés. Vous nous avez caché ça, *Votre Majesté*.

— Je vous paie suffisamment en magie, toi et ton compagnon, pour que vous construisiez votre propre oasis, Cara, dis-je en m'appuyant contre le mur à côté de la piscine.

Son sourire s'agrandit.

— Hmm. En parlant de Larus, j'aimerais retourner le voir maintenant.

Elle se leva, totalement indifférente à sa nudité. Elle s'en servait souvent comme arme, attirant sa proie grâce à son physique avant de planter une lame dans son cœur.

Je l'ignorai en faveur de la déesse qui murmurait un

petit au revoir depuis l'eau, son regard toujours rivé sur les étoiles.

— J'espère que tu la garderas, m'informa Cara en passant devant moi. Elle est cool.

— Alors ça ne te gêne pas de l'aider à acheter des vêtements demain ? demandai-je, toujours tourné vers la beauté dans l'eau.

— Je considérerais cela sexiste que tu affectes une femme à cette tâche, d'autant plus que les goûts de Larus en matière de mode sont meilleurs que les miens, mais je vais accepter l'offre parce que c'est pour Nyx.

Elle se tourna pour faire un petit signe de la main à la déesse.

— On se voit vers quinze heures demain, mon étoile.

— Mon étoile ?

— Elle est toute scintillante, comme une étoile, expliqua Cara.

— Au revoir, faë des fleurs, lança Nyx, ce qui fit rire Cara à gorge déployée.

Mes sourcils se froncèrent. Cara n'était pas une « faë des fleurs » mais une « faë mortelle ». Cela dit, elle n'avait pas l'air si mortelle que ça lorsqu'elle se dirigea vers la porte en riant.

Elle attrapa une serviette en chemin et disparut.

— Faë des fleurs ?

J'avais un peu l'impression d'être un perroquet.

— Elle pense qu'elle est effrayante mais elle ne l'est pas, murmura Nyx en se tournant enfin vers moi. Par contre, son arsenal magique est fascinant.

— A-t-elle essayé de t'attaquer ? me demandai-je à voix haute en repoussant le mur.

— Pas exactement, mais elle m'a testée.

Je me rapprochai de son coin en contournant le bord de ma piscine.

— En te tirant dessus ?

— En montrant son adresse au tir.

Mes lèvres se retroussèrent vers le bas.

— Ça ressemble à une attaque.

Connaissant Cara, ce n'avait pas été un coup mortel, ni même un coup destiné à blesser, juste un avertissement.

Nyx haussa les épaules.

— Elle a démontré son autorité.

Ces paroles confirmèrent mes soupçons sur les intentions de Cara. Je devrais discuter avec elle plus tard d'une approche plus appropriée pour aborder ma compagne.

— Ce n'est rien. J'ai répliqué en transformant sa balle en poussière d'étoiles.

J'arquai un sourcil.

— Avant ou après qu'elle tire ?

La bouche de Nyx se tordit.

— Avant.

La malice dans ses iris dorés suggérait que la rencontre avait été amusante.

— Elle s'est retrouvée recouverte de poussière.

L'hilarité atteignit ma poitrine.

— Je parie que ça l'a énervée.

Elle secoua la tête.

— Non, elle s'est pliée en deux et a éclaté de rire. J'ai ensuite suggéré qu'on monte se rincer.

— Dans ma piscine, dis-je en m'arrêtant à côté de là où elle était assise. Tu te rends bien compte que ça va boucher mon filtre, n'est-ce pas ?

Elle secoua encore la tête.

— Non, la magie se dissout et retourne dans les airs.

Elle leva le bras pour me montrer sa peau pailletée, puis le rinça encore avant de faire disparaître la poussière d'étoiles d'elle l'instant d'après.

— Tu vois ?

Je m'accroupis à côté de la piscine, contemplant chaque centimètre de son corps alléchant, l'eau ne faisait rien pour me cacher la vue.

— Oui, Nyx. Je *vois*.

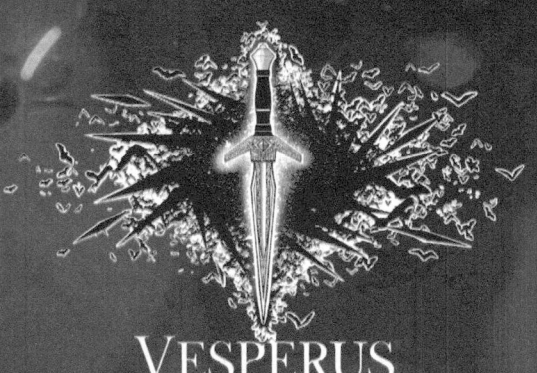

VESPERUS

Peut-être était-ce mon épuisement.

Peut-être était-ce un reste du lien.

Peut-être était-ce simplement Nyx.

Je n'avais toutefois pas envie de repousser cette connexion ou d'ignorer la magie qui se développait entre nous.

Par conséquent, être seul avec elle était très dangereux.

Je venais de passer plusieurs heures à répondre à des messages et des appels au sujet de son existence, presque tous les monarques m'avaient dit que Nyx était un problème qui devait être supprimé.

En faire ma reine allait créer des conflits. Ma Maison pourrait potentiellement en pâtir. Cela pourrait mener à une guerre. Je savais tout cela et pourtant, pour une fois dans ma vie, j'avais envie d'être égoïste. Je désirais faire quelque chose pour *moi*, sans penser aux autres.

Je m'écartai pour cette raison.

Je ne pouvais laisser ce besoin grisant détruire tout ce que j'avais bâti. Trop de vies étaient sous mon contrôle, sous ma *protection*, pour que je me laisse aller à l'égoïsme.

Cependant, cela ne signifiait pas que j'étais prêt à faire une croix sur un avenir avec Nyx.

Il devait y avoir moyen que cela fonctionne.

Je me levai et déboutonnai lentement ma chemise pendant que Nyx m'observait, son regard séduisant surveillant chacun de mes mouvements, telle une prédatrice.

Arrivé au dernier bouton, je pliai le tissu et le posai sur un banc non loin, puis je passai mon débardeur par-dessus la tête.

— Moi aussi je te vois, mmh mmh, murmura Nyx.

Mes lèvres se recourbèrent lorsque je me penchai pour retirer mes chaussures et mes chaussettes.

Son approche directe était différente de celle des si nombreuses femmes de mon passé, cette évaluation sincère et convaincue, sans aucune trace de malveillance, du moins, aucune que je ne percevais en tout cas.

Bien sûr, je ne connaissais pas exactement l'étendue de ses pouvoirs. Elle pourrait être comme Cara : une veuve noire cachée à la vue de tous.

Cependant, curieusement, j'en doutais.

Toutes les actions de Nyx avaient suscité un intérêt authentique de ma part, chacun de ses choix était presque innocent. Elle aurait pu blesser gravement mon peuple aujourd'hui mais, au lieu de le combattre, elle avait invoqué une barrière magique.

Peut-être n'était-ce qu'une ruse, un moyen de se glisser dans mon lit et de réduire en cendres mon monde soigneusement contrôlé.

Je pourrais faire des suppositions toute la nuit.

Ce dont j'avais vraiment envie, toutefois, c'était de parler à Nyx, la cerner et voir si nous ne pouvions pas trouver une solution à ce problème... *ensemble*.

Cette femme pourrait être ma future reine. Pourquoi ne pas la traiter comme telle ?

— Tu ne déçois pas mon imagination, me dit-elle alors

que je laissais tomber mon pantalon. Ça veut dire que je peux te lécher maintenant ?

Je lui fis face vêtu uniquement de mon caleçon.

— Non. On doit d'abord parler.

C'était la raison pour laquelle j'avais gardé ce dernier vêtement – nous avions clairement besoin d'une barrière – avant de plonger dans l'eau.

Le bassin était peu profond, alors je me contentai de faire de petits mouvements, car je connaissais le fond et chaque recoin de cette piscine par cœur.

Je refis surface à quelques mètres de Nyx, pourtant, j'avais l'impression de me trouver juste à côté d'elle. Son intérêt non dissimulé réchauffait l'air autour de moi. Son parfum séduisant emplit mes poumons et m'attira vers le coin où elle était assise.

Une sirène, songeai-je en nageant vers elle. *Sauf qu'elle n'a pas besoin de chanter pour attirer mon attention.*

Ses iris tournoyèrent d'un désir hypnotique alors que je m'agrippais au rebord en marbre de chaque côté de sa tête, mon corps désormais à quelques centimètres du sien.

— Tu mets au défi la maîtrise de mon être, Déesse.

— Ah bon ? répliqua-t-elle en fouillant mon regard. Ce n'est pas intentionnel.

— Hmm.

Je n'étais pas sûr d'y croire.

— La séduction fait-elle partie de tes dons de déesse ?

Elle réfléchit un instant et sortit ses mains de l'eau pour faire tournoyer de la magie dorée à côté de nous.

— Je crois que le pouvoir peut être séduisant par nature, murmura-t-elle.

Le filament d'énergie pailletée dansait le long de son bras et laissait une vibration sur son passage.

— Je ne sais pas si c'est un don ou une réalité de la vie.

— Peut-être les deux.

— Peut-être les deux, répéta-t-elle avec un léger hochement de tête. Je trouve ton pouvoir attirant, ce qui est intéressant car Kaspian et toi êtes très semblables, pourtant je n'ai pas envie de le goûter. Je veux seulement te goûter, toi.

— C'est le lien que la destinée a mis sur notre chemin.

— Or, nous l'avons rejeté. Alors peut-être que c'est simplement toi, Roi des vampires.

Mon regard tomba sur sa bouche attrayante, la courbe de ses lèvres pulpeuses titillant les derniers vestiges de mon contrôle.

— Peut-être que c'est nous, dis-je doucement. Quelle que soit la raison, je te désire. Mais les monarques de ce monde n'accepteront pas que je te possède.

Pas comme ça, en tout cas.

Le bout de ses doigts effleura mon bras avant qu'elle ne remonte jusqu'à mon épaule.

— Ils veulent que tu me tues.

Ce n'était pas une question, mais une affirmation.

— Oui et non. Ils ont peur de ce qu'ils ne comprennent pas, mais il y a d'autres dieux et déesses qui vivent librement dans ce monde. J'ai donc mes raisons de penser qu'on a une chance de faire en sorte que ça marche entre nous.

— Tu veux que ça marche ? demanda-t-elle en glissant ses doigts dans mes cheveux.

— Je veux trouver le moyen de te donner la possibilité de rester, et ceci pour une raison purement égoïste.

— Ah oui ?

Ses ongles coiffèrent mes cheveux humides jusqu'à ma nuque.

— Fais-moi part de ta raison.

— Je pensais que c'était évident, Déesse.

Mes mots ressemblaient à un murmure dans l'air, mes lèvres goûtaient presque les siennes.

— Dis-moi quand même.

Sa voix tremblait légèrement, d'un ton subtil qui révélait son excitation.

Non pas que j'avais besoin d'une confirmation verbale.

Je *sentais* son intérêt, le prédateur en moi grognait d'approbation maintenant qu'il avait réussi à attirer et piéger sa proie désirée.

Cependant, je ne pouvais pas l'avoir, pas encore. Pas comme ça, alors que l'équilibre de notre monde ne tenait qu'à un fil.

J'effleurai du nez sa pommette, inspirant son parfum addictif, et appuyai mes lèvres contre son oreille.

— J'ai envie de toi, Nyx, mais je ne me laisserai pas aller à ce désir tant que nous n'aurons pas déterminé les prochaines étapes.

Je baissai la bouche sur sa gorge palpitante, son pouls sensuel invitait mes crocs à la mordre et ceux-ci avaient très envie d'y céder.

Au lieu de cela, je me reculai et me mis sous la cascade, ressentant le besoin de retrouver mes esprits.

Nyx se joignit à moi, ses paumes posées sur mon ventre pour me plaquer contre le mur derrière la chute d'eau. J'ouvris les yeux et les baissai sur elle, mes mains vinrent se poser sur ses hanches pour prendre le contrôle de ses mouvements.

Je comptais la repousser.

Seulement, je finis par l'attirer près de moi et ses seins touchèrent mon torse.

Elle enroula les bras autour de mon cou, ses pupilles luisantes de puissance.

— Tu as mentionné que d'autres dieux et déesses

vivaient dans ce royaume. Tu veux dire des dieux comme celui que tu appelles Odin ?

Ses mots étaient juste assez audibles pour que je les entende par-dessus le bruit de l'eau qui coulait derrière elle.

— Oui, des dieux comme Odin. Il dirige la Maison de l'esprit et du saphir avec Lady Gabriella. Personne ne remet en question ou ne menace sa capacité à régner malgré son grand pouvoir.

Ce qui suggérait que Nyx pourrait potentiellement se débrouiller pour endosser le même rôle dans la Maison d'or et de grenat. Nous avions juste besoin de déterminer *comment*.

Je glissai mon pouce le long de sa hanche en ajoutant :

— Les monarques ont simplement besoin de mieux comprendre tes capacités, et il faut aussi qu'ils aient la certitude que tu ne veux pas nuire à notre monde.

Ils demanderaient également l'assurance qu'elle n'avait pas l'intention de les renverser, ce qui serait la bataille la plus difficile à mener.

Le Grand Sacrifice s'était conclu par la paix mais ça n'avait pas effacé la lutte de pouvoir entre les Maisons. Nous parlions simplement moins de nos conflits.

— Ce ne sera pas un exploit facile, conclus-je. Je ne suis même pas sûr que tu voudras rester, mais nous pouvons faire en sorte que cela se fasse.

Son regard analysait le mien.

— Hmm, je ne suis pas sûre de vouloir rester non plus, murmura-t-elle. Toutefois, ma magie semble se sentir à son aise ici.

Je fronçai les sourcils, mon pouce toujours appuyé contre sa hanche.

— Comment ça ?

— Ma magie m'a en quelque sorte attaquée tout à l'heure.

Son nez se plissa un peu.

— Ou du moins, c'est ce que j'ai ressenti. On aurait dit qu'elle m'ordonnait de ne pas me venger de ton peuple… peut-être parce qu'un jour ils seront mon peuple ?

— C'est courant que ta magie… t'attaque ? demandai-je, méfiant.

Cela suggérait qu'elle ne savait pas contrôler ses pouvoirs.

Il serait alors impossible de persuader les monarques qu'ils l'acceptent à mes côtés.

Sa bouche se tordit légèrement.

— Non. C'est mon médaillon qui m'a attaquée. En pratique, il ne m'appartient pas, c'est plutôt un enchantement lié à moi. Comme toute source d'énergie, il a une personnalité qui lui est propre.

— Une personnalité qui lui est propre, répétai-je lentement, ne la suivant pas vraiment. Comment… ?

— Hmm.

Elle enroula une mèche de mes cheveux autour de son doigt au niveau de ma nuque, son regard dérivant tandis qu'elle se perdait dans ses pensées.

J'attendis, espérant que son silence se conclurait par une explication.

Selon moi, l'énergie était souvent contrôlée par l'être qui l'avait créée. Or, elle avait semblé dire que son médaillon enchanté possédait ses propres idées.

— Mon médaillon est autonome. Je suppose qu'on peut même dire qu'il est conscient d'une certaine manière. Il peut prendre diverses formes et il possède assurément son propre libre arbitre. Cependant, il est fortement lié à moi et à mon destin.

— Donc c'est un enchantement... avec une conscience ?

— Oui.

— Et tu l'as créé ?

Ses yeux revinrent sur les miens.

— J'ai fait le vœu qu'il apparaisse. Même si je pourrais invoquer un autre enchantement, je suis plutôt attachée au premier. Par conséquent, je le cherche parce que c'est ce qu'il veut que je fasse.

Elle retira une de ses mains de ma nuque pour déposer de la poussière d'étoiles dans sa paume.

— Tu vois, je viens du temps de la création, ce qui signifie... que je crée.

Elle jeta le sable magique dans les airs et sourit lorsque des flocons de neige apparurent.

Un des cristaux toucha ma peau, sa texture glacée fondit immédiatement en eau tiède.

— C'est comme ça que Lissa a pu faire le vœu de voir apparaître un elfe, compris-je. Ta magie crée la vie.

Elle hocha la tête.

— Et la vie a généralement une conscience.

Elle haussa les épaules.

— Donc mon médaillon en a une aussi, et il fait des siennes parce que je pense qu'il veut rester ici.

— Je vois.

Je baissai les mains au bas de son dos, la rapprochant un peu plus près de moi.

— Alors tu es d'accord sur le fait que nous devrions trouver un moyen pour que tu puisses rester.

— Je suis d'accord pour dire que je suis prête à m'engager dans cette voie, répondit-elle, sa main libre revenant sur ma nuque. Mais je ne sais pas comment convaincre les monarques. Tu as mentionné que des dieux et déesses vivaient parmi vous mais je n'en ai pas encore vu.

— Ils sont rares mais Odin en est un et c'est un chef de Maison.

— Cet imposteur ? ricana-t-elle. Ce n'est pas Odin.

— Il l'est dans cette réalité.

Elle semblait prête à me contredire mais se retint en fronçant les sourcils.

— Cela signifie-t-il que votre réalité possède une autre version de moi ? D'autres dieux de l'ère de la création ?

— Si c'est le cas, je ne les ai jamais rencontrés. Pourtant, je suis sur cette terre depuis plus de mille cinq cents ans.

Elle m'étudia.

— Oh. Où étais-tu avant ça ? Dans un autre royaume ?

— Je n'étais pas en vie. Les vampires sont tous nés ou ont été créés dans ce monde, pas dans un autre. Du moins… pas dans ma réalité.

C'était bizarre à dire, car je ne pouvais imaginer une autre version de cette existence.

Cependant, manifestement, cet être devant moi le pouvait.

— Je vois, murmura-t-elle en baissant les yeux sur ma bouche. Pourtant, tu sembles être le seul que je veux goûter, donc il y a clairement quelque chose de spécial chez toi.

— La magie du destin, lui rappelai-je.

— Peut-être.

Ses iris dorés tourbillonnèrent, intrigués, lorsqu'elle leva à nouveau les yeux.

— Je pense que ça pourrait simplement être ton pouvoir, Roi.

Elle posa les lèvres dans mon cou, ses dents peu

tranchantes effleurèrent l'endroit où battait mon pouls dans une morsure séduisante.

Mes mains retournèrent sur ses hanches pour la maintenir en place.

— Nyx...

En guise de réponse, elle poussa un grognement, puis se hissa pour poser sa bouche sur mon oreille.

— Je vais te lécher, Vesperus. Peut-être pas ce soir mais bientôt.

Elle mordilla mon oreille et se mit à reculer, mais je resserrai ma poigne et la soulevai du sol de la piscine.

Nyx gloussa alors que j'échangeais nos positions, je la plaquai contre le mur et glissai ma cuisse entre les siennes.

— Moi aussi j'ai l'intention de te lécher, minutieusement, promis-je contre sa bouche.

Je relevai les mains sur les côtés, laissant son corps glisser contre le mien tandis que ses pieds se reposaient par terre.

— Complètement.

Je contractai la cuisse entre les siennes et la levai lentement.

— Juste là, lui dis-je lorsque ma jambe rencontra son sexe nu. Je continuerai jusqu'à ce que tu me supplies d'arrêter.

— Impossible, je mettrai ton endurance à l'épreuve, Roi, dit-elle en enfonçant de nouveau ses doigts dans mes cheveux, sa bouche murmurant devant la mienne.

Je souris contre ses lèvres, mes doigts sillonnèrent le dessous de ses seins.

— Ça me paraît équitable, acceptai-je en remontant la main pour l'étrangler légèrement. Moi aussi j'ai l'intention de tester ton endurance, Déesse, mais d'une façon très différente, c'est tout.

Je lui enserrai la gorge, indiquant ce que j'entendais par là.

Combien de temps peux-tu retenir ta respiration ? chuchotai-je dans son esprit. *Quelle quantité peux-tu avaler ?*

Cependant, je ne lui laissai pas le temps de répondre.

Je l'embrassai à la place. J'aurais dû résister à la tentation, j'aurais dû ignorer cette attraction.

Toutefois, cela m'était impossible.

Je ne pouvais pas me retenir quand son corps ferme et sexy se pressait contre le mien, tout chaud, excité et *mouillé.*

Je sentis son sexe palpiter contre ma cuisse, son pouls tonitruer contre mon pouce, ses tétons se durcir contre mon torse.

C'en était trop. Je ne pouvais me refuser à son baiser, son pouvoir, ses *talents.*

Savoir que cet être magnifique me désirait me flattait comme rien d'autre.

Nyx respirait le pouvoir. Je le sentais à chaque inspiration effleurer le bout de mes doigts et mon esprit.

Elle avait envie de moi, peut-être à cause de l'attirance magique, ou peut-être pour des raisons infâmes.

Mais à ce moment-là, je me fichais de la raison.

J'acceptais seulement la destinée telle qu'elle se présentait à moi.

Et je l'accueillais avec ma langue.

Je la dévorai, la mémorisai, la *maîtrisai* avec des caresses autoritaires tout en la tenant par la gorge.

Oh, mais elle ne se contenta pas de rester là et d'y consentir.

Elle répliqua, sa langue combattit la mienne, une danse intime, des préliminaires charnels.

Elle me possédait et me contrôlait autant que moi avec elle.

Pas une seule fois elle ne se débattit. Elle enfonça

seulement ses ongles dans mon crâne et chevaucha ma cuisse, me revendiquant avec une magnifique sauvagerie.

Je pelotai son sein de ma main libre, pris d'un besoin de sentir cette taille parfaite pour moi.

C'est comme si tu étais faite pour que je te vénère, lui dis-je mentalement d'une voix douce. *Putain, Nyx.*

J'approfondis notre baiser, car je désirai la sentir davantage. Je pressai violemment ma cuisse contre elle. Elle réagit en se cambrant. Elle enfourcha ma jambe et s'agrippa à mes cheveux pendant que je serrais son sein et pinçais son téton dur.

Ma main sur sa gorge, elle pouvait à peine respirer mais elle ne semblait pas s'en soucier. Au contraire, cela semblait l'exciter encore plus. Peut-être que la menace de me montrer violent l'enflammait, ou alors, la démonstration d'un pouvoir louable la faisait simplement atteindre de nouveaux sommets.

Elle attira ma lèvre entre ses dents et me mordit pour me faire saigner.

Je grognai et l'imitai, notre baiser prit une tournure sauvage en un instant, elle se frotta avec encore plus d'acharnement à ma cuisse.

Elle était sur le point de voler en éclats. Je sentais sur ma langue qu'elle était au bord du précipice, comme si je la léchais entre les cuisses.

Tu vas jouir pour moi, n'est-ce pas, ma tendre déesse ? Laisse-moi un beau souvenir pour quand j'irai à la douche ce soir, un cri séduisant à imaginer pendant que je me toucherai en pensant à toi et à ta putain de bouche magnifique.

Ses ongles griffèrent mon crâne, me faisant siffler contre sa bouche.

Elle aspira ensuite ma lèvre inférieure entre ses dents et mordit à nouveau.

Tellement sauvage, grognai-je.

Je la privai d'oxygène un instant avant de la nourrir de mon sang avec ma langue.

Elle gémit, ses mouvements désormais presque frénétiques contre ma cuisse, y frottant ce petit clitoris en manque jusqu'à l'abandon.

Je tirai une fois de plus sur son téton, la poussant vers un orgasme qui la fit hurler contre ma bouche.

Cependant, j'étouffai le hurlement, le gardant pour moi, pour mes souvenirs, pour mes rêves.

Je pourrais baisser mon caleçon, enrouler sa main pâle autour de ma queue dure et la supplier de me faire jouir.

Toutefois, ce n'était pas le but de ces préliminaires.

Je souhaitais simplement avoir un avant-goût d'elle. Ma belle déesse m'avait offert plus que ça encore.

J'ouvris les yeux et vis ses iris dorés irradier de pouvoir, l'air étonné, émerveillé, comme si je venais de l'époustoufler.

Tu es la plus belle femme que j'ai jamais vue, avouai-je doucement en frôlant ses lèvres. *Nyx, Déesse de la nuit, c'est un honneur d'être ton compagnon rejeté.*

NYX

Je me réveillai seule.

Encore.

Pour la huitième fois d'affilée.

Mes yeux se plissèrent vers le côté de Vesperus, parfaitement immaculé comme à chaque fois que j'ouvrais les yeux.

C'était comme si notre rituel du soir était une illusion. Il venait me retrouver sur le toit où nous avions une discussion intime sous la lune. Il me faisait toucher les étoiles sans *vraiment* me toucher et me conduisait à sa chambre, là où il se douchait seul avant de se blottir à mes côtés.

Nous avions répété ce rituel tous les soirs au cours de la semaine écoulée sans jamais y déroger, et nous n'allâmes pas plus loin que de nous tripoter et nous embrasser. Je me réveillais toujours avec les draps et la couette impeccablement repassés de son côté du lit.

Je me redressai.

— Pas aujourd'hui, décidai-je à voix haute.

Même si notre routine du soir ne me gênait pas, je n'aimais pas celle du matin.

Du moins, je n'aimais pas trop ça.

Le petit mot qu'il me laissait sur son oreiller chaque matin était plutôt amusant.

Je m'emparai du papier d'aujourd'hui à l'écriture masculine.

N'oublie pas de prendre ton petit-déjeuner, Nyx.

V

P.S : J'ai pimenté ton jus d'orange. ;-)

Mes sourcils se haussèrent tandis qu'un rire m'échappait. J'avais évité le petit-déjeuner cette semaine, préférant aller explorer le pays avec Cara.

Je n'étais pas naïve. Je savais qu'elle avait été affectée à ma surveillance mais je m'en fichais, tout particulièrement parce que j'appréciais cette faë. Elle ne mâchait pas ses mots et disait ce qu'elle pensait, ce qui me plaisait.

Ce qui me plaisait moins en revanche, c'était que Vesperus s'échappe tous les matins. Je n'étais même pas sûre que ce fichu être dormait.

Peut-être a-t-il juste besoin d'un orgasme. S'il me laissait lui rendre la pareille et le lécher, je pourrais lui en donner un. Mais non, il semblait se satisfaire de m'embrasser et de me peloter.

Il est vrai que j'aimais ça, surtout que nous passions la plupart des soirs à apprendre à nous connaître.

Tout comme la veille où j'avais découvert qu'il savait parler plus de dix langues.

Et le soir d'avant quand il avait avoué détenir un diplôme de médecine.

— Pourquoi ? lui avais-je demandé. Qu'est-ce qui t'a poussé à étudier la médecine ?

Il avait haussé les épaules.

— L'accès illimité au sang.

J'avais cru qu'il plaisantait.

Mais non.

— Mais c'était aussi pratique de savoir comment fonctionne le corps humain. Les vampires ont une anatomie similaire. Ça m'a été utile quelques fois.

— Pour sauver une vie ?

Il avait secoué la tête.

— Non, pour tuer.

— Tu n'as rien d'un héros, alors.

— Pas pour les humains. Je suis dévoué à ma Maison. Je ferais n'importe quoi pour elle.

Y compris refuser de se lier à moi si je ne peux pas me conformer à ce monde, avais-je pensé en me répétant à présent ces mêmes mots dans ma tête.

C'était un point de vue pragmatique, cela expliquait sa réticence à aller au-delà d'un baiser le soir. Il gardait le contrôle.

Même si j'avais envie de repousser ses limites et de connaître tout ce qu'il avait à m'offrir, je ne le ferais pas, car je respectais son choix.

Tout comme il respectait le mien… c'est-à-dire celui de continuer à traquer ma magie.

Je la sentais proche, simplement hors de portée.

C'était la première fois depuis des mois que j'avais été capable de sentir réellement l'énergie familière, la première fois que je l'avais sentie, c'était à Dublin.

Maintenant, elle se cachait dans les alentours, confirmant qu'elle avait voulu que j'aille en Islande depuis le début.

Je ne comprenais pas totalement pourquoi.

Pour me lier à Vesperus ?

Pour faire de cet endroit mon foyer ?

Pour accomplir une tâche avant de m'autoriser à quitter ce royaume ?

Que… ?

Qu'attends-tu de moi, médaillon ?

Je poserais toutes ces questions à l'objet conscient à son retour.

Hélas, il continuait à rester insaisissable, palpitant seulement près de moi sans se dévoiler.

Je te trouverai, promis-je en me glissant hors du lit. *Mais je vais d'abord faire de Vesperus mon petit-déjeuner.*

Il avait en effet *pimenté* mon jus d'orange et je savais qu'il ne parlait pas d'alcool.

Je me douchai et mis une tenue propre, plus précisément une nouvelle robe noire. Cependant, celle-ci était fendue sur les côtés et possédait un modeste décolleté, et elle était dos nu. J'utilisai alors ma poussière d'étoiles pour ajouter une chaîne en or le long de ma colonne vertébrale jusqu'au-dessus de mes fesses. Je remis ensuite mon collier en forme de croissant de lune, l'or encore tacheté de mon sang.

Et maintenant celui de Vesperus, pensai-je en contemplant le pendentif dans le miroir. Il avait ajouté une goutte de son essence l'autre soir, car cela cimenterait mon appartenance à lui et prouverait que je n'étais pas un simple membre temporaire de la Maison d'or et de grenat.

Personne ne m'avait cherché de problèmes depuis l'incident à la boutique, mais les gens n'avaient pas été très enclins à me parler non plus.

Peut-être proposerais-je à Cara d'aller boire un verre dans un pub aujourd'hui, une activité sans doute suffisamment normale pour me donner l'air accessible.

Résolue, je laçai mes sandales. Cara les regardait

bêtement à chaque fois qu'elle me voyait, elle disait que celles-ci seraient bien pour la plage, pas pour l'Islande. Je me téléportai jusqu'aux cuisines.

— Oh, Nyx ! s'exclama la cheffe Betty en lâchant une poêle, ce qui me fit tressaillir.

— Pardon.

— Tu dois arrêter de faire ça, me réprimanda-t-elle.

La sorcière semblait être l'une des rares à ne pas me craindre, probablement parce que c'était son espace en tant que cheffe de la cuisine.

— À vrai dire, ce n'est que la seconde fois.

J'avais en effet sauté le petit-déjeuner un jour sur deux cette semaine.

D'où le rappel de Vesperus ce matin.

— Eh bien, si le petit-déjeuner était pimenté par ton sang, peut-être que je me souviendrais de le prendre, lui avais-je dit la veille.

Il avait remarqué ma tendance à sauter les repas, et j'avais répondu franchement.

— Vesperus a dit qu'il y avait du jus d'orange, dis-je en souriant avec espoir à Betty.

Elle leva au ciel ses yeux en forme d'amande et se dirigea vers un four industriel avec un réchaud au-dessus.

— Des crêpes aussi, ajouta-t-elle en attrapant une assiette avec une manique, avant de se rendre à l'un des nombreux réfrigérateurs. Et oui, il t'a fait du jus d'orange, fraîchement pressé.

Sa dernière phrase semblait sous-entendre quelque chose, cela me fit sourire.

Elle m'installa dans la salle à manger la plus proche de la cuisine, ce dont je n'avais pas vraiment besoin mais j'avais appris très vite que contredire Betty ne menait à rien. Je finirais tout de même à cette table, à manger la nourriture qu'elle désirait que je mange.

Comme elle était plutôt douée aux fourneaux, ça ne me gênait pas du tout.

Je me glissai alors sur ma chaise et savourai les crêpes avant de m'octroyer « le jus d'orange fraîchement pressé » de Vesperus.

Délicieux. Et bien sans alcool.

Son sang était aussi déliquescent qu'un dessert, mais son arôme n'était pas tout à fait chocolaté comme son odeur. C'était une ambroisie sucrée que je pourrais boire tous les jours.

Malheureusement, déguster son sang ne semblait me doter d'aucune de ses capacités. Autrement, j'aurais utilisé la télépathie pour le remercier de ce verre délicieux.

— Te voilà, dit Cara en entrant dans la salle à manger en poussant un soupir. Tu es censée m'appeler quand tu quittes ta chambre, tu te souviens ?

Elle m'avait donné un téléphone l'autre jour dans ce but. Mais…

— Je l'ai laissé sur la table de nuit.

— Je sais, dit-elle en faisant glisser l'appareil sur la table en bois.

Je la regardai fixement.

— Ma robe n'a pas de poche.

— Alors fais un vœu pour en avoir, rétorqua-t-elle.

Mes lèvres se retroussèrent. *Les poches gâcheront vraiment ma robe.*

J'étudiai le téléphone, à la recherche d'une solution, puis saupoudrai de la poussière d'étoiles dessus en faisant le vœu qu'il se transforme en bracelet.

J'esquissai un petit rictus devant le métal transformé en manchette dorée, une lune dessinée en son centre.

— C'est bien plus habillé, dis-je à Cara.

Elle me jeta un regard noir, son expression me laissa

entendre qu'elle allait me faire passer un sale quart d'heure pour un objet inutile.

Par conséquent, je l'ignorai. J'enfilai le bracelet et appuyai sur la lune. La magie créa un écran qui me permettait de lui envoyer un message.

> Je suis dans la salle à manger en train de boire du jus d'orange avec une pointe de sang. Je ne partagerai pas.

Le regard assassin de Cara se fondit en rire alors qu'elle secouait la tête.

— Tu es une sale morveuse.

— Je suis une déesse, rectifiai-je en éteignant l'écran. Je n'ai pas besoin de baby-sitter, ni de prendre le petit-déjeuner. Mais le jus d'orange m'a mise de bonne humeur, donc je suis prête à oublier que tu me traites comme une gamine de cinq ans.

Je posai ma serviette sur le côté et me levai.

— Où puis-je aller pour paraître naturelle sur ce territoire ? demandai-je à Cara. J'aimerais me faire des amis.

Cela m'aiderait à décider si je voulais rester ici.

Cara se prit le cœur et feignit d'être blessée.

— Aïe.

Je fronçai les sourcils.

— Quoi ?

— Et moi qui pensais que nous étions amies, toutes les deux, poursuivit-elle d'une voix excessivement théâtrale et emplie d'une tristesse feinte.

— On est amies ? m'enquis-je avec curiosité.

Elle se redressa et me lança un regard.

— J'ai traîné avec toi tous les jours cette semaine, Nyx. Je suis presque sûre que ça fait de nous des amies.

— On sait toutes les deux que tu ne me tiens

compagnie que parce qu'on t'en a chargée.

Elle haussa les épaules

— Oui, mais c'est plutôt agréable comme tâche. C'est mieux que de s'occuper de la paperasse.

— Je ne sais pas si je dois m'en sentir flattée ou triste, répliquai-je d'un ton impassible.

— C'est plutôt sacrément triste. Avec ce changement de territoire, Vesperus croule sous les demandes de transfert. Il a travaillé avec Niamh presque toute la semaine là-dessus.

— C'est l'une de ses conseillères territoriales, non ? Celle qui vient d'Irlande ?

Il m'avait donné le nom de certains d'entre eux et m'en avait brièvement parlé chacun à leur tour.

Cara hocha la tête.

— Oui, mais on les appelle des souverains. Elle est ici depuis leur réunion la semaine dernière. Il travaille sur sa réaffectation.

— Il n'a pas besoin d'un conseiller dans cette partie du monde puisque ce n'est plus son territoire.

Oui, il avait parlé de ça aussi.

— Je suis contente qu'elle vous aide avec la paperasse.

— Tu l'as déjà rencontrée ?

— Non. Elle ne séjourne pas ici et Vesperus a tendance à me tenir à l'écart de son travail, dis-je en regardant Cara. Il m'a donné une baby-sitter pour me distraire.

Elle rit.

— Je ne suis pas une distraction. Si tu veux le voir, on peut le faire avant que tu ne te changes.

Mes sourcils se froncèrent.

— Que je me change ?

— Oui. Tu as dit que tu voulais aller quelque part et paraître normale sur ce territoire. Pour ce faire, tu dois t'habiller en fonction du climat.

Elle désigna son pull et son jean d'un geste exagéré.

— Hmm.

Je n'avais plus envie de faire ce que j'avais prévu aujourd'hui. Si je devais m'habiller pour impressionner, alors je n'étais pas sûre de vouloir de nouveaux amis.

— Viens, m'encouragea-t-elle. On va aller voir Vesperus et sa montagne de paperasse. Si Niamh est là, tu pourras te faire une nouvelle amie. Ensuite, j'essaierai de t'aider à en trouver d'autres en ville.

Je saisis le ton railleur de ses propos mais haussai les épaules, acceptant son plan.

Si j'allais me promener dehors, j'aurais l'occasion d'explorer davantage le territoire et pourrais ainsi localiser ma magie errante tout en continuant à m'en faire une opinion.

— D'accord.

Je me dirigeai vers le bureau de Vesperus, car je savais bien où il se trouvait, quand un picotement parcourut mon bras.

Je fronçai les sourcils, me figeant dans ma marche, et contemplai la chair de poule sur ma peau.

As-tu décidé de revenir ? dis-je à ma magie perdue en cherchant sa source.

Mon médaillon ne se trouvait pas dans le palais mais il était dans le coin.

Proche. Très proche.

Je changeai de direction et me dirigeai vers l'arrière de la maison. Je traversai les cuisines et passai les portes menant au parc.

— Nyx ?

La voix de Cara me rappela que je n'étais pas seule. L'autre femme se tenait à quelques pas derrière moi, dans le patio qui entourait l'arrière de la propriété.

Je clignai des yeux en la regardant.

— Oh. Ma magie m'appelle, par ici.

Je ne dis rien de plus, trop impatiente de suivre ce fil familier.

— Elle t'appelle ? répéta Cara qui vint se placer à mes côtés.

Je lui montrai mes poils hérissés.

— Oui.

Je pressai le pas tandis que l'enchantement attirait mon esprit. Le sentiment d'urgence semblait s'intensifier.

Qu'est-ce qui ne va pas ? lui demandai-je. *Pourquoi tires-tu sur moi comme avec une laisse ?*

Il répondit en m'envoyant une autre décharge d'électricité. Ma réaction de panique me fit accélérer. Je courus sur le chemin en pierre, suivie de Cara qui n'eut aucune peine à me rattraper.

Lorsque nous atteignîmes le portail, je me téléportai pour le passer. Je m'arrêtai ensuite, attendant d'autres indications de ma magie.

Le portail en métal cliqueta derrière moi et Cara me rejoignit, l'air curieux.

— Alors ?

— Chut, j'écoute, murmurai-je.

Je fermai les yeux et frémis quand l'essence effleura mes sens.

Elle m'indiqua la droite, comme lors de mon premier jour ici.

Seulement, je ne me rendis pas au magasin de Lissa cette fois-ci mais deux pâtés de maisons plus loin.

Là où mon énergie disparut.

Mes yeux se plissèrent.

— Ce petit cache-cache commence à me fati…

L'enchantement transperça mon cœur, mes genoux cédèrent et m'arrachèrent un cri.

Je me serrai la poitrine lorsque j'entendis du verre

exploser derrière moi, ce qui me provoqua une sensation confuse. Le monde tournoya autour de moi.

Cara cria mon nom mais je ne pouvais la regarder. J'étais trop stupéfaite. Trop… trop *bouleversée*.

Qu'est-ce… qu'est-ce qui se passe ? Pourquoi tu… songeai-je en clignant plusieurs fois des yeux. *Pourquoi m'as-tu frappée ?*

La magie émit un bourdonnement paniqué en guise de réponse, attirant mon attention vers une femme à proximité. Ses yeux d'un vert vibrant étincelaient de puissance.

Une sorcière ? supposai-je, confuse par son aura. *Si sombre, si brisée, une âme… fracturée.*

Je sentais presque sa douleur sur ma langue. Mon enchantement tourbillonnait autour d'elle, désespéré, essayant futilement d'atteindre son esprit brisé, pour… pour la guérir.

Je la fixai, sans vraiment comprendre la scène qui se déroulait sous mes yeux.

Le vent ondulait autour d'elle dans la pénombre, l'immeuble non loin semblait dissimuler sa présence.

Ou est-elle tapie dans l'ombre ? m'étonnai-je. *Qui es-tu ? Qu'es-tu ?*

Cara hurla encore mon nom tandis que le verre continuait à se briser. Des flammes s'élevèrent dans les airs.

Je tentai de bouger, de me lever, de *voir*.

Mes jambes tremblèrent lorsque je m'efforçai de me relever, la secousse de mes pouvoirs m'avait temporairement ôté tout pouvoir.

Cependant, la rue commença à être plus dégagée, le chaos qui déferlait autour de moi devint évident.

Une autre explosion.

Je contemplai bouche bée cette destruction, surprise par sa présence soudaine.

Je fis un pas en avant, mon instinct se décupla et je

partis à la recherche d'auras qui pourraient avoir besoin d'aide.

Toutefois, je reportai mon attention sur la présence sombre près de moi, la femme à l'esprit fragmenté.

Je croisai son regard et poussai un cri tandis qu'une boule de feu transperçait mon sternum.

Non. Pas du feu.

Une balle.

J'en entendis tardivement le sifflement dans l'air, la scène devant moi était si saccadée que je ne l'avais… je ne l'avais pas sentie comme j'aurais dû.

À présent…

Je baissai les yeux, remarquant le sang sur mes doigts.

Je…

Mes genoux cédèrent à nouveau, je m'écroulai. Je me rattrapai d'une main puis tombai sur le côté et me roulai en boule.

Ce… ce n'est pas une… balle ordinaire.

Je la sentais… me *déchiqueter*.

Non.

Me *brûler*.

Comme du poison, comme… comme de *l'acide*.

Un hurlement s'échappa de mes lèvres, un cri d'agonie, de peur et de *colère*.

Je tentai de me raccrocher à cette sensation, de faire sortir sa source de mon corps. Mais le monde… le monde… s'assombrissait.

Mon enchantement toucha ma peau, l'énergie consciente et inquiète.

Je tentai de le saisir, de… l'attirer… en moi.

Seulement, c'était impossible.

Je ne pouvais… je ne pouvais rien faire.

Je pouvais à peine… *respirer*.

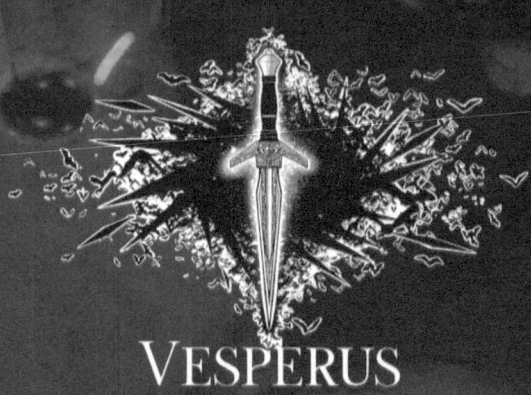

VESPERUS

— Hmm, on dirait que Sabrina a accepté son poste de liaison, dis-je, les yeux rivés sur l'e-mail de Kieran. Donc si tu souhaites rester en Irlande, tu peux. Mais ils pourraient finir par te demander de partir en Islande.

Niamh hocha la tête, concentrée sur les comptes-rendus de transfert devant elle.

— J'y réfléchirai mais on dirait que c'est la meilleure chose à faire, vu que Zabra n'a pas très envie de déménager. Elle préfère les mers autour de Dublin, comme moi.

— Moins glaciales, reconnus-je.

Je n'étais pas un métamorphe murène comme Niamh ou sa compagne, Zabra, mais je supposais que les eaux de la côte irlandaise étaient plus accueillantes que celles gelées d'Islande.

Non pas qu'il ne faisait pas froid en Irlande, ça oui, mais beaucoup moins qu'ici, dans le Grand Nord.

— Peut-être que tu peux t'occuper de former Bane et Nox aussi, suggérai-je en réfléchissant aux autres tâches que Niamh pourrait effectuer dans le cadre de son nouveau poste. Les spectres se sentiraient sans doute plus à l'aise près de leur terre natale pendant leurs essais.

— Je ne suis pas certaine que Kaspian voudra les abandonner.

Ses yeux turquoise luisèrent d'amusement lorsqu'elle leva le regard vers moi, leur couleur créant un fort contraste avec sa peau sombre et ses cheveux noirs.

— Il semble bien les aimer.

Je ricanai.

— Il les a frappés toute la semaine.

— N'est-ce pas sa façon de flirter ? demanda-t-elle en recourbant légèrement les lèvres. Rien qu'hier, il a plaqué Nox sous lui à la zone d'entraînement. Je jurerais avoir entendu grogner.

— Tu parles encore de moi, chérie ?

Kaspian entra d'un pas traînant.

— Tu as peut-être vu quelque chose que tu as envie d'expérimenter plus tard ?

Niamh lui adressa un sourire narquois.

— Zabra n'accepte pas les queues dans notre nid.

— Dommage, murmura-t-il en s'asseyant en face d'elle, mais elle a raison. Je garde Nox et Bane.

J'arquai un sourcil.

— Ici en Islande ?

Il baissa le menton.

— Ils ont besoin d'être cadrés.

Niamh rit mais il ignora sa remarque.

— Ils ont été formés par des pacifistes. J'ai beaucoup de mauvaises habitudes à leur faire perdre.

— Comme la pitié et la compassion ? devinai-je.

— Exactement.

— Hmm. Ne les transforme pas en monstres, Kas. On n'a pas tous envie de sang comme toi.

— Quelqu'un doit se montrer sévère par ici, vu que

notre chef distribue des asiles temporaires à nos cibles, répliqua-t-il.

Je levai les yeux au ciel.

— Le destin me l'a choisie pour compagne, Kas.

— Excuse bidon.

— Ne l'écoute pas, Ves, murmura Niamh. Il est simplement jaloux de ne pas avoir encore trouvé quelqu'un qui tolérera ses conneries, en plus de le supporter pour l'éternité.

Elle frissonna en y pensant.

Kaspian rit et secoua la tête.

— Je vais bien.

— Est-ce bien vrai ? demanda-t-elle en arquant un sourcil noir épilé.

— Je ne savais pas que tu te souciais autant de moi, Niamh, rétorqua-t-il en lui assénant un sourire décontracté. Vous êtes sûres, Zabra et toi, que vous ne voulez pas m'inviter chez vous ?

Je secouai la tête, ignorant leurs joutes habituelles, et commençai à répondre à Kieran.

Niamh souhaite quelques jours pour...

Mon doigt glissa sur la touche d'envoi tandis qu'une secousse puissante m'écrasa le sternum, vidant l'air de mes poumons.

— Ves ? s'enquit Kaspian, aussitôt à mes côtés.

Je tapotai ma poitrine, mon cœur se serra douloureusement et ma tête tomba sur le clavier.

Putain !

Je grognai, une chose intense, percutante et... mortelle brûlait mes entrailles.

Kaspian et Niamh se mirent à parler dans une autre langue incompréhensible.

Tout ce que je sentais, c'était la *douleur*.

Une torture atroce et insoutenable.

Je tombai de mon fauteuil en essayant de repousser ce qui attaquait mon être.

Seulement, tout devint noir.

Puis blanc.

Une alarme beugla dans le bureau.

Que se passe-t-il ?

Je pris ma tête, l'autre main à mon cœur. *Qu'est-ce c'est que ça ? Un sortilège ? Une malédiction ?*

— Je ne sais pas !

La voix familière de Cara s'infiltra parmi mes pensées, la panique dans ces quatre mots me força à ouvrir les yeux.

— On lui a tiré dessus et maintenant, elle ne bouge plus.

Tiré dessus ? Qui ? Où ?

La dernière question fut répétée par Kaspian à voix haute. Soit je l'avais prononcée dans son esprit, soit il savait simplement quelles questions poser, je ne savais pas trop. Je me fichais de la raison. Je voulais juste des réponses.

Cara annonça le nom d'une rue et se mit à parler d'explosions.

— Combien de blessés ? interrogea Kaspian.

— Je ne sais pas enco…

La ligne se coupa, arrachant un juron à mon bras droit.

— Appelle Larus, dit-il en prenant immédiatement les commandes. Je veux Manx et Langly aussi.

— Je m'en occupe, répondit soudain Paxton d'une voix rauque.

Quand le sorcier est-il arrivé ? Il restait habituellement dans les appartements de Kaspian, lui servant d'assistant personnel.

— Allons-y, Veritas, ordonna Kaspian.

L'emploi de mon nom de famille me fit lever les yeux vers lui.

— On a tiré sur ta compagne mais pas sur toi, alors bouge-toi.

Quoi ? Je le regardai bouche bée, puis tâtai à nouveau mon torse. Je pris conscience que c'était la douleur que j'avais ressentie. *Nyx !*

Je tentai de me relever mais l'effort me donna le tournis, ma vision s'obscurcit à nouveau. *Putain.* C'était comme si on avait tiré sur moi, pas sur elle. *Comment est-ce possible ?* Nous avions rejeté le lien. Je ne devrais… je ne devrais rien ressentir.

Pourtant…

Kaspian me saisit par le bras.

— Reprends tes esprits.

Cet ordre me fit serrer les dents d'agacement.

Pas envers mon second mais envers moi.

Il avait raison.

Nous devions y *aller*.

J'affichai la rue dont Cara avait parlé sur mon téléphone et ordonnai à mes jambes de bouger.

À la place, c'est le monde qui se mit à tourner, des ombres assombrirent ma vision et me propulsèrent dans un océan de pénombre.

Puis la rue que je venais de voir apparut tout à coup devant moi.

Mes yeux s'écarquillèrent, avant de s'embuer immédiatement alors qu'un nuage de fumée infiltrait mon être. Secoué par des quintes de toux, je m'en éloignai en courant et trouvai Cara en train de hurler des ordres au milieu de la rue.

Des mercenaires obéissaient à ses ordres et se jetaient dans des immeubles en feu, en sortant des corps inconscients.

Cependant, une seule silhouette me retenait captif.

Nyx.

Je courus jusqu'à elle, mes jambes se rappelant soudainement comment bouger.

— Enfin, putain ! cria Cara en me voyant.

Je passai devant elle comme une furie sans lui prêter attention et me ruai vers ma déesse inconsciente.

— Nyx…

Elle ne respirait plus.

Sa peau ne possédait plus son éclat doré habituel. Elle était pâle, presque cadavérique.

Je m'agenouillai à côté d'elle, assailli par le sentiment de perte qui s'installait dans ma poitrine, là où notre lien devrait se trouver, là où j'avais senti sa présence avant notre première rencontre.

Là où je devrais toujours la sentir.

Qu'est-ce… ?

— Vesperus.

La voix de Cara se fit à peine entendre. Elle fut presque immédiatement absorbée par les ordres de Kaspian, saisi par la scène.

— Où est Astrella ? réclama-t-il. On a besoin d'eau !

— Elle est en train d'éteindre le feu là-bas, lui dit Cara.

Sa présence derrière moi disparut, tous deux se mirent à travailler ensemble.

C'était un événement auquel nous étions préparés depuis des années, je ne pensais pas que nous le subirions réellement. Mon territoire était toujours la priorité, mon peuple était toute ma vie.

Cependant, je ne parvenais pas… à me concentrer. On aurait dit que mon âme avait quitté mon corps et était clouée au sol devant moi, mourant aux côtés de Nyx. *Ma compagne. Mon avenir.*

Je la connaissais à peine. Néanmoins, mon esprit... mon esprit la vénérait déjà.

Comment est-ce possible ? m'étonnai-je en agitant inutilement les mains au-dessus d'elle.

— Que puis-je faire ?

C'était une déesse. Elle ne pouvait pas vraiment mourir. Elle me l'avait dit.

« Si on parvient d'une manière ou d'une autre à détruire mon enveloppe corporelle, mon esprit se contentera de retourner à Khaos pour renaître. »

Mais combien de temps cela prendrait-il ?

Aurais-je l'impression de l'avoir perdue pour toujours ? Cela romprait-il le lien magique ?

Ce sentiment de perte que je ressentais, était-ce parce que j'avais perdu l'autre moitié de mon âme ?

J'avais déjà supposé que son départ du royaume me donnerait sûrement l'impression qu'elle était morte. Nous avions alors rejeté le lien pour éviter cette sensation.

Cependant, je... je me sentais inutile.

Seul.

Brisé.

Mon regard se porta sur sa blessure et le sang qui en sortait.

— Je ne comprends pas, dis-je en secouant la tête.

Elle avait pris une simple balle dans le sternum. Cela faisait un mal de chien mais n'engageait pas le pronostic vital de celui ou celle qui l'avait reçue.

Je pouvais survivre à plusieurs balles et rester éveillé durant la période insoutenable de guérison.

Nyx n'aurait pas dû s'écrouler en n'ayant pris qu'une seule balle.

J'inspectai sa tête et son cou, les deux parties vraiment vulnérables d'un immortel, et ne trouvai rien.

Ça n'avait aucun sens.

Kaspian vint à mes côtés, sa main sur mon épaule.

— Je ne vois pas de blessure crânienne. La moelle épinière n'a pas non plus été touchée, fit-il remarquer à voix haute, répétant mes constatations. Pourquoi saigne-t-elle toujours ?

Je secouai la tête.

—Je ne sais pas.

La blessure sur sa poitrine devrait être en train de guérir mais ce n'était pas le cas.

— Aide-moi à la déplacer. Peut-être que la balle est encore en elle.

Ça ne devrait pas non plus être possible. Mon être rejetait toujours les corps étrangers, les repoussait pour guérir, et ce rapidement, puisque j'étais un maître vampire, tout comme Kaspian.

Il m'aida à la mettre sur le ventre pour ausculter son dos.

Encore du sang.

— La balle l'a traversée, dis-je en secouant à nouveau la tête. Elle devrait être en train de guérir.

— La balle était-elle imprégnée de quelque chose ? s'interrogea Kaspian. Un maléfice, peut-être ?

Il m'aida à la remettre sur le dos tout en criant des ordres à Paxton.

Nous n'avions qu'une poignée de sorcières et sorciers sur le territoire, principalement parce que la Maison d'or et de grenat n'était pas très proche de celle de l'esprit et du saphir, une Maison notoirement peuplée de sorciers.

Je passai les doigts dans les cheveux de Nyx et remarquai qu'ils étaient secs.

— Elle semble morte, murmurai-je, le cœur serré, comme si elle était humaine.

Cette surprenante découverte me fit prendre conscience à quel point Nyx était menue.

Ses pouvoirs la faisaient paraître tellement plus imposante, avec sa silhouette svelte, musclée, athlétique et *indéfectible*.

À présent... comme ça... elle paraissait mortelle, si petite, *si fragile*.

— Comment ça se profile, Cara ? questionna Kaspian lorsqu'elle s'assit avec nous par terre.

— Tout le monde survivra. Par contre, on va avoir besoin de trouver des logements temporaires pour une douzaine de familles.

Kaspian jura.

— C'était prémédité d'attaquer dans un quartier résidentiel. Mais qui a pu faire cela ?

— Je n'ai vu personne, dit Cara d'un air frustré. J'étais trop distraite par les coups de feu.

Mon front se plissa.

— Les coups de feu ?

— Oui, quelqu'un a essayé de tirer trois fois sur Nyx. Elle a esquivé les deux premiers coups mais le troisième...

Elle s'interrompit, les lèvres pincées.

— Je l'ai avertie mais elle était comme en transe. Elle s'est redressée et s'est presque exposée volontairement pour prendre le tir dans sa poitrine.

Ça ne ressemblait pas du tout à Nyx. L'autre jour, elle avait invoqué un bouclier pour se protéger.

Que faisais-tu ? lui demandai-je.

— Que faisiez-vous ici toutes les deux ? interrogea Kaspian.

Sa question était similaire à ma pensée, mais il cherchait à savoir tout autre chose.

— Elle a senti sa magie et était en train de la suivre. Puis...

Elle désigna les alentours.

— Les coups de feu ont retenti en premier, suivis des

explosions. Je ne sais pas si les deux étaient liés mais ils étaient… étrangement synchrones.

Je fronçai les sourcils.

— Suggères-tu que c'est elle qui en est responsable ?

Je m'exprimai sur un ton défensif mais je ne pouvais réprimer l'incrédulité dans ma voix. *Pourquoi nous attaquerait-elle nous et elle-même ? Ça n'a absolument aucune logique.*

— J'entends par là que son pouvoir est lié à ça, répondit Cara. Cela dit, je ne crois pas que c'était intentionnel de sa part.

Je secouai la tête, niant complètement cette éventualité.

— Son pouvoir n'a pas provoqué ça.

Avec sa poussière d'étoiles, Nyx exauçait les vœux et créait la vie, elle ne la détruisait pas. Nous avions peut-être passé un peu plus d'une semaine ensemble mais je savais cela d'elle.

J'étais doué pour cerner les gens.

Je suivais mon instinct.

En cet instant, il me disait qu'elle était innocente.

— Désolé, je suis venu aussi vite que possible, haleta Paxton à son arrivée.

Il s'agenouilla à côté de Kaspian. Son regard noir de jais étudia Nyx, ses traits plissés.

— Pourquoi n'est-elle pas en train de guérir ?

— C'est ce qu'on aimerait savoir, lui dit Kaspian. Peux-tu sentir de la magie en elle ? Un sort ? Quelque chose qui freine ses capacités d'immortelle ?

— Quelque chose qui la fait passer pour morte, ajoutai-je d'une voix basse en caressant ses cheveux.

Le feu dans mes entrailles ne se calmerait pas. Il ne cessait de me dire que quelque chose n'allait vraiment pas, que je devais faire quelque chose. Cependant, je n'avais aucune idée de comment m'y prendre.

Paxton s'éclaircit la gorge, le front plissé tandis qu'il scrutait Nyx.

— Puis-je la toucher ?

La question m'était adressée, j'eus anormalement du mal à répondre. Je me contentai de hocher la tête, chose tout à fait inhabituelle chez moi. Je ne voulais pas du tout qu'il la touche.

Je désirais la prendre dans mes bras et disparaître, la garder en sûreté et m'assurer que personne ne pourrait un jour la blesser à nouveau.

Qu'est-ce qui ne tourne pas rond chez moi ?

Je me forçai à lâcher ses cheveux, mon cœur se brisa en mille morceaux. Ces besoins étranges allaient me rendre fou.

Peut-être est-elle réellement en train de mourir. Peut-être que je perds déjà la tête après la mort de ma compagne.

Pourtant, ça ne devrait pas être possible.

Nous avons rejeté le lien !

J'inspirai profondément par le nez, m'efforçant de me calmer. Cette nervosité, ce besoin de réduire Paxton en miettes parce qu'il touchait à Nyx, et ce désir de m'emparer de ma déesse et de disparaître avec elle, n'allaient pas m'avancer à quoi que ce soit. Ça n'allait rien arranger.

Je souhaitais toutefois vraiment savoir qui avait tiré sur ma compagne.

Car j'allais l'étriper et me repaître de son sang.

Mes poings se serrèrent, la fureur s'intensifiant à chaque seconde.

Je pris enfin conscience du carnage autour de nous, des marques de brûlure, des immeubles détruits et des êtres surnaturels rassemblés en petits groupes pour s'aider à guérir.

Cara avait dit qu'il n'y avait pas de victimes, la scène

autour de nous prouvait que c'était Nyx qui avait le plus souffert. *À cause d'une balle. Comment cela est-il arrivé ?*

— Je ne sens pas de magie, dit lentement Paxton, du moins pas de maléfice en action. Savez-vous de quel côté est partie la balle ?

Mes sourcils s'abaissèrent.

— Tu crois que la balle a pu être ensorcelée ?

— Peut-être. Je souhaiterais en avoir la certitude.

Il n'avait pas l'air très sûr de lui.

— Ça pourrait être compliqué. Elle est quelque part là-bas.

Elle pointa du doigt des maisons à proximité qui avaient explosé.

Paxton se leva pour estimer l'étendue des dégâts.

— Il faudra qu'on creuse.

Il croisa mon regard.

— En attendant, je vous suggère de la traiter comme une mortelle.

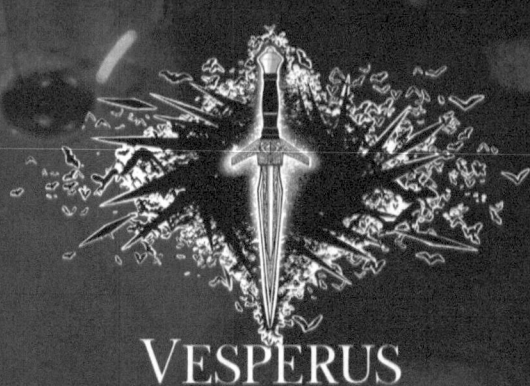

VESPERUS

Une mortelle.

Je poussai un juron.

Ses paroles confirmaient ce que je pensais concernant l'état de Nyx, mais je n'avais pas songé à la *traiter* comme telle.

— Elle a perdu beaucoup de sang, dis-je à voix haute. Elle… elle a besoin…

Mon front se plissa, une autre pensée me vint.

— Il lui faut du sang.

Mon sang.

Je me mordis fort le poignet, m'infligeant une blessure sûrement fatale pour un humain. Cependant, il fallait au moins ça pour que la plaie reste ouverte assez longtemps.

Au lieu de porter mon poignet à sa bouche, je le pressai contre son sternum afin de laisser mon sang se mêler au sien.

Au moment où je sentis ma blessure se refermer, je mordis mon autre poignet et répétai l'opération.

Tout cela sous le regard de Kaspian.

— Veux-tu que je lui donne du mien ? proposa-t-il devant l'absence d'effet de mon acte.

Ma mâchoire se contracta, l'idée que l'essence d'un

autre être se trouve dans le corps de ma compagne me donnait envie de commettre un meurtre. Toutefois, si cela pouvait la sauver, alors soit…

Un frémissement dans l'air attira mon attention, le scintillement était si léger et aérien que je le remarquai à peine à travers la fumée environnante. Je clignai des yeux, incertain de vraiment déceler quelque chose. Toutefois, le frémissement scintilla, ondoyant vers moi.

Est-ce… ?

Non.

Je devais avoir des hallucinations.

Ce ne pouvait être l'âme de Nyx, n'est-ce pas ?

Non. Son cœur bat encore lentement.

Alors qu'est-ce que c'est ?

— Ves ? s'empressa de demander Kaspian. Est-ce que tu…

— Attends, murmurai-je en levant la main vers l'éclat doré qui dansait dans ma direction.

Je sentais que Kaspian me regardait bouche bée parce qu'effectivement, je semblais fou. Ce filament énergétique me paraissait pourtant familier.

Il continua à onduler dans l'air, venant à moi comme s'il était conscient de mon existence. Ma discussion avec Nyx au sujet de son médaillon lucide me revint. Je me demandai si cette faible lueur de magie était liée à sa création.

Ou cela pourrait être à cause de l'explosion, pensai-je en reculant un peu la main.

Cara avait mentionné que Nyx avait été hypnotisée.

Par ça ?

La magie sembla se figer, le flamboiement doré vibrait d'un air mécontent.

Très bizarre.

— Qu'est-ce que tu regardes ? murmura Kaspian.

Je déglutis.

— Je ne sais pas.

Ça pourrait tout aussi bien être dans ma tête. Ou… ou cela pourrait aider Nyx.

Ou bien cela pourrait être un piège.

Je plissai les yeux en direction du fil d'énergie et levai à nouveau la main.

— Reste sur tes gardes, ordonnai-je à Kaspian en me concentrant entièrement sur ce sort inconnu. Et assomme-moi si je fais quelque chose d'étrange.

— Comme tenir ton bras dans les airs en te concentrant sur cette espèce d'éclat de magie ? marmonna-t-il.

Je l'ignorai et encourageai plutôt l'énergie à se rapprocher.

— C'est moi que tu veux ? Viens me chercher, la défiai-je.

La substance sembla pétiller comme si elle soufflait.

Puis elle vint directement se poser sur ma paume et se métamorphosa petit à petit en…

Un tas de poussière d'étoiles.

— Putain de merde, s'exclama Kaspian.

— Non, putain de déesse, rectifiai-je.

— Alors non seulement tu peux te téléporter maintenant mais tu peux aussi créer de la poussière de fées, dit-il d'un air impressionné.

— De la poussière d'étoiles, le corrigeai-je en passant le pouce sur la substance douce.

Mon regard revint se poser sur les traits blêmes de Nyx.

Elle m'avait suffisamment expliqué comment sa magie fonctionnait pour que je comprenne : j'avais besoin de faire un vœu.

Bons dieux, j'ai l'impression d'avoir cinq ans et de voir une étoile filante, m'émerveillai-je en secouant la tête, étonné.

DÉSIRE-MOI

Cette belle déesse était en train de démanteler chaque aspect de ma vie. Malgré le fait que j'étais assis là, au beau milieu d'une rue détruite par le chaos, je ne pouvais pas remettre la faute sur elle.

D'accord, Déesse, pensai-je en suspendant ma main au-dessus de sa plaie qui saignait toujours. *Je souhaite que tu guérisses.* Je libérai la poussière sur son sternum et l'observai tomber sur elle, chaque grain se dissolvant lorsqu'il entra en contact avec sa peau.

Kaspian siffla, attirant mon attention sur ce qu'il regardait : le bras de Nyx.

Ses doigts avaient pris une teinte dorée. Les lèvres entrouvertes, j'observai la couleur se répandre, centimètre par centimètre, de sa main à son poignet, puis à son bras. La teinte cendrée de sa peau s'effaça petit à petit et la fit paraître en bonne santé.

— Putain de déesse, en effet, murmura Kaspian.

Il s'avérait que Paxton avait eu tort, je n'avais pas besoin de traiter Nyx comme une mortelle. Je ne devais pas oublier que c'était une putain de déesse.

Un sacrifice par le sang, pensai-je en contemplant mes poignets guéris puis son sternum. La blessure ne s'était pas refermée mais elle ne saignait plus.

Elle guérit enfin.

Je posai mon front contre le sien. Un soupir de soulagement m'échappa, je n'avais pas exactement prévu d'exposer mes sentiments mais j'avais l'impression qu'on avait enlevé un poids sur mon cœur.

Et sur mon âme, pensai-je en sentant son parfum et en percevant la note d'agrumes sur ses lèvres.

Dans d'autres circonstances, j'aurais peut-être souri, mais là, non. J'étais trop épuisé pour bouger, trop abattu pour faire autre chose que la serrer dans mes bras.

— Je dois la ramener dans ma chambre, dis-je à Kaspian les yeux fermés. Tu peux gérer la situation ?

Il ne répondit pas et je fronçai les sourcils.

— Kaspian ? m'enquis-je en me forçant à me redresser et à croiser son regard.

Seulement, il n'était pas là.

Nyx et moi ne nous trouvions plus dans la rue mais... sur le sol de la salle de bain ?

— C'est moi... ? dis-je avant de poser les yeux sur la déesse endormie, ou c'est toi ?

Je soufflai ces mots lentement, d'un air fatigué.

J'avais à peine dormi cette semaine.

Et maintenant ça... J'étais au bout du rouleau.

Cependant, je ne pouvais pas laisser Nyx dans cet état. Sa peau commençait enfin à se reconstruire mais il y avait du sang, son sang et le mien, partout sur sa poitrine et sa robe.

Sa peau regagnait également des couleurs.

Elle avait besoin d'un bain, d'être chérie, ramenée à la vie.

Je déglutis, le front à nouveau contre le sien.

— Je ne sais pas ce que c'était mais il ne vaut mieux pas que ça se répète.

Au moins, je savais comment je me sentirais sans elle.

Malgré le rejet du lien, j'étais toujours étrangement lié à elle.

Est-ce parce que nous n'avons pas arrêté de boire le sang de l'autre ? me demandai-je sans trouver d'autres explications. *Ce n'est pas ainsi que fonctionne le lien.*

Mais peut-être... peut-être cela fonctionnait-il ainsi pour son espèce.

Sauf qu'elle avait dit que les âmes sœurs n'existaient pas dans son royaume.

Alors qu'est-ce donc ? voulus-je réclamer. *Pourquoi suis-je si connecté à toi ?*

Cela allait au-delà du désir. J'avais senti que je la perdais au plus profond de mon putain de cœur, comme si c'était moi qui avais pris la balle. Un miracle de la destinée, qui allait bien au-delà de la raison nous avait réunis. Cela dépassait toute la logique de mon monde... et peut-être même du sien.

Quelle qu'en soit la raison, nous étions ensemble à présent.

Nous devions donc avancer d'une manière ou d'une autre, en ne faisant plus qu'un et non nous comporter comme deux entités séparées.

Car il semblait très clair que nous ne pouvions pas rejeter ça.

La seule issue, c'est la mort.

À en juger par les événements d'aujourd'hui, nous allions devoir *mourir* tous les deux.

Je passai une main sur mon visage et soufflai.

— Bon.

Je pourrais m'appesantir sur ça tout l'après-midi et toute la soirée, ça ne réglerait rien.

Cependant, je pouvais l'aider maintenant, ici, en m'assurant qu'elle se réveille au chaud et à son aise.

Je me levai et ouvris le robinet d'eau jusqu'à ce qu'elle soit à la bonne température. Je laissai la baignoire se remplir. Je retirai ensuite mes vêtements sales et les jetai dans un coin pour qu'on les brûle. Ils n'étaient pas trop imbibés de sang, vu que j'avais déjà remonté mes manches jusqu'aux coudes, mais ils puaient la mort.

La mort de Nyx.

Et la fumée.

Le carnage.

La destruction.

Je retirai précautionneusement sa robe, tout autant en lambeaux, et ses sandales.

Je mis tout sur la même pile pour qu'on s'en occupe plus tard.

J'auscultai ensuite le sternum et le dos de Nyx et remarquai les couches de peau neuve qui recouvraient son ancienne blessure. Son état inconscient m'indiquait que ses organes étaient encore en train de se régénérer mais de l'extérieur, elle paraissait à nouveau en bonne santé.

Si on faisait abstraction du sang coagulé sur sa peau.

Je jetai un œil à la baignoire, remarquai le niveau bas de l'eau et décidai de la doucher d'abord. Autrement, nous serions simplement assis dans notre crasse.

Une fois qu'elle fut allongée sur le banc, j'activai les différents jets d'eau et en attrapai le pommeau pour commencer à la rincer. Elle ne se réveilla pas mais sa peau devint rose sous l'eau chaude.

Le sang et la crasse tournoyaient autour du trou d'évacuation, suivis du savon alors que je nous nettoyais.

Lorsque j'eus fini, le bain était prêt, l'eau s'était immédiatement coupée quand elle avait atteint le niveau approprié.

J'ajoutai du parfum citronné à l'eau, puis retournai prendre Nyx dans la douche.

Je la trouvai assise sur le banc, m'observant avec curiosité.

Je me figeai, ses iris dorés me firent oublier comment respirer.

Elle me regardait comme si j'étais une *proie*.

— Tu es nu, commenta-t-elle en baissant ses yeux séduisants. Et *trempé*.

Elle pencha la tête, les yeux braqués sur mon entrejambe.

Qui réagissait déjà sous l'effet de son inspection.

Parce qu'elle était nue elle aussi.

Et elle a l'air très affamée.

Elle se lécha les lèvres.

— Hmm, ça valait le coup d'attendre.

Je haussai les sourcils.

— Tu n'avais pas besoin de frôler la mort pour me voir nu, Nyx.

Je me serais volontiers déshabillé pour elle et plié à tous ses désirs si cela avait pu m'éviter de la voir blessée et mourante dans la rue.

— La mort ? répéta-t-elle en revenant sur mes yeux. Qu'est-ce que tu veux dire ?

Elle jeta un coup d'œil autour d'elle.

— C'est... c'est pour ça que je n'arrive pas à me rappeler comment ou quand on a atterri ici ?

Sa faim sembla diminuer tandis qu'elle se redressait un peu.

Ce geste la fit grimacer, elle porta sa main à son sternum.

— Oh, souffla-t-elle en le massant, je ne...

Elle fronça les sourcils.

— Je ne me souviens de rien.

— À quand remonte ton dernier souvenir ? questionnai-je en me dirigeant lentement vers elle dans la douche.

Elle secoua la tête.

— Tout... tout est flou mais je pense...

Elle se toucha les lèvres.

— Y avait-il du jus d'orange ?

Je m'accroupis devant elle, les mains sur ses genoux, et hochai la tête.

— J'ai corsé ton jus d'orange aujourd'hui. Je voulais être sûr que tu manges quelque chose.

Elle n'arrêtait pas de sauter des repas. Même si je

comprenais qu'elle n'avait pas *besoin* de manger, mon instinct voulait tout de même qu'elle se nourrisse.

Elle leva les mains pour les poser sur les miennes, ses doigts plus froids que la normale. Cependant, elle avait repris sa bonne couleur de peau, son éclat doré rayonnait de santé.

— Comment te sens-tu ? demandai-je doucement.

Elle secoua encore la tête et étudia mon visage.

— Troublée. Que s'est-il passé ?

— Cara a dit que tu étais en train de suivre ta magie quand quelqu'un t'a tiré dessus.

Je regardai son sternum.

— Là.

— Avec quelle arme ? s'enquit-elle. Une grosse ?

— Non. Une balle.

Elle s'immobilisa.

— Une balle ? Du genre… une seule ?

— Oui.

— Mais ça… ça n'aurait pas dû…

— Ça n'aurait pas dû presque suffire à te tuer ? suggérai-je en finissant sa phrase. Oui, je suis d'accord. J'ai dû utiliser la poussière d'étoiles pour te ramener.

— La poussière d'étoiles ? répéta-t-elle, le nez froncé. Mais comment as-tu… ?

Elle s'interrompit, frissonnante, sa peau se refroidit encore plus contre la mienne.

Son corps était visiblement encore en train de guérir et de réaffecter l'énergie selon ses besoins.

— Je pense que ta magie m'a aidé, admis-je en fronçant les sourcils. Elle… elle est apparue et s'est transformée en un tas de poussière dans ma main.

Je serrai ses cuisses.

— Alors j'ai fait le vœu que tu guérisses.

Elle me regarda en clignant des yeux.

— Tu as dû faire le vœu que je guérisse ?

— Oui. Tu faisais une hémorragie.

— C'est impossible.

— En temps normal, je serais d'accord, mais c'est ce qui s'est passé, lui affirmai-je en me relevant. Finissons cette conversation dans le bain. Ça t'aidera à te réchauffer.

Ses doigts commençaient à être glacés.

Au lieu de l'aider à se lever, je me penchai et la soulevai du banc. Elle ne se plaignit pas, elle se contenta de me regarder la porter jusqu'en haut des marches qui menaient au jacuzzi chaud. Les jets s'étaient allumés une fois l'eau coupée.

Nyx était toujours très légère dans mes bras, j'étais davantage conscient de sa taille et de sa stature maintenant que je l'avais vue dans un état si fragile.

Elle avait toujours été plus petite que moi, simplement je ne m'étais pas rendu compte de la différence de taille jusqu'à aujourd'hui.

Cependant, je ne doutais pas qu'elle pouvait supporter mon pouvoir.

Tant qu'on ne lui tirait pas dessus en tout cas.

— Paxton pense que ça pourrait être une balle pourvue d'un maléfice, lui dis-je en m'asseyant sur l'un des bancs avec elle sur mes genoux. On en cherche les fragments pour le confirmer.

— Une balle maléfique qui aurait empêché ma guérison, répéta-t-elle en m'étudiant toujours.

Je hochai la tête.

— C'est notre hypothèse la plus fiable pour le moment.

— Et qui… qui est Paxton ?

— L'assistant de Kaspian. C'est un sorcier.

— Je vois.

Ses sourcils se froncèrent un peu, son regard dérivant une minute vers l'eau. Elle secoua ensuite la tête.

— Je ne me souviens de rien.

— Tu es encore en convalescence, Nyx, murmurai-je en passant la main le long de sa cuisse. Attends un peu, ça va te revenir.

Elle déglutit, dodelinant un peu de la tête.

— Mais je me remets très lentement.

— C'est à cause de ce qui a essayé de te tuer.

— Oui, ça, je le comprends. Mais même avec la poussière d'étoiles…

Ses yeux revinrent se poser sur les miens.

— Tu as fait le vœu que je guérisse, non ?

— Oui.

— Alors je devrais déjà être sur pied. C'est… c'est comme ça que ça marche. La magie fait son effet immédiatement, pas petit à petit.

Je fronçai les sourcils.

— M'y suis-je mal pris ?

Ou peut-être…

— Est-ce parce que j'ai en quelque sorte invoqué de la poussière d'étoiles et que ce n'était pas toi ?

— Non, je ne pense pas.

Elle me contempla un instant, puis leva les mains pour révéler la couleur cendrée qui revenait au bout de ses doigts.

— Je… je pense que j'ai besoin de plus d'énergie, peut-être celle de la lune ?

Je déglutis et secouai la tête.

— Elle… elle ne s'est pas encore levée.

Il n'était que midi en Islande, le soleil était encore levé.

— Alors j'ai besoin de quelque chose… d'autre.

— Du sang ? proposai-je.

— Peut-être, chuchota-t-elle en replongeant la main dans l'eau. Je ne me sens pas… *complète*.

Je comprenais cette sensation parce que je la ressentais

également, comme si le vide dans ma poitrine ne s'était pas encore rempli.

À cause de l'absence du lien.

Sauf qu'il n'était pas absent. Les événements de ces dernières heures le prouvaient.

— Peut-être ai-je besoin de sommeil, ajouta-t-elle en bâillant en se retournant sur mes genoux pour poser la tête sur mon épaule.

Toutefois, le mouvement l'immobilisa.

— Ou peut-être…

Elle bougea simplement la tête pour placer ses lèvres près de ma gorge.

— Peut-être ai-je besoin de toi.

NYX

Tout me semblait si lourd, si *FAIBLE*, voire léthargique.

À l'exception de… de ce désir défendu en moi, ce besoin de toucher Vesperus, de le goûter réellement, de l'*accueillir* en moi.

Je m'étais réveillée à la vue de ses belles fesses fermes et de ses longues jambes musclées. Il s'était ensuite redressé, révélant son dos ferme et ses épais cheveux noirs.

Je me serais crue dans un rêve dans lequel j'avais envie de me perdre, pour ne plus jamais me réveiller.

Je léchai une goutte errante sur sa gorge et gémis en goûtant sa peau.

Une vraie décadence.

J'avais faim de Vesperus, et n'avais jamais ressenti une telle avidité auparavant. Je *mourais* d'envie de croquer un morceau de lui, prête à tout pour m'apaiser, me sentir entière.

Me fondre dans l'ombre était impossible, mon âme

était trop faible pour m'emporter dans une partie plus sombre du monde.

J'avais besoin d'énergie maintenant mais d'une façon différente.

Mon esprit m'ordonnait de la prendre de Vesperus, de l'absorber, de me *lier* à lui.

Il avait été capable d'invoquer la poussière d'étoiles, ce qui n'était certainement pas un hasard.

Il s'en était ensuite servi pour me ramener et il avait fait le vœu que je *guérisse*.

Cela avait fonctionné, l'effet de la poussière d'étoiles n'avait été que superficiel. En effet, une partie de mon âme le désirait toujours.

— J'ai besoin de toi, répétai-je, plus sûre de moi maintenant. Je… je sens mon corps m'ordonner de me lier à toi, comme un besoin intense que je ne peux expliquer. C'est juste que…

— Tu le ressens, acheva-t-il pour moi. Je sais, je le sens aussi.

— Tu le sens ? murmurai-je, ma bouche collée contre son cou.

— Je t'ai sentie mourir, Nyx.

Il glissa ses doigts dans mes cheveux jusqu'à l'arrière de ma tête.

— J'ai eu l'impression de mourir en même temps que toi.

Je m'éloignai pour croiser son regard.

— Mais on a rejeté le lien.

— En effet.

Ses iris sombres scintillaient de pouvoir, *mon* pouvoir. Ses iris étaient à nouveau inversés, donnant à ses yeux cette apparence d'éclipse.

Si beaux.

Si envoûtants.

Si... *tentants.*

— On ne devrait pas être liés du tout, ajouta-t-il. Pourtant, c'est bel et bien le cas.

— Oui.

Je sentais cette connexion marteler dans ma poitrine.

— C'est le sang ?

— Je ne sais pas. Tu as dit que ton espèce n'avait pas d'âmes sœurs.

— C'est vrai.

Toutefois, cela ne voulait pas dire que ma magie n'avait pas évolué pour en accepter une.

J'étais un être de la création. Mon pouvoir et mon être tout entier évoluaient constamment pour créer de nouvelles vies, de nouvelles expériences, de nouveaux enchantements.

Peut-être cherchais-je plus qu'un simple chez moi. Peut-être cherchais-je un nouveau but.

Un compagnon.

Cela expliquerait pourquoi mon médaillon avait choisi cette réalité, afin de me lier au meilleur homme pour moi.

Par conséquent, notre rejet n'avait pas suffi à dissiper le lien. J'étais un être qui existait *au-delà* de la magie.

J'en étais la source.

— Tu as hérité de mes pouvoirs, chuchotai-je en scrutant les traits de Vesperus. Mon sang te fait évoluer.

Je n'avais jamais vu cela se produire auparavant, mais ceux qui m'avaient mordue par le passé n'avaient pas été capables de supporter une seule goutte de mon essence.

Cependant, Vesperus m'avait savourée comme du bon vin.

Et j'avais fait de même avec lui.

— Nous sommes des âmes sœurs, soufflai-je. Nous sommes liés au-delà de la magie de ton monde.

Il déglutit.

— Je pense que tu as peut-être raison.

— C'est pour ça que j'en désire davantage, lui dis-je en enroulant la main autour de sa nuque. Tu es ma moitié, j'ai besoin de toi.

La pâleur au bout de mes doigts s'était répandue sur mes poignets, supprimant mon éclat doré, me confirmant que mon niveau d'énergie baissait.

Je n'avais jamais fait l'expérience d'une telle situation, n'avais ni ressenti ce besoin d'être guérie ni vu cette couleur grisâtre s'étendre sur moi.

Normalement, ma peau pâlissait le jour, puis se ravivait le soir, lorsque que mon esprit se rechargeait de poussière d'étoiles grâce au ciel nocturne.

Mais cette couleur cendrée…

Vesperus m'embrassa, interrompit mon flot de pensées et me ramena à lui d'un bon coup de langue.

Je gémis, mes ongles s'enfoncèrent dans sa nuque tandis que je lui réclamais d'aller plus loin.

En guise de réponse, il planta ses crocs dans ma lèvre inférieure. Puis il lécha la plaie et m'intima de faire pareil.

Son attitude était violente, presque bestiale.

Pourtant, c'était exactement ce dont j'avais besoin… une piqûre de rappel pour me souvenir que je n'étais pas brisée ou perdue mais son égale.

J'étais simplement un peu blessée.

Il m'offrait ce dont j'avais besoin pour me nourrir, survivre, *me revitaliser*.

Cependant, je ne souhaitais pas recevoir le sang de sa bouche mais celui que je sentais filer dans ses veines, dans son cou, et y goûter réellement, ce que je ne m'étais pas encore autorisée.

Je ne le prévins pas.

Je me contentai de le *mordre*.

Il tira davantage sur mes cheveux et siffla en réaction à

mes mouvements brusques et à mon approche sauvage. Il ne tenta toutefois pas de m'écarter.

Non.

Il me colla à lui et me pria de boire. Il me défia de boire le plus possible de son sang, comme il me l'avait promis.

Seulement, il parlait d'une autre partie de son corps quand il avait mentionné son endurance.

Celle qui se trouve sous moi. Dure. Prête. Palpitante de désir.

En rythme avec le battement frénétique de mon cœur, le désir intense dans mes entrailles réclamait d'être assouvi.

C'était complètement animal.

Mon désir était vorace. Quelle que soit la nature du lien magique entre nous, celui-ci prenait une nouvelle forme de vie, *créait* un nouvel élan vital qui ne demandait qu'à s'épanouir et nous imposait d'établir notre lien.

Son sang ne suffisait pas.

Son baiser ne suffisait pas.

Ses *caresses* ne suffisaient pas.

Je m'agrippai à ses épaules et le chevauchai. La teinte grisâtre de ma peau remonta lentement vers mes coudes. *Mon énergie s'épuise, elle me donne l'apparence de la plus pâle des lunes, celle d'une nuit sans étoiles, d'un corps sans lumière.*

Je frissonnai, mon apparence cadavérique me surprit et je me retrouvai un instant paralysée, sous le choc.

Toutefois, Vesperus se cambra sous moi, s'assurant que je n'oublie pas ce qu'il y avait en dessous de mon corps, sur qui je venais de grimper, ce qu'il avait à m'offrir.

De l'énergie, un sentiment de vénération, ce lien affaibli à cause des faux rejets.

Pas le temps pour les préliminaires ni de préparer nos corps à s'unir.

J'avais besoin de lui. *Maintenant.*

— Comble-moi, le suppliai-je contre ses lèvres. Je t'en prie, Vesperus.

Il me saisit par la gorge, ses yeux intenses croisèrent les miens.

— Enroule tes jambes autour de moi, Déesse.

J'obéis, mes membres frêles se mirent à trembler, mon âme invoqua la lune, la nuit, *quoi que ce soit* qui puisse être susceptible de m'apaiser.

Je le sentis appuyer contre mon entrejambe endolori, cette caresse intime envoya une décharge d'électricité dans mon esprit et raviva mon cœur meurtri.

Les éclipses dans ses iris palpitaient, m'attirant, m'emprisonnant, m'ancrant dans cette réalité. Il arqua les hanches et nous lia comme nous aurions dû le faire depuis le début.

Voilà ce que nous aurions dû faire dès notre première rencontre.

Voilà quel était l'avenir auquel nous étions destinés depuis toujours.

Notre existence surpassait les règles et les attentes d'une relation habituelle. Nous étions deux étoiles filantes faites pour entrer en collision, une destinée dans la nuit, des pouvoirs jumeaux déterminés à se trouver en explorant des royaumes.

Je le sentais à présent, la dimension réelle de notre destinée résonnait dans mon être tandis que je l'acceptais en moi.

— Putain, souffla-t-il, les lèvres contre mon cou, la main autour de ma gorge, je me sens…

— Vivant, achevai-je pour lui tandis que mon corps s'ajustait à la taille de son membre.

Je me sentais électrisée, *comblée.*

Je me mis à bouger contre lui, ressentant le besoin de

sentir chaque centimètre de son corps, de savourer ce moment, ce lien, de le savourer, *lui*.

Mon compagnon, m'émerveillai-je. *C'est mon compagnon.*

Sa paume glissa vers ma nuque, l'autre s'accrocha à ma cuisse pour me mettre dans la position qu'il désirait.

Je sentais à peine l'eau autour de nous. Je me fichais qu'elle bouge en même temps que nous, qu'elle enlace notre lien et nous tienne chaud. Je me noyais trop dans les sensations de Vesperus, de son pouvoir, de chaque flexion de ses hanches.

De ses yeux.

Ils étaient à présent en feu, les éclipses si vives que je les sentais brûler mon être, revendiquer tout mon corps et marquer mon âme au fer rouge, me posséder définitivement.

— Embrasse-moi, implorai-je. Embrasse-moi, Vesperus.

Ses lèvres vinrent immédiatement se poser sur les miennes, sa main sur ma hanche remonta au bas de mon dos pour me rapprocher de lui, s'assurant que nos corps soient liés dans tous les sens du terme.

Avant qu'il ne prenne le contrôle de ma bouche avec sa langue.

Je m'abandonnai entièrement à lui, lui accordai toute ma confiance pour nous guider jusqu'au bout, m'inclinai devant sa grâce masculine.

C'était la personnification de la force, son corps était un don du ciel et il me comblait si *magnifiquement* que je pouvais à peine respirer.

Cela m'importait peu, car sa bouche me guidait, ses caresses m'apaisaient, son âme me procurait de l'énergie.

Je sentais notre lien se raviver à chaque va-et-vient.

Ce n'était pas qu'une question de plaisir mais un accouplement, une union. Nous ne faisions plus qu'un.

Je m'accrochai à lui, en larmes alors que la lune embrassait mon esprit, me liait à cet homme, à ce compagnon, à cet *avenir*. Je ne savais pas ce que cela signifierait demain ou même plus tard dans la journée.

Mais, en cet instant, c'était la chose à faire.

— Nyx.

Il tira sur ma lèvre inférieure et laissa glisser ses mains le long de ma colonne vertébrale.

— Je veux te sentir jouir pendant que je suis profondément enfoncé en toi, sentir ta chatte qui se serre autour de moi alors que tu cries mon nom.

Je frissonnai. À ces mots, mon sang bouillonna. J'avais traqué notre lien d'énergie, m'en étais délecté et il me rappelait qu'il s'agissait de bien plus que ça.

Il s'agissait de *nous*.

Notre besoin bestial.

Notre étreinte sauvage.

Notre lien exacerbait mon désir de le *goûter*, de savoir de quoi il avait l'air quand il jouissait, de me remémorer ses grognements et gémissements et de faire en sorte par tous les moyens qu'il les reproduise.

Oui, oui.

Je ralentis le rythme contre lui et me fondis en de longues caresses indolentes qui firent se frotter mon clitoris contre lui. Des vagues délirantes de plaisir remontèrent mon échine, mon ventre se contracta à chaque… rotation… sensuelle… de ses hanches.

Bons dieux, il me caressait si profondément.

Si minutieusement.

Je ne m'étais pas vraiment rendu compte à quel point son membre était grand et volumineux, trop préoccupée par le besoin de me lier à lui. J'aurais vraiment dû le laisser préparer mon corps.

Oh, mais c'était si, si *bon*. Je sentais vraiment chaque

centimètre de son corps, sa possessivité résolue, complète et *parfaite*.

Je haletai contre sa bouche, son nom sur le bout de ma langue.

— C'est ça, ma belle, chuchota-t-il d'un ton affectueux qui me faisait m'envoler. Montre-moi ce que ça fait d'être en toi quand tu jouis.

Grands dieux, les choses que nous allions nous faire mutuellement… Nous avions fait lentement connaissance en nous contentant de nous amuser un peu là où nous avions pied, avant de nous enfoncer vers le fond de la piscine.

Je ne pouvais imaginer une meilleure progression.

J'étais désormais complètement investie, embrassant ce nouveau départ et me laissant aller à notre destin.

Mon cœur s'emballa à cette prise de conscience, mes cuisses se resserrèrent autour de lui et mes entrailles se contractèrent. *Tellement proche… tellement, tellement proche de l'orgasme.*

— Putain, Nyx, haleta-t-il en me pénétrant soudainement.

Ce mouvement me plongea dans la jouissance et m'arracha un cri de surprise.

Je ne savais pas comment il savait que j'étais sur le point de… *m'envoler.*

Mais… mais ça ne me dérangeait pas.

Ce coup de rein atteignit un point en moi que peu d'autres avaient été capables de trouver, et me noya sous un raz-de-marée d'extase.

Un raz-de-marée qui ne cessait de déferler en moi.

Encore et encore.

Il martelait mon corps, m'arrachait des cris, secouée que j'étais par la vague de l'orgasme, et me comblait de sensations euphoriques.

Le monde s'assombrit, ma vision se noircit tandis que je tremblais de la tête aux pieds.

Puis la langue de Vesperus me ramena à lui, sa bouche me procura l'oxygène dont j'avais besoin sous mon océan sombre de bonheur.

Il appuya son bras tel un bâillon dans mon dos et posa son autre main sur ma nuque en me sortant de l'eau. Je resserrai les jambes autour de son corps et m'accrochai à lui tandis que nous avancions, nos corps toujours liés.

Il n'avait pas joui en moi, je sentais son désir intense sur le bout de ma langue. Je poussai un cri quand mon dos heurta le matelas.

Nous ne prîmes pas la peine de chercher des serviettes pour nous sécher. Vesperus grimpa au-dessus de moi et réclama que je m'agrippe à lui.

J'enfonçai mes ongles dans son cou, montai l'autre main en haut de son dos, savourant son pouvoir tandis qu'il cédait enfin au besoin de me baiser.

C'était comme s'il avait libéré une bête, son côté vampirique prit le dessus, ce qui nous excita profondément tous les deux.

Je poussai un hurlement lorsque je jouis une deuxième fois. Sa prouesse et sa position me firent sombrer dans l'extase en quelques mouvements.

Seulement, cette fois-ci, il se joignit enfin à moi, son grondement séduisant fit vibrer ma poitrine et me donna envie de lui arracher un pareil cri de jouissance tous les jours et à jamais.

Plusieurs fois par jour, pensai-je. Toutes les heures. Oui, oui.

Il m'embrassa encore, nos sangs mélangés donnaient une saveur à nos langues. Je désirais savourer ce petit dessert pour le restant de mes jours.

Il n'avait pas le goût de chocolat, sa saveur n'était pas vraiment définissable, il avait juste le goût… de l'*ambroisie*.

Nos respirations se mêlaient alors que nous nous remettions enfin de notre état d'euphorie. Nos cœurs battaient au même rythme tandis qu'il me fixait de ses charmants iris.

— Accroche-toi à la tête de lit.

Je clignai des yeux, surprise par sa demande.

Cependant, je levai les bras, qui avaient retrouvé leur éclat doré, et attrapai la tête de lit en bois au-dessus de moi.

— Ne lâche pas tant que tu ne veux pas que je m'arrête, dit-il, et sa promesse emplie de vice fit rougir mes joues d'impatience. L'endurance, tu te souviens ?

Il me fit un clin d'œil et se fraya un chemin de baisers le long de mon corps, s'arrêtant un moment pour aduler mes seins, puis descendit jusqu'entre mes cuisses.

Pour me lécher comme il faut.

Astre, sifflai-je en me cambrant contre lui, fascinée par son choix décadent et jalouse en même temps.

Il dut le deviner, car il remonta pour me faire goûter le mélange de nos essences avec sa langue. Enfin, il me laissa le goûter comme je le désirais vraiment, ça me donnait envie de lui rendre la pareille.

Mais il n'avait pas fini.

Il revint à la charge, glissa sa langue de l'entrée de mon vagin à mon clitoris, où il s'affaira à m'achever avec sa bouche experte. *Encore et encore.*

Je scandais son nom, écrasant presque la tête de lit. Je ne saurais dire s'il était en train de me vénérer ou si j'étais en train de le vénérer.

Je finis par le supplier d'arrêter, tout comme il l'avait juré.

Puis il me baisa encore, cette fois plus lentement. Sa bouche chérissait la mienne d'une façon qui me donnait les larmes aux yeux.

J'avais désespérément envie de le goûter, de lui rendre la pareille et de prouver mon endurance mais il m'avait éreintée.

Ses lèvres frôlèrent les miennes lorsque nous nous retrouvâmes l'un contre l'autre plusieurs heures plus tard. La lune pointa enfin le bout de son nez dans le ciel magnifique.

Mais je ne fus pas la seule à recevoir de la poussière d'étoiles ce soir.

Vesperus également.

Mon compagnon.

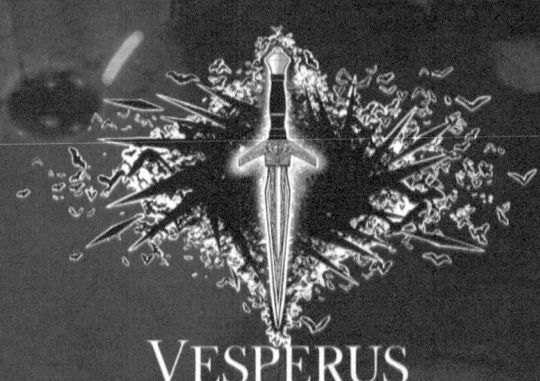

VESPERUS

Je passai les doigts dans les cheveux soyeux de Nyx, ravi de constater la vitalité de ses épaisses boucles brunes.

Elle rayonnait à nouveau, sa peau lumineuse et dorée.

Tout comme la mienne, m'émerveillai-je en scrutant la texture pailletée. *Je suppose qu'on ne peut plus revenir en arrière maintenant.*

Aucune émotion hostile n'accompagnait cette pensée, je ne ressentais aucune culpabilité, doute ou inquiétude, et acceptai tout simplement cet état de fait.

À mes yeux, il était déjà clair que nos âmes étaient liées pour toujours après l'avoir sentie mourir.

Qu'importe les lois ou les règles magiques que je suivais avant l'arrivée de Nyx, elles avaient changé, sûrement à cause d'elle.

Je l'avais sentie pénétrer notre royaume, ce changement subtil avait servi de catalyseur et m'avait précipité à sa recherche. Je ne l'avais peut-être pas traquée par mes propres moyens mais ma Maison s'en était chargée.

Même si Slater l'avait trouvée, c'était moi qui l'avais piégée.

Ou, plus précisément, c'était elle qui m'avait piégé.

À présent… nous étions tous les deux pris au piège.

Je déposai un baiser sur son front et retroussai les lèvres lorsque je sentis son goût citronné. Son sang avait presque ce même goût si particulier à Nyx, doux avec une pointe de mordant.

Elle, si puissante, belle, indépendante.

C'était une meneuse née. Pourrions-nous diriger la Maison d'or et de grenat ensemble, ou bien serions-nous forcés de fuir ? Telles étaient mes questions désormais.

Ces questionnements me parcouraient l'esprit tandis que je serrais Nyx dans mes bras, les observant tour à tour, la lune et elle, devant les fenêtres ouvertes de mon balcon.

Il faisait très froid dehors mais, le corps réchauffé par les caresses de Nyx, je ne le sentais pas. J'avais la ferme intention de la baiser à nouveau dès qu'elle se réveillerait.

Ou peut-être en ferais-je d'abord mon petit-déjeuner.

Même si son sang possédait une puissante saveur acide, mêlée d'une note enivrante de citron frais, son excitation était vraiment délicieuse, aussi savoureuse que le meilleur des vins, parfaitement mûr.

Je pourrais profiter d'elle toute la journée, tous les jours, pour le restant de ma vie, sans jamais m'en lasser.

Ce qui, supposais-je, était une bonne chose, vu que nous semblions être liés pour l'éternité.

En présumant que personne ne tire encore sur elle, pensai-je en fronçant les sourcils.

Je tournai le poignet pour regarder l'heure et consultai mon journal de bord pour voir s'il y avait eu du nouveau ces dernières heures.

Mes yeux se plissèrent. Rien. *Ce n'est pas normal.*

Nyx se blottit contre mon torse et lâcha un soupir satisfait avant de glisser sa jambe sur ma cuisse. Elle était toujours endormie et mon bras lui faisait office d'oreiller. Heureusement, c'était le bras dont je n'avais pas besoin.

D'une légère rotation du poignet, j'ouvris un écran noir − la magie le mettait automatiquement en mode nuit − pour envoyer un message à Kaspian.

Ont-ils trouvé la balle ?

J'embrassai à nouveau Nyx sur le front en attendant une réponse.

La montre ne vibra pas, compte tenu de l'heure tardive. Non pas que cela ait une quelconque importance, je travaillais souvent toute la nuit. J'étais un vampire. La nuit était plus commode pour mes sens.

Cela dit, le soleil ne m'avait pas beaucoup embêté ces derniers temps. Je n'avais même pas eu besoin de lunettes de soleil l'autre jour.

Une conséquence des pouvoirs de Nyx mêlés aux miens ?

Cela expliquerait également pourquoi je n'avais pas beaucoup eu envie de sang cette semaine. Je n'étais même pas certain d'avoir besoin de celui que je buvais. J'avais mis ça sur le compte de mes soirées avec Nyx.

À présent, je comprenais que c'était lié à elle, mais pas comme je l'avais cru au départ. Son sang avait fait bien plus que satisfaire ma faim.

Le regard rivé sur l'écran pour voir si Kaspian m'avait répondu, je levai les yeux au ciel en lisant sa réponse brève :

Oui.

Et ? demandai-je par message et dans son esprit.

Sa réponse s'afficha à l'écran :

Il faudrait qu'on parle. Je suis dans ton bureau mais je peux monter te voir si tu préfères.

Tu es dans mon bureau ? dis-je mentalement, surpris.

Cela ne pouvait signifier qu'une seule chose, il avait trouvé quelque chose d'important et exerçait ses fonctions de premier dirigeant de la Maison pour m'accorder un moment en privé avec Nyx.

Kaspian était vraiment un bon ami et un encore meilleur meneur.

Si ça ne te gêne pas de monter, ce serait préférable, finis-je par répondre, pas par message mais par télépathie.

Je monte, m'informa-t-il par message. **Cara est avec moi.**

Il me fallut faire un effort considérable pour m'écarter de Nyx mais je souhaitais savoir ce que Kaspian et les autres avaient trouvé, et ce qu'ils faisaient dans mon bureau.

J'embrassai Nyx sur la tête en la bordant. Elle lâcha un petit râle mécontent avant d'enfouir la tête dans mon oreiller.

Mes lèvres se recourbèrent lorsqu'elle soupira, son irritation s'affaiblit quand elle sentit mon odeur.

Chocolat. Tu me rappelles une savoureuse glace arrosée de caramel chaud, m'avait-elle dit.

Son dessert favori, rien que pour elle.

Je remontai les draps pour la maintenir au chaud tout en me disant que mon dessert préféré se trouvait entre ses cuisses. *Je reviendrai te réveiller pour le petit-déjeuner,* songeai-je en faisant attention de ne pas m'insinuer accidentellement dans son esprit.

C'était facile pour moi. Je n'avais qu'à penser à la personne à qui je voulais parler et mes pensées se diffusaient dans son esprit.

J'étais né avec ce talent et j'avais appris à le maîtriser à un jeune âge, de même que ma capacité à détecter les mensonges.

À présent, je possédais un nouveau talent au bout de mes doigts, je le sentais vibrer le long de mon échine et me mettre au défi de le réutiliser.

Je pensai à ma penderie et ordonnai à mon corps de s'y téléporter.

La pièce fondit autour de moi et se reforma en une rangée de costumes. Je souris et me tournai pour ouvrir le tiroir de l'une de mes commodes, préférant une tenue confortable puisque je ne prévoyais pas de rester longtemps habillé.

J'enfilai un survêtement gris et un t-shirt blanc, puis visualisai le couloir devant la chambre.

J'y trouvai Cara et Kaspian qui attendaient près des portes.

Cara haussa brusquement les sourcils en me voyant, les lèvres légèrement entrouvertes.

— Putain, tu rayonnes.

Je fis un sourire narquois en entendant son expression clichée, conscient qu'elle parlait au sens propre mais sa phrase me faisait rire.

— Merci.

Kaspian ne paraissait pas amusé du tout, il se mit à me scruter tout entier, une pointe d'inquiétude dans son expression.

— Je crois qu'on peut dire que tu es complètement lié à présent.

— Oui, confirmai-je.

Il hocha la tête.

— Alors tu vas vouloir savoir ce qu'on a trouvé sur les balles.

Mon amusement s'envola.

— Dis-moi.

Cara glissa la main dans la poche de sa veste en cuir et en sortit un sachet avec plusieurs fragments de métal.

— De ce qu'on a découvert, ce n'était pas un maléfice mais une toxine.

Mon front se plissa.

— Une toxine ?

— Une sorte d'agent létal qui provoque l'érosion et la décomposition.

Kaspian jeta un regard noir aux épines métalliques.

— Paxton dit que si cet effet est l'œuvre d'un maléfice, il n'a jamais rien vu de tel. Il s'agit très probablement d'une arme chimique.

— Je vois.

Je contemplai le sachet un long moment. Je réfléchis à la façon dont cette toxine avait vidé Nyx de son énergie et rendu sa guérison impossible. Même après qu'elle avait recouvré la santé, la toxine avait commencé à l'affaiblir de nouveau.

En rendant sa peau grise et sèche.

Comme en putréfaction, supposais-je.

— C'est nouveau, dis-je, le front toujours plissé. Je n'ai jamais rien entendu de tel.

— Moi non plus, reconnut Kaspian, mais on a récemment accueilli deux spectres qui pourraient être au courant de quelque chose.

— Nox, dis-je en croisant son regard tandis qu'une vague d'adrénaline me venait. Tu crois qu'il a fait ça ?

Il avait avoué son penchant pour les produits chimiques et les armes, c'était la raison pour laquelle il avait choisi ce nom.

Et Bane avait déclaré que son talent était d'utiliser les inventions de Nocif.

C'était logique. Ils étaient tous les deux nouveaux sur le territoire.

— Mais quel est son mobile ? demandai-je à voix haute avant que Kaspian puisse répondre à ma première question. Pourquoi il, ou potentiellement ils, feraient ça ?

— Il n'y a qu'une seule façon de le savoir, répondit Kaspian d'un ton assassin.

Si Bane et Nox nous avaient trahis, ce serait à Kaspian de s'occuper de leur punition. En effet, c'était lui qui avait pris la responsabilité de les entraîner. Il se sentirait personnellement visé si nos soupçons étaient avérés.

— Il faudra qu'on en informe Kieran, lui dis-je. Ce genre d'infraction affecte sa Maison, et potentiellement notre relation avec celle-ci.

Il pourrait s'agir d'une manigance de la part de la Maison de la mort et du diamant. Peut-être que Bane et Nox avaient été envoyés ici pour semer le chaos.

Cependant, je ne savais pas quel bénéfice en tireraient Sabrina et Kieran.

Ils étaient occupés avec les affectations du nouveau territoire et ils avaient été plus que coopératifs pour travailler avec la Maison d'or et de grenat et assurer une transition pacifique. Pourquoi risquer de mettre en péril notre collaboration en envoyant Bane et Nox provoquer des problèmes près de mes quartiers ?

À moins que mon peuple ne soit pas visé mais que cela concerne Nyx, la réelle victime de l'attaque.

Hmm, non, ça n'avait pas l'air logique non plus. Ils étaient arrivés à Dublin *avec* Kieran, et ce avant qu'ils sachent que j'étais lié à l'entité que nous traquions depuis des mois.

— Rien de tout cela n'a de sens, dis-je finalement. On a vraiment besoin que Kieran vienne ici, afin que je puisse essayer de bien lire son esprit.

Goûter ses vérités, déterminer ses mensonges.

Kaspian acquiesça.

—Je vais l'appeler.

— Non, je vais lui parler. J'ai besoin que tu trouves Bane et Nox.

— Ils dorment chez moi, répondit Kaspian. Paxton a lancé un sort de barrière, alors je saurai s'ils partent.

— Chez toi ? répétai-je en fronçant les sourcils.

Je venais de l'apprendre.

— Ils n'ont pas encore d'endroit où vivre, me rappela-t-il.

— Nous avons des logements pour les mercenaires locaux.

Je savais qu'il y avait des habitations libres parce que j'avais passé les dernières semaines à inspecter toutes les propriétés au sein de notre territoire. Même avec les logements occupés par les gens que nous avions dû reloger à cause des explosions d'aujourd'hui, nous avions encore de la place.

Il ne dit rien et se contenta de me regarder.

Alors je laissai tomber.

Si mon second souhaitait jouer au colocataire avec des spectres, je n'allais pas l'envier. Cependant, le fait de savoir qu'il avait développé une sorte de camaraderie avec eux me faisait espérer que nous avions tort sur leur implication.

Je n'aimais pas voir quiconque souffrir, encore moins mon meilleur ami.

— Appelle Kieran, lui dis-je.

Je pris conscience qu'il avait besoin d'une distraction pour ne pas rentrer chez lui et peut-être assassiner les spectres avant que nous ayons l'occasion de leur parler. Il masquait bien sa colère, ses émotions cachées derrière une façade stoïque, mais il devait fulminer.

— Assure-toi de lui dire que nous ne sommes certains de rien pour l'instant, ajoutai-je.

Je visais plus Kaspian que Kieran en disant cela. Cependant, je déguisai mon invective en requête.

— Il faut qu'on les interroge d'abord.

La mâchoire de Kaspian se contracta mais il hocha la tête.

— Peut-être que Kieran pourrait amener une sorcière

avec lui. Paxton ne remarque peut-être pas de trace de maléfice mais quelqu'un d'autre le pourrait, suggéra Cara en rangeant le sachet dans sa poche.

Je fis oui du menton.

— Bonne idée. Il pourrait amener Trixie si elle se trouve toujours sur le territoire. Et peut-être le superviseur dont Nox et Bane avaient parlé… Max, c'est ça ?

Bane avait dit que leur ancien patron aimait bien les expérimentations. Peut-être reconnaîtrait-il l'agent chimique qui avait été utilisé pour les balles.

—J'en parlerai à Kieran, confirma Kaspian. Si je peux le convaincre de prendre un vol maintenant, on pourrait commencer l'interrogatoire dans quelques heures.

Je jetai un œil aux portes puis à eux.

— Je ne suis pas sûr que Nyx sera réveillée à ce moment-là.

Même si j'avais prévu de la vénérer pendant des heures, voire des jours, je reconnaissais qu'elle avait besoin de se reposer après avoir failli mourir.

— Je peux rester avec elle, proposa Cara. Si elle n'est pas réveillée à l'arrivée de Kieran, je veux dire.

— J'aimerais bien, avouai-je. Elle n'a aucun souvenir de ce qui s'est passé mais je suppose que cela changera à son réveil.

Du moins, je l'espérais. Elle pourrait nous fournir des détails importants concernant l'incident.

—Je t'enverrai un message après avoir parlé à Kieran, me dit Kaspian. On avisera ensuite.

— Oui, acceptai-je en désactivant le mode silencieux de ma montre.

Je voulais m'assurer de recevoir les nouvelles de Kaspian en temps et en heure.

Je l'attrapai par le bras alors qu'il essayait de passer devant moi, son regard sombre surpris.

— Merci, Kaspian. Pour tout, lui dis-je.

Il m'avait toujours soutenu, peu importe la situation. Je sentais qu'il en serait de même sur ce coup. Malgré les changements évidents de mon apparence et de mes pouvoirs, il se battrait à mes côtés s'il le fallait.

J'espérais que nous n'en arrivions pas là. J'espérais pouvoir trouver un moyen de tout régler.

Au moins, je savais que s'il arrivait quelque chose, si quelqu'un ou quelque chose parvenait à me détrôner, la Maison d'or et de grenat serait entre de bonnes mains. *Entre les mains de Kaspian.*

Nous nous regardâmes longuement, son expression m'indiquait qu'il comprenait mes pensées et qu'il acceptait le fardeau que je lui refourguais en silence.

S'il m'arrive quelque chose, c'est toi qui gouverneras et tu te débrouilleras comme un chef. Je ne me servis pas de ma télépathie. Je l'autorisai simplement à lire dans mes yeux. *Car tu sais déjà comment être roi.*

Il l'avait prouvé maintes fois, y compris aujourd'hui.

Il finit par hocher de nouveau la tête.

— Tu seras toujours mon roi, Vesperus.

— Je sais mais ça ne veut pas dire que tu seras toujours mon bras droit.

Il m'étudia un long moment, puis me tapa sur l'épaule.

— L'or te va bien, mec. Il est assorti à la Maison, à ton trône.

Sur cette plaisanterie, il tourna les talons et se remit en marche.

— Je t'écris tout à l'heure.

Cara rit en le suivant.

— Il a raison cependant, Ves. L'or te va bien et à Nyx aussi.

Elle me fit un clin d'œil en passant devant moi, puis rattrapa Kaspian et le bouscula. Il enroula son bras autour d'elle de façon amicale, cela allait sûrement énerver Larus plus tard.

C'était probablement le but.

Kaspian adorait draguer.

Toutefois, il ne s'était jamais vraiment montré très entreprenant envers Cara. Il respectait les liens. Même s'il plaisantait de ne pas vouloir se lier, je savais qu'au fond, il désirait posséder quelqu'un. Homme ou femme, il s'en fichait. Il voulait juste aimer.

Je le savais à présent parce que j'étais comme lui il y a seulement quelques semaines, affirmant que je n'avais pas envie de trouver une compagne. Pourtant, maintenant que la mienne m'attendait dans mon lit, je pris conscience à quel point j'avais été seul par le passé, à quel point j'avais désiré cette connexion, ce… lien surnaturel.

Ce n'était pas de l'amour, pas vraiment, ou plutôt, *pas encore*. Il s'agissait davantage d'une question de compatibilité, de trouver mon âme sœur.

Ma déesse de la nuit.

Elle n'était certainement pas celle que je m'étais attendu à trouver à l'autre bout du lien magique, mais je n'étais pas du tout déçu.

Je retournai dans la chambre en me téléportant, *notre* chambre désormais, et la regardai dormir plusieurs minutes avant de la rejoindre enfin dans le lit.

Elle se blottit immédiatement contre moi et effleura ma gorge du bout des lèvres comme si elle cherchait à me goûter même dans son sommeil.

Je souris et la serrai fort contre moi, lui procurant la force dont elle avait besoin par le lien enchanté. Je fermai les yeux en attendant que Kaspian m'envoie d'autres détails.

NYX

Mмм, murmurai-je en inspirant l'odeur sucrée du chocolat chaud. Son arôme me chatouillait les narines, mêlé de notes de caramel et de marshmallow.

J'ouvris un œil et vis d'où venait cette délicieuse odeur sur le chevet à côté de moi, dans une sorte de tasse enchantée.

Accompagnée d'un message.

Attention, il est corsé.
V

Je me redressai, avide de goûter ce délicieux cadeau, et m'emparai immédiatement de la boisson alléchante pour en boire une gorgée.

— Astre, gémis-je, conquise par ce breuvage magnifiquement préparé. On dirait un orgasme en bouteille.

— Je vois ça, répondit une voix traînante, attirant mon

attention vers la femme qui se tenait dans l'embrasure de la porte.

J'avais été si concentrée sur ce présent à l'arôme puissant que je n'avais même pas pensé à scruter mon environnement.

— Bonjour, mon étoile, salua-t-elle.

— Bonjour, Faë des fleurs, murmurai-je en m'appuyant contre la tête de lit avec mon verre. Tu joues de nouveau les baby-sitters aujourd'hui ?

— Pas exactement, dit-elle lentement en fronçant un peu les sourcils. Tu te souviens de ce qui s'est passé hier ?

Je bus une autre gorgée de mon chocolat chaud, les lèvres recourbées en un sourire énigmatique.

— Je me souviens très bien de la nuit dernière.

Et du beau lien que Vesperus et moi avions créé.

Son esprit avait ravivé le mien, je m'étais sentie vivante d'une façon dont j'avais désespérément besoin.

Je faillis soupirer, ravie de notre lien et de sa vivacité.

Mais la raison de ce besoin fou, la cause de ma faiblesse, me fit faire la grimace.

J'avais failli mourir. *À cause d'une seule balle.* Je frottai mon sternum, l'attaque d'hier toujours présente dans mon esprit.

— On m'a tiré dessus, dis-je lentement. Et… et il y avait une femme.

Je la visualisais debout dans la ruelle, tapie dans l'obscurité, irradiant de souffrance.

— Elle était si brisée.

Comme si son âme avait été déchirée.

Je posai ma tasse, le souvenir de sa présence me fit froid dans le dos.

— Une femme ? répéta Cara.

Je hochai la tête.

— Tapie dans l'ombre.

— C'est elle qui t'a tiré dessus ? C'était une femme ?

Mon front se creusa tandis que je secouais la tête.

— Non. Je ne pense pas. Elle n'avait pas d'arme mais mon médaillon lui tournait autour frénétiquement. Je…

Je me remémorai la scène, essayant de me rappeler exactement ce qui s'était passé.

— J'étais concentrée sur elle quand quelque chose ou quelqu'un m'a tiré dessus d'un autre angle. Ce n'était pas elle.

Pourtant, sa présence l'impliquait d'une certaine manière.

— Elle a observé la scène.

En se fondant dans la pénombre.

Qui es-tu ? Pourquoi mon médaillon tournoyait-il autour de toi ?

Peut-être que Vesperus a un dépôt d'images quelque part. Quelque chose pour m'aider à trouver ou à localiser la femme.

Ou peut-être pourrais-je retourner sur les lieux pour la retrouver.

Mais avec une armure cette fois-ci, pensai-je en baissant les sourcils. En effet, je compris à travers les questions de Cara au sujet de la femme qu'ils ignoraient qui m'avait tiré dessus et pourquoi ça avait failli me tuer.

Je regardai Cara.

— Où est Vesperus ?

— Il est en train d'interroger Nox et Bane, répondit-elle. Il ne voulait pas que tu te réveilles seule, d'où ma présence. Je ne suis pas là pour faire du baby-sitting mais pour te tenir au courant et aussi pour savoir si tes souvenirs sont revenus.

— Ils sont revenus, confirmai-je en sortant du lit. Je dois parler à Vesperus.

Je me dirigeai vers la salle de bain avant de m'arrêter.

— Attends, il interroge Nox et Bane ?

— Les fragments de balle contenaient une sorte de toxine qui accélère la décomposition.

Ses yeux clairs m'étudièrent, comme pour évaluer les dégâts.

— C'est notre théorie en tout cas. Paxton n'a pas senti de maléfice, donc on pense que c'est une sorte d'arme chimique.

—Je vois.

Je réfléchis à ses paroles en cherchant mes vêtements. Plutôt que d'opter pour une robe, je choisis un pantalon noir et un pull, une tenue similaire à celle de Cara dans l'autre pièce. Peut-être cela m'aiderait-il à mieux m'intégrer, ce que je préférais faire au cas où nous étions contraintes de quitter le palais aujourd'hui.

Les robes étaient ma marque de fabrique. Si quelqu'un possédait la capacité miraculeuse de me tuer, alors je voulais me faire plus discrète.

Je me fis une queue de cheval, l'élastique pour seul accessoire doré dans mes cheveux. J'évoquai ensuite mon collier croissant de lune et le portai par-dessus le pull noir.

J'enfilai pour terminer des chaussettes et des cuissardes.

La mâchoire de Cara en tomba lorsque je sortis de la salle de bain.

— Putain de merde, tu portes la tenue que je t'ai choisie.

Je fis une révérence.

— J'ai opté pour une tenue plus passe-partout aujourd'hui.

Ses lèvres frémirent.

—Je ne sais pas si c'est possible, mon étoile.

Je haussai les épaules.

—Je mettrai une capuche.

Elle rit en secouant la tête.

— Je suis contente que tu ne sois pas morte, Nyx. Tu m'as fait peur pendant une minute.

— Je serais revenue, je pense.

Comme j'étais un être de la création, mon âme devrait être indestructible. Cependant, le manque d'énergie qui subsistait en moi remettait en question cette vérité.

Je m'étais sentie… *épuisée*, pas seulement à cause de la perte de sang mais à cause de la perte de pouvoir, comme si on m'avait jeté un sort mortel.

Une toxine pouvait-elle avoir un tel effet ? Ça semblait peu probable.

— Je souhaite parler à Vesperus, dis-je en me dirigeant déjà vers la porte. Je ne crois pas que ce soient Nox ou Bane les coupables mais j'aimerais leur poser quelques questions.

C'étaient des spectres, ils avaient l'habitude de côtoyer la mort. Peut-être sauraient-ils ce qui m'avait autant assommée.

Cara prit les devants, déclarant que Vesperus n'était pas dans son bureau mais dans une autre partie de la propriété que je ne connaissais pas encore : le sous-sol.

Ce n'était pas tout à fait un donjon, il était trop lumineux pour être considéré comme tel. Le sol, le plafond et les murs étaient dans un très bon état. Ils étaient simplement moins décorés et l'absence de fenêtres donnait un aspect plus sinistre.

Il ne s'y trouvait pas non plus de cellules ni de pièces verrouillées, ce que je fis remarquer à Cara.

— Nous n'emprisonnons pas nos cibles ici, m'informat-elle. Ce n'est qu'un endroit calme où Vesperus préfère se réfugier pour ses échanges les plus confidentiels.

Lorsque nous arrivâmes dans une pièce au bout du couloir, je compris son sous-entendu. Seulement cinq personnes s'y trouvaient : Vesperus, Kaspian, Kieran et les deux spectres.

Personne n'était attaché.

Aucun instrument de torture ne se trouvait là.

Il n'y avait rien d'autre qu'une simple table ronde autour de laquelle ils étaient tous assis.

Cependant, Kaspian était visiblement celui le plus proche de la porte… et il était armé.

— Je retourne en haut tenir compagnie à Larus dans ton bureau, dit Cara à Vesperus. Au fait, elle se souvient de tout.

Sur ces dernières paroles, elle partit.

Vesperus se leva en étudiant ma tenue.

— J'ai ressenti le besoin de ne pas trop me faire remarquer aujourd'hui, lui dis-je avant qu'il pose la question.

Il sourit, sa paume sur ma joue.

— Je ne crois pas que tu pourrais passer incognito, Déesse.

— C'est ce que Cara a dit.

— Elle avait raison, répondit-il en se penchant pour m'embrasser doucement. Comment te sens-tu ?

Sa tendresse dissimulait la tension dans la pièce. Toutefois, il m'observait comme si j'étais la seule qui comptait, comme s'il n'y avait personne.

À ses yeux, c'était peut-être vrai. Ça l'était pour moi aussi.

— J'ai été réveillée par l'odeur d'un incroyable chocolat chaud. Ça a satisfait en partie mon envie mais j'ai toujours envie de te lécher.

Ses lèvres se retroussèrent.

— On testera ton endurance quand on aura fini ici.

— Ah, les nouveaux compagnons… murmura Kaspian.

— Oui, c'est une sensation incroyable que je suis impatient de retrouver, commenta Kieran. Vesperus ?

Le roi d'or et de grenat l'ignora un instant, le regard toujours posé sur moi.

— De quoi te souviens-tu ?

J'expliquai en détail les événements de la veille, à partir du moment où j'avais senti mon médaillon jusqu'à ce que je me fasse tirer dessus.

— Au début, j'ai pensé que c'était mon énergie qui m'attaquait à nouveau, dis-je en me rappelant comme elle m'avait mise à terre auparavant. Mais maintenant, je me rends compte qu'elle essayait de me protéger. Elle a ensuite attiré mon attention sur la femme tapie dans l'ombre.

Je décrivis son esprit fracturé et ses autres caractéristiques, y compris ses cheveux châtains, ses yeux verts perçants et ses courbes.

— Vous la connaissez ? demandai-je à la fin de mon monologue. Savez-vous ce qui l'a brisée ?

Vesperus réfléchit un long moment avant de finalement se retourner vers la table.

— Kaspian ?

Celui-ci secoua la tête.

— Je n'ai aucune idée de qui elle parle.

Vesperus se concentra sur l'autre chef.

— Une idée ?

— C'est à moi que tu demandes ? gloussa-t-il légèrement. Je ne sais pas, Vesperus. On dirait bien qu'il s'agit d'une femme rejetée. Tu as énervé quelqu'un dernièrement ?

Il jeta un coup d'œil autour de lui avant de me regarder.

— Peut-être en prenant une nouvelle compagne ?

— Non, répondit brièvement Vesperus.

— Notre roi a un problème avec la monogamie,

informa Kaspian à Kieran. Mais cette question est légitime, Ves. Penses-tu que quelqu'un ait pu se sentir trahi par quelque chose, peut-être le vote pour la création de la Maison de la mort et du diamant ?

Vesperus se plaça à mes côtés et laissa glisser sa main dans le bas de mon dos en songeant à la question.

— Toutes les lettres que j'ai reçues étaient majoritairement en ma faveur. Les quelques plaintes qui m'ont été envoyées ont toutes été traitées. Tout le monde semble être assez compréhensif à ce sujet.

— Le fait d'avoir proposé aux personnes affectées de choisir une Maison et leur territoire a dû vous faire remonter dans leur estime, commenta Bane.

Ses yeux sombres étaient sérieux et son accent écossais transparaissait dans ses paroles.

Quelle que soit la discussion qu'ils avaient eue avant mon arrivée, elle avait semblé les mettre à l'aise, l'autre spectre et lui, ce qui suggérait qu'ils avaient été innocentés. Autrement, je soupçonnais qu'ils ne seraient pas cordialement assis à cette table.

Même si l'atmosphère restait pesante, elle semblait s'alléger, ou peut-être était-ce à cause du sujet de la conversation.

— Il a raison, reconnut Nox. Je n'ai entendu aucune plainte. Tout le monde a apprécié la collaboration entre les deux Maisons.

— Tu entends ça, *Ves* ? railla Kieran. Ils aiment que nous devenions amis.

— Ravi de l'entendre, Asp, répondit Vesperus qui n'avait pas l'air ravi du tout.

Apparemment, l'autre roi et lui n'en étaient pas encore à se donner des surnoms.

Le vampire faë l'étudia avec ses yeux gris.

— Hmm… Veritas ?

— Aspen ? rétorqua Vesperus.

Asp était donc le diminutif d'Aspen, qui devait être le nom de famille de Kieran.

L'autre homme hocha la tête.

— D'accord.

— Parfait, s'exclama Vesperus en regardant Kaspian. Je suis un peu perdu. Soupçonnes-tu quelqu'un qui pourrait vouloir attaquer la Maison ?

— Ou Nyx, ajouta Kieran.

Vesperus lui jeta un autre coup d'œil, forçant l'autre chef à lever les mains.

— Une balle ensorcelée a failli la tuer, Veritas. Cela m'a tout l'air d'une attaque ciblée étant donné que toutes les autres victimes n'ont rien, se justifia-t-il. On dirait presque une vengeance.

Mes sourcils se froncèrent.

— Une vengeance par rapport à quoi ? demandai-je. Selon vos lois, tout ce que j'ai fait de mal, c'est de venir par des moyens informels.

— Des moyens illégaux, me corrigea-t-il. Et je ne parle pas de me venger contre toi mais contre ton compagnon. Ta blessure l'a blessé, lui aussi. Je réitère donc ma question, as-tu énervé quelqu'un dernièrement, Veritas ?

— Tu vois bien que je dis vrai, Aspen, répondit Vesperus.

— Ce n'est pas exactement comme ça que mon pouvoir fonctionne. Cependant, que tu dises la vérité ou non ne répond pas vraiment à la question, n'est-ce pas ? insista-t-il. Ce n'est pas parce que personne ne te vient en tête maintenant que tu dis vrai.

Je fronçai les sourcils.

— Il détecte aussi les mensonges ? demandai-je en regardant le rare hybride vampire faë.

— Oui. Apparemment, il a été poignardé par une épée

247

imprégnée du sang d'un dieu et maintenant, il peut contraindre les autres à dire la vérité.

Vesperus lança un regard critique à l'homme avant de détourner les yeux vers moi.

— C'est ce dont on discutait quand tu es arrivée. Bon, ça et Kieran qui affirmait ne pas avoir eu assez de temps pour emmener quelqu'un avec lui aujourd'hui.

— Ce n'était pas une affirmation, riposta l'autre chef.

— Tu as raison. C'était un mensonge, répondit Vesperus.

Kieran se contenta de répondre en haussant les épaules, sans prendre la peine de nier.

— Nous pouvons boucler un peu plus vite l'interrogatoire quand il y a deux détecteurs de mensonges dans la pièce, murmura Kaspian. Mais au moins, on sait que les spectres sont innocents.

— Oui, les fragments de balle contiennent de la magie, pas des toxines, expliqua Kieran. C'est une magie ancienne, je ne la reconnais pas.

— Tu peux la sentir ? questionnai-je, encore plus curieuse à son sujet.

— Je peux sentir le sang qu'elle contient, corrigea-t-il, il s'agit de sang *ancien*.

Son attention se porta sur Vesperus.

— Cette visite a été très intéressante, mon redevable ami. Il semble que je t'aide à résoudre toutes les énigmes.

— Et moi qui pensais que tu te foutais de tout le monde à part toi, Aspen.

Il tapa des doigts sur la table en réfléchissant.

— Je me soucie de Sabrina et elle se soucie de la Maison de la mort et du diamant. Par conséquent, être en bons termes avec le monarque du territoire et sa déesse semble une tactique stratégique judicieuse.

Son accent n'était décidément pas écossais, ce qui était

logique, supposais-je. D'après ce que j'avais compris, il venait de la Maison du sang et du béryl, située le long de la côte ouest appartenant autrefois aux États-Unis.

— On s'éloigne du sujet, intervint Kaspian. On est à la recherche d'une femme qui pourrait vouloir se venger. Comme elle a attaqué Nyx, il semblerait qu'elle ait un contentieux à régler personnellement avec Vesperus.

— Je ne crois pas que ce soit elle qui m'ait attaquée, dis-je en fronçant les sourcils. Je pense... je pense juste qu'elle est impliquée, d'une manière ou d'une autre.

Sinon, pourquoi aurait-elle été là ? Et pourquoi ma magie semblait-elle attirée par elle ?

— Ce qui veut dire que nous devons trouver qui c'est et poser des questions, traduisit Kaspian. Mais je suis d'accord pour dire que c'est lié d'une manière ou d'une autre à ton récent lien avec Nyx. Cette attaque était destinée à te faire du mal, peut-être en exterminant ta compagne. La question est : pourquoi ?

— Tu as dit qu'elle semblait brisée ? questionna Vesperus. Comme si son âme était fracturée ?

J'acquiesçai.

— Oui, comme si elle souffrait énormément.

Vesperus réfléchit à ce que je venais de dire pendant un moment et décolla sa main du bas de mon dos.

— Comme si son âme avait été brisée, potentiellement par la perte de son compagnon.

Son regard se dirigea vers Kaspian alors que celui-ci appuyait sur un bouton pour faire descendre un écran du plafond. Un clavier sembla apparaître de nulle part.

— Je vois où tu veux en venir, mon pote. À ma connaissance, seul un décès a été enregistré dernièrement en rapport avec un compagnon.

— De qui s'agit-il ? m'enquis-je.

— Fallon Doyle, répondit-il en tapant son nom et en appuyant sur Entrée.

La photo de la femme apparut et m'arracha un cri.

— Astre…

C'était elle, et pourtant elle ne ressemblait pas du tout à la femme que j'avais vue. Elle paraissait bien plus vivante sur cette photo. Ses lèvres étaient recourbées en un sourire joyeux et ses yeux verts rayonnaient de vivacité. *Magnifique. Pas brisée.*

— Est-ce elle ? me demanda Vesperus.

J'acquiesçai en silence, encore déchirée par les deux images dans ma tête, celle de la femme heureuse et de l'autre tapie dans l'ombre.

— Oui, finis-je par murmurer en déglutissant. Mais elle… elle ne ressemble plus à ça.

Elle paraissait détruite, anéantie, *morte*.

— A-t-elle… a-t-elle perdu son compagnon ? questionnai-je en lisant à présent la légende sous sa photo. Klas ?

— C'était un des mercenaires envoyés pour te traquer, murmura Vesperus. Il est mort dans l'explosion.

— Je suppose que cette femme croit Nyx responsable de sa mort, dit Kieran en se levant de table. Le mystère reste entier concernant l'identité de la personne qui s'en est pris au bar, cependant. Mais j'ai confiance en vous tous pour découvrir son identité.

— C'est ta façon de dire que tu te défiles? lui demanda Kaspian, un léger rire dans la voix.

— Non, je veux seulement ne pas me mettre en travers de votre chemin. À moins que tu considères qu'il faut que je reste ?

Vesperus secoua la tête.

— Tu en as fait assez et nous avons officiellement une dette envers toi, encore une fois.

Kieran sourit.

— Tiens donc, une amitié qui joue en ma faveur. Elias sera fier.

— Je te fais confiance pour le tenir informé.

Vesperus formula cette phrase comme une affirmation mais il arqua un sourcil.

L'autre dirigeant se contenta de hausser les épaules.

— Probablement.

Vesperus le regarda.

— Hmm. Tu n'es pas si mauvais que cela, Aspen.

— Toi de même, Veritas.

Il désigna l'écran du menton.

— Bon courage pour cette mission.

Il regarda ensuite les spectres.

— Si vous décidez de ne pas les accepter, renvoyez-les chez nous. La Maison de la mort et du diamant sera heureuse de les garder.

Il sous-entendait par là que Bane et Nox avaient le choix si besoin. Le fait que Kieran leur propose ce choix laissait pressentir le genre de meneur qu'il deviendrait. Il déclarait sans ménagement qu'ils les soutiendraient toujours si la situation l'exigeait.

— Merci, répondit Nox, le visage empreint de gratitude. Nous allons essayer de faire en sorte que tout se passe bien.

Bane hocha la tête.

— Ils ne nous ont pas emprisonnés pour nous interroger plus tard. Ils ont été francs à propos de leurs préoccupations, tout comme j'imaginais que vous le seriez.

— Eh bien, mon beau-père pourrait trouver des choses à dire à ce sujet, déclara Kieran en jetant un coup d'œil à Vesperus. Veritas, le salua-t-il.

— Aspen.

— Je trouverai la sortie tout seul, dit l'hybride vampire-faë. Appelle-moi si tu as besoin d'autres conseils.

Vesperus grommela, cette remarque révélant un passif entre les deux hommes. Cependant, j'aperçus le petit sourire sur le visage de Vesperus, du moins jusqu'à ce qu'il revienne à l'écran.

— J'exige qu'on la retrouve.

— J'ai déjà envoyé un message à Slater, répondit Kaspian. C'est notre meilleur pisteur.

— Oui. Peut-être qu'il reconnaîtra que sa magie est similaire à la trace que nous avons retrouvée dans le bar.

Il se rassit et tira la chaise de Kieran pour moi.

— Passons de nouveau en revue son dossier. Et pourquoi ne pas faire venir Niamh ? Elle pourrait avoir des informations utiles puisque Fallon était membre de son territoire.

— D'accord, convint Kaspian avant de jeter un coup d'œil aux spectres. Veux-tu qu'ils s'en aillent ?

Vesperus contempla le duo un instant, puis secoua la tête.

— Non, je pense qu'on peut dire qu'ils sont impliqués maintenant. Je suppose que cela pourrait être leur premier essai.

Bane et Nox se penchèrent en avant avec intérêt tandis que je m'installais finalement à côté de Vesperus.

— Rien de tel que de les jeter dans le bain directement, songea Kaspian, les lèvres retroussées. Bon, faisons des recherches sur Fallon Doyle.

NYX

Fallon Doyle était une sorcière.

Pas très puissante, d'après son dossier.

Niamh ne savait pas grand-chose sur elle et le dossier n'en révélait pas plus. Cependant, les antécédents de la sorcière confirmaient les soupçons de Kaspian et Vesperus, elle était responsable du maléfice qui imprégnait la balle.

— Elle ne l'a peut-être pas empoisonnée, ce n'est peut-être pas elle qui a tiré mais elle saura qui l'a fait, avait dit Kaspian.

Vesperus avait hoché la tête, d'accord avec son bras droit.

Même si leur raisonnement me paraissait logique, je n'étais pas sûre qu'elle soit coupable. Peut-être était-ce son âme brisée qui me faisait douter mais je n'arrivais pas à oublier la douleur qui irradiait de son esprit, comme si elle cherchait un antidote et *suppliait* qu'on l'aide.

De plus, mon enchantement ne chercherait pas à porter secours à une personne cruelle.

Quoi qu'il en soit, j'écoutai Vesperus et Kaspian établir

une stratégie. Ils sélectionnèrent une poignée de mercenaires, dont Bane et Nox, pour chercher discrètement Fallon en ville.

— Elle ne sait peut-être pas qu'on l'a identifiée, disait Kaspian. On pourra utiliser ça à notre avantage.

— Elle sait que je l'ai vue, murmurai-je depuis le canapé de Vesperus.

Nous avions reporté la réunion dans son bureau, là où Larus et Cara travaillaient. Niamh nous avait rejoints quelque temps mais elle était ensuite partie pour passer des coups de fil personnels afin d'en savoir plus sur Fallon.

— Mais elle ne sait pas que tu es réveillée, fit remarquer Kaspian. Seule une poignée d'entre nous le sait.

— Faux. Le personnel est au courant, dit Cara.

Assise par terre, elle avait éparpillé des armes qu'elle semblait nettoyer.

Larus se trouvait à côté d'elle et l'aidait. Elle recourba les lèvres en ajoutant :

— C'est pour cette raison que Cara et moi avons répandu la rumeur que Nyx ne se souvenait pas de l'attaque.

Kaspian et Vesperus échangèrent un regard qui se transforma en sourire approbateur.

— C'est une bonne rumeur qu'il faut continuer à répandre, affirma mon compagnon. Mais j'imagine qu'elle se cache ou bien qu'elle se transforme à l'aide d'une potion.

— Si elle sait faire ça, pourquoi ne pas s'en être servie dès le début ? demandai-je.

— Tu as dit qu'elle était tapie dans l'ombre, alors peut-être qu'elle n'a pas besoin de se déguiser.

— Parce qu'elle se cache déjà, déduisis-je en hochant la tête. Cela expliquerait pourquoi Cara ne l'a pas vue.

La faë renifla avec dédain mais ne fit pas d'autres commentaires.

— Les éclaireurs pourraient donc être inutiles, résuma Kaspian. Slater est en route avec Nolan. Je vais leur donner les fragments de balle et voir s'ils peuvent exploiter le sang ou le maléfice pour la retrouver.

— Et s'ils n'y arrivent pas ? s'enquit Cara.

— Nous ferons une descente, déclara Vesperus, l'air fatigué. La future reine de la Maison d'or et de grenat a failli se faire tuer. Le peuple comprendra.

— En supposant qu'il soit prêt à l'accepter comme sa reine.

Kaspian s'exprimait d'une voix douce mais son point de vue pesait lourdement dans la pièce.

Vesperus demeura silencieux un long moment avant de dire :

— Tu as raison.

— Il faut seulement leur donner l'occasion de la connaître, murmura Cara. Ensuite, ils verront à quel point mon étoile est géniale. Je veux dire, elle brille, putain. Elle peut illuminer sa propre soirée disco comme une boule à facettes.

Larus rit, ses cheveux sombres ondulaient de magie sur ses épaules en secouant la tête.

Kaspian et Vesperus parurent toutefois moins satisfaits de ses paroles, ils échangèrent un autre long regard.

Au bout d'un moment, Kaspian s'éclaircit la gorge et dit :

— Vous savez quoi ? Je ne dirais pas non à une sieste. Ces dernières vingt-quatre ou trente-six heures ou je ne sais combien ont été longues. Slater et Nolan ne seront pas là avant minuit passé. On a déjà décidé quels mercenaires envoyer en éclaireur. Je crois qu'on en a terminé pour le moment.

Vesperus lui adressa un sourire reconnaissant.

Toutefois, Cara paraissait prête à le contredire. Seulement, la main de Larus sur sa nuque la stoppa avant qu'elle prenne la parole. Il lui intima quelque chose avec son regard bleu métallique qui la fit déglutir et dire :

— Ouais, une sieste, c'est une bonne idée.

Kaspian hocha la tête.

— Parfait.

Il se leva et attrapa le sachet de fragments de métal sur le bureau de Vesperus.

— Je ferai le point avec Nolan et Slater à leur arrivée.

J'arquai un sourcil. *Avant, pendant ou après ta sieste ?*

— Merci, dit Vesperus. Tiens-moi au courant de comment ça se passe.

— Ça marche, dit-il en inclinant la tête vers la porte. Allons-y, les amoureux.

Cara se leva et lui envoya un baiser que Larus attrapa immédiatement dans les airs.

— Non.

Kaspian rit en faisant un clin d'œil à la faë séductrice et les fit sortir du bureau de Vesperus.

J'attendis que la porte se ferme pour dire :

— L'art de la subtilité, ce n'est pas le fort de tes chefs.

Vesperus rit et fit le tour de son bureau.

— Ils le maîtrisent généralement bien mieux que cela. Mais ils savent clairement que toi et moi devons discuter de certaines choses. Et je crois qu'ils n'ont pas vu l'intérêt de le cacher.

— Alors pourquoi ne pas simplement dire : « Laissons à Vesperus et à sa nouvelle compagne un peu d'intimité pour qu'ils discutent de leur avenir », au lieu de prétendre qu'ils ont besoin de faire une « sieste » ?

Vesperus s'appuya sur le bord de son bureau et étira ses jambes qu'il croisa au niveau des chevilles.

— Tout le monde n'est pas aussi communicatif que toi, Nyx.

— La communication joue un rôle capital dans la plupart des situations, Roi.

— Je suis d'accord.

Ses iris argentés redevinrent normaux mais ses pupilles se dilatèrent alors qu'il me reluquait.

— Souhaites-tu continuer cette conversation sur le toit, ou ici, dans mon bureau ?

Je jetai un coup d'œil aux fenêtres, et remarquai le soleil couchant.

— Simple décision, Roi.

Je me levai et retirai mon pull, puis j'ôtai mes bottes et me penchai pour enlever mes chaussettes.

— Tu me donnes envie de rester dans mon bureau, dit-il d'un ton impassible.

Mes lèvres se retroussèrent.

— Tu es sûr de ça ?

Je me téléportai sur le toit pour finir de me déshabiller.

Il apparut quelques secondes plus tard, mes bottes et mon pull dans ses mains. Au lieu de lui faire une remarque sur sa capacité soudaine à m'emprunter mes ombres, il se contenta de poser mes chaussures par terre et de plier mon pull sur un banc à proximité.

— Alors tu sais te téléporter maintenant, dis-je sur le ton de la conversation.

— Apparemment, murmura-t-il. C'est très utile. Jusqu'où puis-je aller comme cela ?

— Normalement, ce qui importe, c'est davantage la vision d'un lieu que la distance, lui dis-je en finissant d'enlever mon pantalon. Mais plus tu te téléportes longtemps, plus ça demande de l'énergie.

Il hocha la tête en déboutonnant sa chemise, sa peau aussi luisante que la mienne.

— Crois-tu que cette capacité est liée à notre lien ou à ton sang ?

Je réfléchis depuis les marches de sa piscine.

— Peut-être les deux. Cela dit, tes iris ne ressemblent pas à des éclipses en ce moment, comme après que tu as bu de mon sang. Ce pouvoir pourrait donc découler de notre lien d'accouplement.

— Des éclipses ? répéta-t-il, son débardeur rejoignant sa chemise sur le banc.

— Tes yeux ressemblent à une éclipse solaire totale quand tu me mords.

Je souris.

— C'est assez beau à voir.

— Je pourrais dire la même chose de toi, rétorqua-t-il, son regard sur mes seins.

— Ton corps m'a déjà fait ce compliment, lui dis-je en contemplant son entrejambe.

Il ne s'en offusqua pas, à la place, il choisit d'enlever son pantalon et son caleçon pour m'offrir une meilleure vue. Ensuite, il se tourna pour les plier, comme le reste de nos vêtements, avant de ramasser mon pantalon pour l'ajouter à la pile.

— Tu es si soigné et bien élevé, le taquinai-je.

— Ma mère serait fière de cette remarque.

Il se redressa et s'approcha de moi, son superbe corps bien en vue.

— Tu comptes rester ici ou me rejoindre dans l'eau ? demanda-t-il en passant devant moi sur les marches.

J'admirai la vue encore un instant avant de le suivre dans la piscine chauffée.

— Je commence à penser que l'eau est notre élément, confiai-je.

Je suppose que cela pourrait être approprié, étant donné mon contrôle sur les marées. Cela dit, ce pouvoir était davantage lié à ma relation avec la lune qu'avec l'océan lui-même.

— L'eau et la vérité, s'émerveilla-t-il en se mettant sur le dos pour flotter un peu. Bon, je suppose qu'on devrait discuter des implications de notre lien de compagnons, puisqu'il n'y a plus de retour en arrière possible maintenant.

— Je pense qu'on sait tous les deux ce que cela implique dis-je en nageant vers lui. Notre avenir est lié, que nous y soyons prêts ou non.

— En effet.

Il ferma les yeux alors que les derniers rayons du soleil disparaissaient.

— Les autres chefs ne seront pas contents de mes nouvelles capacités. Je peux me téléporter et invoquer de la poussière d'étoiles. Je ne semble plus avoir besoin d'autant de sang qu'avant et je trouve que le soleil ne me dérange plus du tout maintenant. Je peux le fixer sans en sentir la brûlure.

— C'est rare ? lui demandai-je par rapport à ce qu'il venait de me dire sur le soleil. J'ai vu beaucoup de vampires se déplacer en plein jour ici.

— La lumière ne nous fait pas mal aux yeux mais nos sens s'affinent avec l'âge, alors le soleil me gêne souvent, ou plutôt il me gênait, jusqu'à aujourd'hui.

Il s'arrêta de flotter et s'avança en repliant les jambes dans l'eau pour se mettre à ma hauteur.

J'imitai sa position et me postai juste en face de lui.

— Donc tu es inquiet que les autres monarques n'acceptent pas ces changements.

C'était un résumé de ce qu'il avait déjà dit mais je soupçonnais que cela allait être le sujet central de cette conversation.

Son regard vint se poser sur ma bouche avant de revenir lentement vers mes yeux.

— Oui. Il y a environ cinquante ans, un portail s'est ouvert à Portland, dans l'Oregon. Ce n'était pas le premier de son genre, mais le premier qui n'a pas pu être caché aux humains. Il s'est ouvert au milieu d'une grande autoroute.

Mes yeux s'élargirent.

— Oh, ça a dû provoquer des dégâts.

— C'est peu de le dire.

Son expression me laissa entendre que les dégâts avaient dû être assez embarrassants.

— Le monde a changé radicalement. La magie s'est plus ou moins manifestée chez les humains. Elle a créé une variété d'espèces aux pouvoirs plus ou moins grands et a provoqué un bouleversement général. Tout cela a conduit au Grand Sacrifice.

— Le génocide, résumai-je en me rappelant notre précédente conversation. Celui qui a conduit à la trêve entre les Maisons.

— Oui. Ça a conduit à une guerre. Une tuerie de masse. Parce que chacun se battait pour des raisons différentes. Toutefois, le but de la Maison d'or et de grenat a toujours été la gloire et l'honneur. Nous avons protégé nos foyers et nous avons profité du sang des autres.

— Vous avez fait ce que vous deviez faire pour survivre, traduisis-je.

— Non, on a fait ce qu'on devait faire pour *prospérer*, corrigea-t-il. On était mieux préparés que la plupart, nos compétences étaient déjà affinées par notre passé de mercenaires. Bien qu'on ait beaucoup perdu, on a aussi beaucoup gagné. En plus de ça, nous sommes aussi parvenus à établir l'unité du royaume.

Je hochai la tête, comprenant ce qu'il voulait dire.

— Tes hommes et tes femmes travaillent bien ensemble.

— Oui.

Il pencha la tête en arrière pour regarder le ciel, ses cheveux noirs plongés dans l'eau.

Je fis de même, laissant l'eau chaude réchauffer ma tête avant de me redresser et de croiser son regard une fois de plus.

— Les Maisons ont conclu une trêve après cette nuit fatidique. C'est pour cette raison que c'est à la fois une célébration pour certains et une journée de commémoration pour d'autres. De nombreux êtres ont péri, de nombreuses vies ont été sacrifiées ce jour-là, tout cela au nom d'une paix fragile.

— Est-ce que la Maison d'or et de grenat célèbre ou commémore ce jour ? me demandai-je à voix haute.

— Nous sommes peut-être des mercenaires de la mort mais on ne la célèbre jamais. Nous nous souvenons de ceux qui sont tombés et nous les honorons par notre unité.

Cela concordait avec tout ce que j'avais appris sur son territoire et lui en tant que dirigeant.

— Tu ne considères pas cette nuit-là comme une victoire.

— Non, avoua-t-il. Je la vois comme un tournant dans notre histoire, que nous devrions apprendre à ne pas répéter.

— Ce qui nous ramène à ton inquiétude concernant l'acceptation par les autres chefs de ton changement de pouvoir, supposai-je.

— Ce qui me ramène à mon inquiétude concernant les Maisons, je me demande si elles nous permettront de régner, toi et moi, reformula-t-il. Mais il n'y a pas que ça, il est question de mon peuple. Kaspian avait raison quand il disait qu'il fallait voir s'il allait t'accepter ou pas. Ce qu'il n'a pas dit, c'est s'ils vont m'accepter ou non sous ma nouvelle forme.

— Si la Maison d'or et de grenat ne pense qu'à la gloire et l'honneur, alors elle respectera le renforcement de ton pouvoir, non ?

— Oui, elle l'honorera et la respectera, mais elle saura que ce ne sera peut-être pas le cas du reste du monde. Cette incertitude causera des troubles parmi les membres de ma Maison.

Je déglutis, comprenant ce qu'il voulait dire. C'était son travail de protéger son peuple, et pas l'inverse. Cependant, ce dernier pourrait être forcé de le faire si d'autres dirigeants n'approuvaient pas le renforcement de son pouvoir.

— Ton titre les mettra en danger, dis-je au bout d'une minute de silence. En supposant que les autres Maisons n'approuvent pas ces changements.

— Oui.

Il s'avança vers moi, posa la main sur ma nuque et m'approcha de lui.

— Mais tu as mentionné que personne ne défiait l'immense pouvoir du faux Odin, lui rappelai-je. Alors peut-être que ce qu'on doit faire, c'est leur prouver à tous qu'on peut diriger de la même manière.

— D'abord, ce n'est pas un faux Odin, murmura Vesperus, ses yeux argentés teintés d'une note d'amusement. J'espère vraiment t'entendre lui dire ça un jour.

— C'est un usurpateur pour moi, clarifiai-je. Je connais le vrai Odin.

— Oui, celui de ton monde. Je m'en souviens.

— De ma réalité, oui.

— Mais dans celle-ci, il est très réel. Et tu as raison, il est très respecté. Il n'est donc pas impossible qu'il soit un imposteur. Cependant, je m'inquiète de la rapidité avec laquelle cela a évolué. Beaucoup de Maisons vont voir ces changements comme une menace.

— Et si on gardait le silence ? suggérai-je. Facilitons-leur la tâche en leur montrant qu'on peut se contrôler.

— Pouvons-nous nous contrôler ? demanda-t-il sérieusement en scrutant mon expression. Je pense que c'est la principale préoccupation de Kaspian. Pour être honnête, c'est aussi la mienne.

— Je sais contrôler mon pouvoir, lui dis-je en fronçant les sourcils. Je l'ai fait pendant des milliers d'années.

— Mais tes capacités dépassent de loin tout ce qui est connu dans cette réalité, Déesse, murmura-t-il en traçant du pouce une ligne sur ma gorge. Contrôle ou pas, tes capacités sont intimidantes pour ceux qui ne les comprennent pas.

— C'est parce que les êtres de ton monde ne me laissent pas la possibilité de parler. Ils veulent juste me tuer.

— Je sais, répondit-il doucement. C'est ce qui m'effraie le plus, Nyx. Je sais ce que cela m'a fait d'avoir failli te perdre maintenant et je suis terrifié à l'idée de ressentir cela à nouveau.

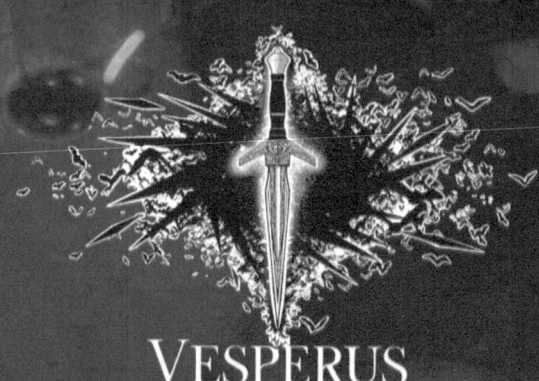

VESPERUS

Cet aveu venait de mon âme.

Je l'avais sentie mourir. Une partie de moi était partie avec elle. J'avais pris conscience à quel point nos esprits étaient liés dans cette vie, même sans être complètement liés.

À présent… nous l'étions totalement.

La perdre me détruirait comme personne d'autre ne le pourrait. Cela signifiait que, pour la première fois de ma vie, j'avais une réelle faiblesse.

Heureusement, cette déesse était capable de se gérer toute seule.

Malheureusement, elle était la cible des dirigeants de notre monde à présent.

— La plupart d'entre eux ont exigé ton élimination, soit que l'on te tue, soit que l'on te renvoie dans ton royaume, expliquai-je. Si ce sont mes deux seules options, je choisis ton royaume. Seulement, j'aurai besoin de venir avec toi.

Elle m'étudia attentivement.

— Tu viendrais avec moi ?

Je hochai la tête, ma décision déjà prise.

— Nos âmes sont liées pour le meilleur et pour le

pire, Nyx.

— Et ta Maison ? Ton trône ? Ta vie ici ?

Je la regardai fixement, la gorge serrée.

— Un bon chef sait quand il doit se sacrifier pour son peuple.

Elle cligna des yeux, le respect dans son regard m'indiquait qu'elle comprenait ce que je voulais dire.

— Si ce monde ne m'autorise pas à être avec toi, alors nous devons en trouver un qui l'acceptera.

C'était notre seul choix.

— Si tu pars, c'est comme si tu étais morte, et on sait déjà ce que cela me fera. Bon sang, on voit les effets désastreux d'une telle rupture dans les actions de Fallon.

Je grimaçai en pensant à la sorcière brisée après la mort de Klas. Même si je n'approuvais pas ses actions, je les comprenais dans une certaine mesure.

Pendant de brefs instants, j'avais senti mon âme se briser en perdant ma compagne. Fallon, elle, endurait cela depuis plus d'une semaine.

Cela n'excusait ni son comportement ni ses choix mais, d'une certaine façon, cela expliquait la folie de ses actions.

— Même si je parviens, je ne sais comment, à survivre à ton départ, quel genre de monarque serai-je ? Être roi signifie protéger sa Maison, honorer mon peuple et le protéger. Je ne peux pas le faire si je suis brisé.

C'était précisément la raison pour laquelle j'avais évité de me lier complètement à Nyx. Cependant, le destin avait d'autres projets pour nous, que j'avais acceptés parce que je ne pouvais rien faire pour les changer.

Des projets que je n'étais pas sûr de changer, même si je le pouvais.

— Je ne peux pas non plus protéger ma Maison si mes pouvoirs accrus créent des conflits avec les autres dirigeants. Mon peuple finira par se battre pour moi et non l'inverse. Je n'accepterai pas ce destin, pour eux ou pour moi-même. Je ne les mettrai pas en danger simplement pour rester sur mon trône.

Cela allait entièrement à l'encontre de mon rôle de roi.

Nyx posa la paume de sa main sur mon sternum, juste au-dessus de mon cœur.

— Tu es un bon chef, Vesperus Veritas. Tu es puissant et sage et je serais honorée d'être ta reine. Toutefois, j'accepte aussi que de régner dans cette réalité ne soit pas possible.

Mes lèvres se retroussèrent légèrement.

— Tu es honorée d'être ma reine, hein ? Même si je ne te l'ai pas officiellement demandé ?

— On ne peut pas demander à une déesse de régner, Roi. Elle le fait naturellement.

La plaisanterie était sous-jacente dans ses mots mais je vis son regard sérieux.

Cette femme ne s'inclinerait jamais.

Pas même devant un roi.

Toutefois, elle pourrait s'agenouiller pour moi, si je l'excitais comme il fallait.

Je la pris par la taille, l'autre main toujours dans sa nuque.

— Que fais-tu d'autre naturellement, Déesse ? demandai-je, mes lèvres à un cheveu des siennes.

Ses ongles s'enfoncèrent un peu dans ma peau, son autre main s'approchant de ma hanche.

— Je fais beaucoup de choses naturellement, murmura-t-elle, chaque mot effleurant ma bouche. Je gémis, je lèche, je *suce*.

Je cédai à l'envie de goûter sa lèvre inférieure avant de la couvrir de baisers jusqu'à son oreille.

— Mmm… mais est-ce que tu avales ?

— Seulement quand le goût de mon partenaire me

plaît, et il se trouve que j'aime le tien, chuchota-t-elle en venant poser sa bouche sur ma mâchoire.

Ses dents se plantèrent dans ma gorge, elle aspira mon essence et l'*avala*.

Ce n'était pas ce que j'avais voulu dire, elle le savait très bien, mais je la laissai tout de même faire. Putain, que c'était bon de sentir sa bouche sur moi, sa langue titiller ma blessure pour l'empêcher de se refermer tandis que ses endorphines pénétraient mon système sanguin.

— Putain, Nyx, soufflai-je en pressant ma queue contre son ventre plat.

J'avais déjà été mordu par des vampires mais je n'avais jamais ressenti ça. Sa morsure était un aphrodisiaque, elle me rendait si dur que j'étais presque prêt à éjaculer.

Cependant, elle attrapa mon sexe pour faire redescendre mon excitation montante. Son pouce sillonna mon membre jusqu'à en atteindre le bout.

Sa bouche quitta mon cou et sa langue remonta jusqu'à mes lèvres.

Elle m'embrassa alors.

Ce fut elle qui prit l'initiative, pas moi.

C'était elle, la déesse, qui me mettait moi, un roi, à genoux. C'était l'inverse de ce que j'avais prévu et pourtant, je m'abandonnai totalement à sa bouche, ses caresses, sa putain d'essence divine.

Ma poigne sur sa nuque se resserra, mon bras se figea autour d'elle et je lui rendis son baiser par des coups de langue révérencieux.

Ma déesse à moi.

Ses ongles enfoncés dans mon torse me laissaient comprendre qu'elle pensait presque la même chose. *Mon roi, à moi.*

— La lune se lève. Tu le sens ? chuchota-t-elle.

L'énergie effleura sa peau et la mienne.

— Oui, dis-je en effleurant sa lèvre inférieure avec mes crocs.

— Je la sens sur ma langue aussi.

Je la mordis, car j'avais besoin de son sang, et gémis quand elle serra ma queue.

— Non. C'est à mon tour de te goûter, Roi.

Elle me força à reculer, ses iris dorés me rappelaient deux pleines lunes, *scintillantes, attirantes, dévorantes.*

Je la laissai me guider, hypnotisé par son expression avide.

Cette femme était mon égale dans tout. Voire ma supérieure.

On m'avait donné la vie pour que je la traque, la dompte, la fasse obéir. Toutefois, elle avait prouvé qu'elle était une prédatrice, non une proie.

En cet instant, elle avait fait de moi sa proie.

Je nageai jusqu'au rebord de la piscine et m'assis dessus. Je lisais le désir dans son regard, les mots n'avaient plus aucune utilité.

Cependant, cela ne m'empêcha pas de dire :

— Tu as intérêt à faire plus que me goûter, Déesse. Je veux que tu me fasses toucher les étoiles.

— Quelle exigence pour un roi, songea-t-elle.

Les mains sur mes cuisses, elle se positionna entre elles pour m'embrasser.

Cette fois, elle se montra plus douce, le contact de ses lèvres fut plus une provocation qu'un véritable baiser.

— C'est ce que les rois font naturellement, Déesse. Nous ordonnons et tous les autres s'inclinent.

— Sauf moi, chuchota-t-elle.

— Sauf toi, acquiesçai-je.

Elle sourit contre ma bouche, puis m'embrassa et laissa glisser sa langue le long de mon corps.

Lentement, elle m'explora, ses lèvres vinrent se poser

sur mes pectoraux et s'aventurèrent ensuite vers mon épaule et mon bras.

Sa langue sillonna le tatouage de ma Maison pendant qu'elle scrutait l'épée dorée plongée dans du sang dessinée dans ma chair.

Elle s'arrêta au niveau de la couronne posée sur le manche de celle-ci, puis elle suivit les chaînes et les gouttes de sang jusqu'à ma paume.

Elle mordilla ensuite ma chair avant de prendre l'un de mes doigts dans sa bouche.

Elle l'aspira.

— Petite nymphe de la lune séductrice, dis-je.

Je m'agrippai aux bords de la piscine sous moi et en fissurai presque le marbre.

— Déesse, corrigea-t-elle.

— Ma reine destinée, rétorquai-je.

Une lueur d'approbation brilla dans ses iris lorsqu'elle remonta le long de mon bras en le parsemant de baisers, avant de revenir sur mon torse. Seulement, cette fois-ci, elle continua plus bas, jusqu'à la ligne de poils sous mon nombril.

Je relâchai le rebord pour enfoncer mes doigts dans ses cheveux mouillés et soyeux. Elle releva ses iris dorés vers les miens avec une lueur insolente au fond d'eux, tandis qu'elle se baissait.

— Je vais vraiment te lécher maintenant, dit-elle contre mon gland.

Mon sang s'échauffa lorsqu'elle s'exécuta. Sa langue de velours décupla mon excitation d'une seule caresse.

— Tu vas m'être fatale, Déesse.

— Pourtant, je viens seulement de commencer, murmura-t-elle contre ma peau.

Elle mémorisa la taille de mon sexe, provoquant mes instincts les plus primitifs.

J'avais envie de prendre le contrôle, de lui dire comment me satisfaire, de la faire *avaler*.

Cependant, je ne voulais pas mettre fin à ce petit jeu trop tôt.

Elle désirait me maîtriser et je voulais la laisser essayer. *Essayer et y parvenir,* m'émerveillai-je en grognant lorsqu'elle me prit enfin dans sa bouche. *Si humide et parfaite.* Pile comme il fallait m'aspirer.

Et ses yeux… *bordel, ses yeux…*

Elle ne m'avait pas lâché du regard, ses iris étincelants de pouvoir.

Cette magnifique créature s'agenouillait pour moi, à sa façon, tout en s'assurant que je comprenne que nous étions tout de même égaux.

Quel cadeau.

Elle semblait avoir réussi le test d'endurance haut la main. Elle le prouva en me prenant plus profondément, jusqu'à ce que je touche le fond de sa gorge.

— Cette vision de toi va hanter mes rêves pour l'éternité, lui dis-je, la gorge sèche et la voix rauque sur la fin de ma phrase.

Elle émit un son approbateur, ses iris brillants d'une lueur vive.

De l'or liquide.

Des lèvres charnues.

Une putain de langue incroyable.

Déesse, je vais perdre la tête, lui chuchotai-je mentalement en acceptant ma chute. *Continue, oui, comme ça.*

Ses mains se glissèrent à l'intérieur de mes cuisses, ce qui me donna la chair de poule.

Je poussai un juron lorsqu'elle prit à nouveau mon membre profondément dans sa bouche pour masser le dessous de ma verge du bout de sa langue. Mon champ de vision s'obscurcit en réaction.

Mes yeux se rouvrirent sur son regard sensuel qui semblait me sourire, à deux doigts de me faire basculer dans la jouissance.

— Inspire un grand coup, Déesse, lui intimai-je en contractant les muscles. Je… je vais te noyer.

Elle frissonna, son impatience fit se tendre les muscles de mon bas-ventre. Mes doigts se resserrèrent dans ses cheveux, mon corps se contracta pour me laisser quelques secondes de répit avant de me vider dans sa bouche merveilleuse.

Toutefois, sa langue effleura la fente de mon gland. Son regard réclamait que je jouisse.

— *Nyx.*

Son nom m'arracha un sifflement tandis que des vagues d'extase submergèrent mes membres, firent se contracter mes muscles et me forcèrent à exploser dans sa bouche.

Elle avala toute ma semence autour de mon gland, prolongeant cet instant. Un frisson parcourut mon échine. Je soutins son regard tout du long, la laissai regarder l'effet qu'elle me faisait, tandis qu'elle avalait le fruit de mon plaisir avec avidité.

Mon orgasme semblait interminable, l'extase réchauffait tout mon être.

Mais elle ne s'arrêta pas, déterminée à me maîtriser.

Je la laissai donc faire.

Je la laissai remporter cette manche. Putain, elle m'avait détruit de la plus somptueuse des manières. Je le lui avais dit dans son esprit avec quelques mots choisis.

Lorsqu'elle eut terminé, elle rayonnait littéralement.

— Impressionné ? demanda-t-elle en agitant les sourcils d'un air lubrique.

— Tellement que je suis peut-être amoureux, confessai-je en utilisant ma main dans ses cheveux pour l'attirer vers moi. Que penses-tu de ma saveur ?

— Tu as le goût de l'ambroisie, chuchota-t-elle contre ma bouche en plongeant sa langue à l'intérieur pour me faire goûter. Je pense que je vais te lécher tous les jours, Roi Veritas.

— Seulement si je suis autorisé à te rendre la pareille, Déesse Nyx, répondis-je, en la saisissant par les hanches.

Elle poussa un cri lorsque je nous fis échanger de place à la vitesse de l'éclair, si caractéristique des vampires de mon espèce. Je l'allongeai sur le côté de la piscine et lui écartai les cuisses, sans toutefois me ruer immédiatement sur son entrejambe. Je m'attardai d'abord sur ses seins et suçai la poussière d'étoiles sur ses tétons roses.

Elle resserra ses jambes autour de moi en signe d'approbation. Les doigts dans mes cheveux, elle guida mes mouvements.

Nyx était le genre de femme qui savait exprimer ses désirs sans avoir besoin de les dire à voix haute. Pas besoin d'indications. Je savais déjà quoi faire. Je le prouvai en anticipant chacun de ses mouvements, jusqu'à m'aventurer plus bas afin de la vénérer comme il se devait.

Ses ongles se plantèrent dans mon crâne. Elle me pressa de continuer en gémissant mon nom.

Combien de fois crois-tu que je peux te faire jouir, Déesse ? J'ai promis que tu me supplierais d'arrêter…

Techniquement, c'était ce qu'elle avait fait hier soir mais pourquoi ne pas répéter cette prouesse ?

Au moins trois, répondit-elle d'une voix chaude, sensuelle et…

Je me figeai devant son clitoris et levai les yeux vers elle. *Je t'ai entendue dans mon esprit.*

Elle cligna des yeux.

Ah bon ?

Oui.

Ses yeux s'écarquillèrent.

Oh.

Je retroussai les lèvres contre elle. *Oh, en effet.* Cela rendrait les choses tellement plus amusantes. Je le prouvai en la léchant vigoureusement et grognai lorsque je perçus l'approbation qui émanait de son esprit. C'était comme si nous avions créé un nouveau lien qui nous permettait de nous *entendre*, pas seulement de parler.

J'en testai les limites avec ma langue et mes dents, l'amenant au sommet avant d'insérer deux doigts dans sa fente lubrifiée.

Elle gémit en cambrant les hanches contre moi, scandant mon nom par la pensée.

Elle palpita contre moi, son orgasme presque immédiat. Je continuai à la lécher et adorai sa façon de se contracter autour de mes doigts.

Cependant, elle m'avait estimé capable de la faire jouir au moins trois fois.

Ce qui me donnait envie de la faire jouir au moins quatre fois.

Vesperus, siffla-t-elle, ses jambes tremblantes autour de moi.

J'effleurai son clitoris des dents et la fis aussitôt basculer dans la jouissance. Ses cris furent entendus jusque dans les cieux.

J'eus une idée pour l'époustoufler.

Me fais-tu confiance, Nyx ? demandai-je en mordillant volontairement son petit bouton sensible.

Elle haleta en serrant davantage mes cheveux dans ses poings. *Oui.*

Je sentais dans mon sang qu'elle disait vrai, son corps vibrait sous mes caresses. Elle savait ce que je prévoyais de faire et elle l'anticipait.

Je comprends pourquoi le destin nous a liés, Déesse, lui murmurai-je. *Nous étions faits l'un pour l'autre.*

Elle répondit par un son inintelligible qui se transforma en hurlement lorsque je la mordis précisément sur le point le plus sensible de sa chair.

Immédiatement, elle s'envola pour son troisième orgasme.

Le goût de son excitation mélangée à son sang me fit grogner, le prédateur en moi se délectait de sa saveur délectable.

Je me rendis bien vite à l'évidence, c'était le meilleur breuvage que j'avais jamais goûté. Je la léchai, fis pénétrer mes crocs dans sa chair et entortillai mes doigts en elle.

Sa béatitude me rendit euphorique.

Nous continuâmes jusqu'à avoir le souffle coupé par l'effort. Ses joues étaient teintées d'une ravissante teinte rosée qui se prolongeait sur ses seins. La couleur rose mordoré de sa peau me donnait envie de recommencer à la baiser.

Mais ce n'était pas important.

L'important, c'était notre connexion, notre lien, notre *avenir.*

Je la pris alors dans mes bras et nageai jusqu'au centre de la piscine. Nous observâmes la lune monter dans le ciel.

Elle était rouge ce soir.

Une lune de sang.

Étrange. Je ne savais pas qu'elle était prévue pour ce soir.

C'est une bénédiction, murmura Nyx. *La lune approuve notre union.*

Elle se blottit au creux de mon cou pendant que je réfléchissais à ses paroles. *Notre union crée-t-elle des problèmes d'ordre surnaturel ailleurs dans le monde ?*

Elle secoua la tête. *C'est une projection, je crois que nous* sommes les seuls à la voir. *Mais cette lune de sang est annonciatrice de changements. C'est très probablement un message de Khaos.*

Khaos, ton créateur.

Oui, je suppose qu'il est comme un père, songea-t-elle en souriant contre moi. *Il nous envoie cette lune rouge en signe d'approbation.*

Son monde d'origine était plein de merveilles, un tout nouvel univers à explorer. Monde qui m'offrait potentiellement une toute nouvelle vie à vivre.

Cela signifiait que nous avions le choix.

Si mon monde ne l'acceptait pas, son monde m'accepterait, *nous* accepterait.

On réglera ce problème avec Fallon, pensai-je autant pour elle que pour moi. *Ensuite, on avisera.*

Je ne souhaitais pas quitter ma maison ni mon peuple, mais je devais également reconnaître que je l'avais servi un long moment, je l'avais formé et préparé à vivre sans moi.

C'était ce que faisait un bon roi, il s'assurait que son peuple soit prêt pour l'inévitable. Même si mon espèce pouvait vivre jusqu'à la fin des temps, je courais en ma qualité de roi des risques inhérents à ma fonction, comme celui d'une mort prématurée.

J'avais survécu à beaucoup de choses au cours de ma très longue vie.

Si Nyx finissait par accélérer la perte de mon trône, je l'accepterais.

Je l'acceptais, elle.

Ma compagne.

Mon avenir.

Dans un univers offrant une myriade de choix et d'opportunités.

Nous pouvons toujours essayer de les convaincre de nous laisser rester, chuchota Nyx. *Je ne veux pas t'éloigner de ton peuple.*

Je l'embrassai sur la tempe en la serrant contre moi.

Comme je l'ai déjà dit, Déesse, un bon dirigeant sait quand il faut se sacrifier pour son peuple. Je sens que ce moment approche. Il a besoin d'une figure solide, d'une personne qui puisse reprendre le flambeau et continuer à avancer.

Une personne comme Kaspian, déclara-t-elle.

Une personne comme Kaspian. Il le dirige déjà. Il est peut-être temps qu'il prenne la couronne.

Je me retirerais alors de mes fonctions de roi.

Je me lancerais alors dans l'exploration d'un univers dont je ne connaissais pas l'existence.

Avec cette belle déesse à mes côtés.

Cet avenir me semblait alléchant.

Mais nous verrions si le destin était d'accord.

NYX

Je fus réveillée par le bourdonnement de la magie sur mes bras. Cela me rappelait le matin où j'avais rencontré Vesperus, seulement cette fois-ci, ça avait l'air plus urgent.

Elle me donnait la chair de poule sur les bras et dans la nuque.

— Vesperus, murmurai-je, la main sur son épaule.

Pour une fois, il était au lit avec moi, les yeux fermés. Il était égaré dans un rêve auquel je ne semblais pas pouvoir l'arracher.

— Vesperus, dis-je d'une voix plus forte alors que mon cœur se mettait à paniquer.

Quelque chose clochait.

Je ne devrais pas avoir autant de mal à le réveiller.

Sa peau était froide sous mes doigts. Je posai la main sur son torse.

— *Vesperus*, réveille-toi.

Rien.

Pas de réponse.

Pas même un changement dans sa respiration.

Comme s'il était mort.

L'enchantement continuait à s'accrocher à moi, éveillant tous mes sens.

Une magie mortelle, pensai-je en tremblant. *Quelle est cette toile ?* Cela me rappelait des fils d'encre, ils rampaient sur ma peau et laissaient derrière eux un résidu indésirable.

Je ne le voyais pas, je le *sentais, de même que* ma magie me criait de réagir, de faire quelque chose, d'*écouter*.

Elle vibrait fortement dans l'air, combattant le filet sombre qui encerclait mes sens. Je clignai des yeux, le monde s'assombrit, puis réapparut pour ensuite plonger à nouveau dans la pénombre.

Qu'est-ce donc ? me demandai-je sans pouvoir m'arrêter de trembler.

Peut-être…

Peut-être devrais-je…

Je bâillai mais tout à coup, une vague d'énergie me vint et je rouvris brusquement les yeux.

— *Qu'est-ce donc ?*

La poussière d'étoiles sur ma peau ressemblait davantage à de la cendre qu'à des paillettes, de même que sur Vesperus, sa peau encore plus froide qu'avant.

Je me forçai à sortir du lit, l'effort fit trembler mes jambes. *Je me sens morte*, m'étonnai-je en frissonnant. *Et Vesperus semble… Non, il respire, mais…*

Il devenait gris.

Comme lorsque je me suis pris la balle, pensai-je, parcourue d'un frisson.

— Qu'est-ce qui provoque ça ? marmonnai-je en baissant les yeux sur l'enchantement qui vibrait.

Il semblait livrer une guerre contre les ténèbres et, d'après mes observations… les ténèbres l'emportaient.

Ce qui signifiait que je n'avais pas beaucoup de temps avant d'être à nouveau submergée.

Je m'emparai de mes vêtements de la veille, ceux que Vesperus avait rapportés avec nous de la piscine, et les enfilai, *lentement, bien trop lentement.*

Tout me paraissait aller au ralenti, mon corps ne semblait plus avoir l'énergie de bouger. Cependant, je me frayai un chemin au travers de ce voile d'obscurité en forçant mes membres à se plier à ma volonté, pendant que mon enchantement s'amenuisait petit à petit plus loin.

Quel est ce pouvoir qui arrive si facilement à détruire ma création ?

Je déglutis en me redressant et remis mes jambes en marche.

La magie du médaillon tournoyait, semblant dire : *Dépêche-toi !*

— J'essaye, lui dis-je d'une voix basse et mesurée.

J'avais besoin d'énergie pour parler et également pour marcher.

Je n'arriverai pas à me téléporter, pensai-je en quittant la pièce. *J'ai seulement besoin de trouver quelqu'un… n'importe quoi… qui puisse m'aider.*

Je traversai le couloir en ayant presque l'impression de ramper, mon cœur battait lentement. Pendant ce temps, ma magie dansait en formant de grands points d'exclamation. Soit elle demandait que j'accélère, soit elle m'encourageait, je ne savais pas bien, mais elle me donnait le tournis.

Si fatiguée.

Si… si sombre encore.

Où est la lumière ? Pourquoi fait-il si froid ?

Je frémis, mes paupières s'ouvrirent et me firent froncer les sourcils. *Viens-je de m'endormir dans les escaliers ?*

Il faisait à nouveau chaud, la lumière dorée de mon

enchantement était cerclée de noir. Il était encore plus faible qu'avant, son restant d'énergie perdait de son éclat.

À cause de son combat contre les ténèbres.

Je tentai de bouger plus vite, d'accélérer le rythme, mais la toile qui m'entourait était si lourde.

C'est comme essayer de se déterrer d'une tombe, pensai-je, et mes poumons fonctionnaient à peine.

Des points dansaient dans mon champ de vision, l'oxygène trop épars autour de moi.

Mais je refusais de m'arrêter.

Je refusais de *dormir*.

Le rez-de-chaussée apparut enfin mais pas une âme en vue. J'essayai d'ouvrir la bouche pour appeler quelqu'un mais je n'avais pas assez d'air.

Continuez, ordonnai-je à mes jambes.

Seulement, celles-ci se plièrent et me firent dégringoler les dernières marches. Tout tourna, mon dos et mon crâne me faisaient mal après m'être fracassée par terre.

Lève-toi, m'ordonnai-je à moi-même. *Lève-toi, lève-toi, lève-toi.*

La magie semblait prononcer mon nom, sa lumière terne luisait, me suppliant de ne pas m'arrêter là. Pourtant, je sentais… de la *terre*… qui m'écrasait. *Si lourde.*

Que m'arrive-t-il ?

Je déglutis et sentis un goût de terre dans ma bouche.

Impossible.

Suis-je… ?

Je toussai, le bruit de ma propre toux me parut étranger, comme sorti de nulle part, et rempli de… de…

Je touchai mes lèvres et recueillis de la cendre.

Rien n'avait de sens. J'avais davantage l'impression d'être dans un cauchemar que dans la réalité. *Suis-je en train de rêver ?*

Je fermai à nouveau les yeux et les rouvris ensuite dans

le noir total, tout autour de moi. L'odeur de terre fraîche s'infiltra dans mon nez. Un éclat d'énergie scintilla au-dessus de moi.

Ma magie mourante. Je levai la main pour la toucher, la couleur cendrée de ma peau était alarmante dans la nuit. J'étais trop pâle, telle une lune qui mourait.

Impossible.

Je refermai les yeux, me réveillant une nouvelle fois dans le palais. C'était comme si je me trouvais à deux endroits en même temps.

J'avais la tête qui tournait, la bouche sèche. Regarder par la fenêtre pour contempler le ciel nocturne me demanda un effort physique.

Soigne-moi, suppliai-je. *Donne-moi la force de réparer ça.*

La lune n'était pas en position optimale, le ciel était sombre mais pas suffisamment.

Je déglutis et tendis la main vers la fenêtre tandis qu'une once d'énergie fendait l'air vers moi. Je récoltai juste assez de poussière d'étoiles pour réveiller ma capacité de téléportation.

Dehors. Emmène-moi dehors.

Je visionnai le parc derrière la propriété.

Mais ce ne fut pas cela qui apparut devant moi.

Un cimetière, reconnus-je presque immédiatement, car les odeurs qui en émanaient étaient similaires à celles de mon rêve, ou de ma réalité, quelle qu'ait été la nature de ce moment.

J'ignorai tout en faveur de la lune, sa présence s'attardant dans le ciel étoilé.

J'inspirai, aspirant autant d'énergie que possible et la laissai chasser le froid dans mes membres.

Toutefois, cette magie pesante sembla réabsorber toute l'énergie qu'elle m'avait fournie lorsque je respirai de nouveau, des brins invisibles d'énergie ne cessant de se coller à ma peau.

Je grognai, irritée par l'enchantement qui avait été tissé en moi. En *nous*. Il entraînait une sensation de lourdeur dans l'air et semblait se répandre dans toute la ville. La source de sa toile était toute proche.

Je sentais la magie létale.

Mon médaillon apparut, affaibli, son mince filet de vitalité ondulant au loin, flottant, vibrant, palpitant.

Au-dessus d'une tombe.

Je me forçai à me mettre à genoux et m'agrippai à la terre. Le mouvement agita mon monde dans tous les sens.

La lune essaya de me soutenir, la poussière d'étoiles se mit à flotter autour de mon être en de grandes vagues dorées, en vain. Elle n'arrivait plus à percer l'obscurité qui recouvrait mon être.

La glace me piquait les bras, elle s'enfonçait dans ma chair et s'infiltrait dans mon sang.

Cependant, je continuai à ramper vers mon médaillon, me forçant à passer outre la douleur.

Dans le pire des cas, je peux changer de royaume mais alors… peut-être ne pourrais-je pas revenir.

Et Vesperus alors ?

Je ne pouvais pas le laisser ici, pas comme ça, pas en sachant ce qu'il ressentirait.

Je ne… je ne veux pas non plus le laisser.

Il m'appartient.

Je lui appartiens.

Nos âmes sont à jamais liées.

Il n'était donc pas envisageable que je change de royaume, même dans les circonstances les plus défavorables. C'était tout à fait exclu comme solution.

Peut-être que mon médaillon me donnerait l'énergie dont j'avais besoin pour survivre à ce maléfice, pour le rompre. Il faisait partie de moi, c'était une création douée de raison qui pourrait rompre cette épaisse toile cendrée.

La poussière d'étoiles continuait à grandir autour de moi, comme si elle essayait de pénétrer la magie invisible qui me suffoquait. Je ne pouvais pas la voir mais je savais qu'elle était noire.

Alimentée par la mort.

Je poussai, rampai et poussai encore. J'atteignis enfin mon médaillon affaibli. La magie lui avait fait reprendre sa forme originelle. Seulement il était calciné et s'effritait, sa vie mourrait avec mon enveloppe charnelle.

Peut-être même avec mon âme.

Je sentais le baiser de la mort qui m'attirait, me séduisait, m'intimait de me laisser aller.

Si fort, si attrayant, si… si… mauvais.

Je repoussai l'envie de m'en rapprocher, concentrée sur l'objet métallique dans ma main. *Mon médaillon.* Il frémit contre mes doigts et me donna les larmes aux yeux.

Je t'ai fait défaut, dis-je en le tenant fort, *mais je te ramènerai. C'est promis.*

Il n'y avait pas d'autres choix. Je ne pouvais pas l'utiliser pour changer de royaumes, pas de cette façon alors que je ne savais même pas si je pourrais revenir. *Je ne peux pas laisser Vesperus. C'est ma moitié, mon âme.*

Comment tout a-t-il pu changer si vite ? m'étonnai-je en baissant les yeux sur l'objet familier dans ma main. *Tu le savais, n'est-ce pas ? Tu savais que mon cœur existait dans ce royaume, alors tu as fait en sorte que je le trouve. Et maintenant…*

Maintenant je devais le récompenser en achevant la lueur d'énergie qui lui restait.

En l'absorbant en moi.

Pour combattre… pour combattre quoi exactement, ce maléfice ?

Mon médaillon serait-il suffisant pour cela ?

Il n'y avait qu'une seule façon de le savoir. *Je suis désolée, mon vieil ami. Tu as été un… intriguant compagnon dans ma vie. Je… j'aimerais avoir une autre solution.*

En guise de réponse, il trembla contre ma main et se réduisit en cendres, comme sur la plage quelques mois auparavant. Il ne disparut pas par ma volonté mais de son propre chef.

Il fuit, se dissimula, me troubla de nouveau.

Je ne… Je m'interrompis alors que l'énergie grésillait sur le sol.

Une odeur de terre fraîche. Celle-ci m'assomma presque, tant le souvenir olfactif qu'elle m'évoquait était *fort*.

Son goût persistait encore sur ma langue, mes yeux s'assombrirent tandis que je changeais de position… pour descendre sous terre.

Je clignai des yeux et fus à nouveau sur terre, les derniers filaments magiques de mon médaillon disparurent dans la nuit.

Mon cœur tambourina dans ma poitrine, j'eus la gorge sèche lorsque je pris conscience qu'il était parti, mort, tué par ce fléau enivrant de folie.

Tout ça pour me montrer… ce qui se trouvait sous cette tombe fraîchement creusée.

Je ne réfléchis pas au pourquoi du comment, je me mis simplement à creuser. C'était manifestement le dernier souhait de l'énergie du médaillon en son âme et conscience : que je déterre ce qu'il y avait sous terre.

Peut-être que tout cela n'est qu'un rêve, m'étonnai-je. Cependant, la terre sous mes ongles semblait réelle, tout comme la corde froide autour de mon cou, la glace recouvrant mes bras et mes jambes et la poussière d'étoiles qui tentait désespérément de percer le voile d'encre menaçant de me détruire.

J'ignorai tout cela, déterminée à déterrer le secret qui m'attendait en dessous.

Trop de terre. Il y a trop de terre !

Je râlai, agacée, car il me fallait un autre instrument que mes mains pour parvenir à creuser. Mais l'énergie…

Non. Il n'y avait plus de place pour l'échec maintenant.

J'étais une déesse, un être de la nuit. Le ciel noir était toujours à moi. Cette *lune* m'appartenait.

Je fermai les yeux et m'efforçai de me trouver un objectif, quelque chose à quoi me raccrocher, un moyen de me débarrasser temporairement de ce fléau redoutable.

J'ai besoin que la lune se rapproche.

C'était le seul moyen d'y mettre fin.

J'avais besoin d'un léger coup de pouce de sa part.

Toutefois, cette action allait bouleverser le monde, les marées et des innocents allaient en souffrir.

Alors je vais trouver autre chose, pensai-je en étudiant les étoiles pour tenter de déterminer ce qui pourrait me donner la force de continuer, d'accomplir mon objectif, de *vaincre* cette folie.

Je m'assis sur les fesses, le visage incliné vers le haut. *Aidez-moi. Donnez-moi votre pénombre et aidez-moi à briser cette malédiction.*

Les étoiles scintillèrent en réponse. La lune brilla un peu plus fort. Un torrent de poussière commença à tomber.

Il me recouvrit entièrement, ainsi que le sol et tout ce qui se trouvait dans mon champ de vision.

Malgré tout, cette couche invisible de poussière était toujours là

De la poussière d'étoiles apparut et m'évoqua de la neige, à ceci près qu'elle était dorée au lieu de blanche. Elle vibrait d'énergie qui suppliait d'être utilisée, absorbée, *acceptée*.

— Pénètre dans le sol, lui dis-je entre mes dents. Déterre ce qui git sous la surface et attend d'être exhumé.

Je frissonnai lorsque les étoiles accédèrent à ma demande. Leur pouvoir était d'une beauté écrasante et résolument puissant. Leurs perles scintillantes formaient une lame violente, tranchant la magie noire pour frapper la terre en dessous.

Je roulai hors de la tombe, lui donnant la liberté de travailler.

L'énergie vibrait et pulsait, les étoiles combattaient le maléfice et exigeaient que le bouclier mortel cède. Les deux entités se livrèrent à une guerre dévastatrice qui, soupçonnais-je, était ressentie dans le monde entier, alors que la nuit venait à mon aide, essayant de combattre la toile noire qui avait tenté de piéger sa reine.

Mais la glace continuait de couler dans mes veines, gelant mes membres et rendant mes mouvements difficiles.

Je pouvais à peine cligner des yeux.

Cependant, le sol bougea... les étoiles déterrèrent le mystère sous la surface... et révélèrent ce que mon médaillon avait essayé de me montrer.

Ce n'était pas l'autre moitié de mon âme, ni même une autre partie de moi-même. C'était simplement une femme aux cheveux sales, à la peau cadavérique et aux yeux d'émeraude qui ne brillaient plus et ne voyaient plus rien sur cette terre.

Je reconnus son visage à cause de la douleur gravée dans ses traits figés.

Ma magie avait essayé de me conduire à...

Fallon Doyle.

NYX

Je contemplai la femme à côté de moi tandis que la poussière d'étoiles repartait dans le ciel une fois mon vœu exaucé. Toutefois, je ne comprenais pas. *Comment a-t-elle pu atterrir ici ? Pourquoi est-elle là ?*

Elle n'était pas vraiment morte. Je sentais son esprit toujours présent. Elle avait été mise là, récemment peut-être.

Enterrée six pieds sous terre.

De sorte qu'à chaque fois qu'elle reviendrait à la vie grâce à son pouvoir d'immortalité… elle mourrait de nouveau.

Mais pour combien de temps ? Et pourquoi ?

Je continuai à l'observer, mon corps incapable de bouger à cause de ce maléfice fatal… celui qui me transformait en cadavre.

Je me demandais distraitement s'il impactait également Fallon quand la vie revint dans ses iris. Elle se mit à trembler vigoureusement et à chercher de l'air. L'instant d'après, elle commença à tousser et à vomir de la terre et ces bruits me retournèrent l'estomac.

Pourtant, je ne pouvais toujours pas bouger, ni même réagir, à part bouger les yeux, la scruter, l'observer. En me demandant ce qu'elle allait faire quand elle prendrait conscience de ma présence.

Elle sembla alors se figer en sentant sûrement mon regard sur elle.

Cependant, au lieu de me regarder, elle baissa la tête et murmura :

—Je... je suis désolée. S'il te plaît... s'il te plaît ne...

Elle tremblait, j'entendais à peine ce qu'elle soufflait. Elle avait pourtant l'air si brisée et seule, je ressentais son âme abîmée plus que je ne la voyais.

Un silence étrange s'abattit avant qu'elle se remette à bouger, regardant à peine des deux côtés. De là où je me trouvais, je ne voyais pas son expression.

— Klas ? chuchota-t-elle.

Je fronçai les sourcils.

Appelle-t-elle son compagnon mort ?

Je ne pouvais pas répondre, mes lèvres étaient gelées.

— Klas ? répéta-t-elle. Est-ce que tu... ?

Elle se braqua comme si elle s'attendait à une attaque. En l'absence de réponse à sa supplique, elle se redressa un peu pour regarder autour d'elle. Elle sursauta en me voyant derrière elle.

Elle se leva d'un bond et fit plusieurs pas en arrière, la main sur la bouche. Puis elle scruta le sol et parcourut des yeux le cimetière.

— Oh, non...

Elle secoua la tête, des larmes apparurent dans ses yeux verts.

Éprouvait-elle des remords d'avoir jeté ce sort, ou était-ce autre chose ?

Il me vint ensuite à l'esprit que je pourrais peut-être le lui *demander, grâce à Vesperus.*

Est-ce que tu m'entends ? lui demandai-je, curieuse de savoir si je possédais maintenant ce pouvoir.

Elle ne répondit pas mais continua à me fixer.

Peut-être que je m'y prends mal. J'essayai de me concentrer sur son esprit, sur elle, et réitérai ma question par la pensée.

Toutefois, elle ne réagit pas.

Vesperus ? tentai-je en me demandant si je pouvais lui parler dans son état comateux.

Silence.

Je voulus froncer les sourcils mais je ne le pus pas. Je me contentai donc de cligner des yeux, dans l'espoir que la femme comprenne que je n'étais pas encore morte.

Elle me dévisagea.

— Qu'es-tu ? demanda-t-elle en scrutant mon corps à la recherche d'indices susceptibles de la renseigner sur ma nature. Non, attends. Je te connais. Tu... tu étais dans la rue...

Ses lèvres s'entrouvrirent.

— Klas t'a tiré dessus.

Klas ? Ton compagnon mort ?

Elle fronça les sourcils en me regardant.

— Comment es-tu... ? Comment es-tu en vie ?

Je suis une dure à cuire, voulais-je lui dire. *Cela dit, ta magie déploie de considérables efforts pour me paralyser.*

Du moins, je supposais que cette magie lui appartenait.

Je voyais le pouvoir dans ses yeux, je sentais la noirceur de son énergie et me demandais si elle était en pleine possession de sa raison avec cette aura fracturée autour d'elle.

Elle déglutit en se concentrant sur le cimetière et les arbres au-delà.

— Bons dieux, il l'a fait, n'est-ce pas ? chuchota-t-elle, les poings serrés sur les côtés en secouant tristement la tête. Il l'a enfin fait.

Enfin fait quoi ? voulus-je lui demander. *Parle-t-on toujours de Klas ?*

Elle tripota un bracelet sur son poignet, le regard distant.

— J'ai essayé de l'arrêter mais… mais je n'ai pas pu. C'est… c'est mon compagnon.

Elle secoua la tête, puis fronça les sourcils en regardant sa main.

— Mon talisman…

Son attention se porta sur la tombe, la panique qui la gagnait était palpable alors qu'elle retournait en courant sur la tombe de laquelle elle venait d'être exhumée. Elle se mit à creuser frénétiquement.

— Où est-il ? Où es-tu ?

Elle avait l'air folle.

— Où es-tu ?!

Elle était dans tous ses états à présent, les yeux envahis de larmes tandis qu'elle répétait :

— Non, non, non. Dis-moi qu'il ne t'a pas enlevé. Dis-moi qu'il ne t'a pas trouvé.

Que cherches-tu ? Je ne comprenais pas le comportement de cette femme.

Elle se figea, son regard revint lentement vers moi.

— Tu viens de dire quelque chose ?

Pas à voix haute.

Elle écarquilla les yeux.

— Comment fais-tu ça ?

Tu m'entends ?

— Bien sûr que je t'entends. Tu es dans mon esprit.

Elle posa ses paumes de mains à plat sur ses tempes et commença à trembler.

— Je suis en train de devenir folle. Il a fini par le faire. Il m'a finalement brisée en entier.

Qui ? demandai-je, plutôt que de dire qu'elle avait manifestement sombré dans la folie il y a quelques minutes.

— Klas, siffla-t-elle, mon compagnon.

Elle se mit à faire les cent pas, les mains toujours sur la tête.

Il est mort.

Elle ricana.

— Non, pas du tout.

Elle grimaça, puis regarda de nouveau sa tombe.

— Et il a pris mon talisman.

Ton talisman ?

Elle hocha la tête et fronça les sourcils.

— Il m'apaisait. C'est lui qui m'a conduite à toi l'autre jour, ou peu importe quand c'était, avant que… avant que Klas…

Elle déglutit et me regarda.

— Comment as-tu survécu à ce maléfice ? Nous avions utilisé un sortilège de décomposition très puissant.

Son front se plissa.

— Et comment se fait-il que tu sois éveillée à présent ?

La nuit, dis-je en regardant le ciel encore sombre. *Elle me donne le peu qu'elle peut… pour me maintenir dans cet état. Mais ton maléfice est…*

Elle écarquilla les yeux.

— Mon maléfice ? Oh, non. Ce n'est pas moi qui ai fait ça…enfin si… mais non.

Je la regardai fixement.

C'est toi qui as fait ça mais ce n'est pas toi ?

— Oui. C'est mon pouvoir, mais… mais ce n'est pas moi qui l'utilise.

Elle regarda autour d'elle et murmura à voix basse :

— C'est lui.

Lui, Klas ? devinai-je sans vraiment suivre sa logique.

— Oui. Il boit mon sang et… et il utilise ma magie.

Elle avait l'air de se sentir honteuse, ses épaules s'affaissèrent tandis qu'elle enroulait ses bras autour d'elle.

— Je n'aurais pas dû te dire ça.

Quelle est ta magie ? demandai-je en l'ignorant. *Comment est-ce que tu… je veux dire, comment la manipule-t-il pour faire ça ?*

— C'est une forme de nécromancie, la magie de la mort.

Elle s'exprimait de nouveau tout bas, comme si elle avait peur que quelqu'un nous entende.

Oh. Cette explication… faisait étrangement sens. Cela expliquait mon état, tout comme le fait que j'avais failli mourir.

Son don était l'exact opposé du mien. Je créais la vie. Elle contrôlait la mort.

Et ton compagnon a utilisé ce don, en déduisis-je en réfléchissant à ce qu'elle m'avait dit. *Dans quel but ?*

Il était l'un des mercenaires de Vesperus, non ? Pourquoi utiliserait-il ces pouvoirs pour nuire à la Maison d'or et de grenat ?

— Il veut détruire…

Le sol se mit à trembler autour de nous, coupant court à son explication et la faisant tomber à genoux.

— Oh non, chuchota-t-elle. Il initie la prochaine phase.

La prochaine phase de quoi ?

— Il compte ressusciter les morts.

Je fronçai les sourcils mais comme la terre continuait à bouger, je compris ce qu'elle voulait dire… les cadavres dans ce cimetière. *Pourquoi ?*

— Pour les tuer tous, déclara-t-elle, les yeux écarquillés. Je devrais y aller.

Non, ordonnai-je sèchement.

Elle se figea.

Tu devrais m'aider pour que je puisse l'arrêter.

Elle me fixa.

— Je ne peux pas faire ça. Si je neutralise le sort, il le sentira.

Donc tu es d'accord avec tout ce qu'il fait ? questionnai-je, sincèrement curieuse.

— N-non, balbutia-t-elle. Mais… mais c'est mon compagnon.

Je ne comprends pas ta logique.

— Je ne peux pas… Je ne peux pas lui dire non. C'est… c'est ma moitié.

À ces mots, elle grimaça, ses yeux s'enflammèrent d'une lueur qui contredisait ses paroles.

— Je dois l'aider.

Elle se tourna raidement, presque comme si une partie d'elle souhaitait rester et que l'autre la forçait à partir.

Attends. Parle-moi de ton talisman. Raconte-moi comment il parvient à t'apaiser.

Elle avait dit plus tôt qu'il l'avait menée à moi, ce qui prouvait que ce n'était pas un morceau de métal ordinaire.

De plus, la façon dont elle se figea, comme si elle combattait une envie irrépressible de partir en même temps qu'elle voulait rester, suggérait que quelque chose d'autre se tramait. *Quelque chose lié à son aura fracturée*, compris-je en gardant cette observation pour moi. Du moins, c'était ce que je pensais, car elle ne réagit pas.

À la place, elle toucha à nouveau son poignet.

— Il m'apaisait, murmura-t-elle. J'ai… j'ai besoin de le trouver.

Elle repartit sur sa tombe, à la recherche de l'objet qu'elle ne pourrait pas déterrer, je le savais. Parce qu'il était parti. Sa dernière demande avait été de me trouver.

Pour une raison inconnue, mon médaillon avait lié nos destins. Peut-être parce qu'il avait voulu que je répare son esprit brisé, ou bien avait-il vu quelque chose que je ne pouvais pas voir.

Quoi qu'il en soit, nous vivions ensemble ce moment.

J'avais besoin qu'elle me libère de ce maléfice avant que l'armée de morts surgisse autour de nous.

Chose qui semblait imminente, car le sol avait arrêté de trembler. Quel que soit le sort que Klas avait jeté, il s'ancrait dans les tombes autour de nous.

En supposant que c'est lui qui a fait cela et pas elle. Mais non, je… je la croyais. Quelque chose dans sa façon de parler et son attitude me disait qu'elle était sincère.

Un autre don hérité de Vesperus, peut-être ? m'étonnai-je, à la recherche de notre lien. Il demeurait silencieux mais mon âme le sentait, ce qui m'apaisait.

Cependant, je soupçonnais que cet apaisement ne durerait pas longtemps.

— Où est-il ? demanda Fallon, à nouveau frénétique. J'ai besoin de toi, s'il te plaît, tu es le seul qui puisse m'aider. Je… j'ai les idées claires… avec… avec toi…

Elle se mit à grogner, sa fureur palpable secoua mes sens et me fit écarquiller les yeux.

Elle se tourna ensuite vers moi et m'envoya une explosion de pouvoir qui me fit crier. Le filet invisible se retira alors de mon esprit, me libérant de son emprise mortelle.

Elle recula de plusieurs pas en titubant et chuta dans sa tombe.

— Oh non, siffla-t-elle, non, non… je… je n'aurais pas dû faire ça. Il ne va pas être content. On… je… je soutiens… je… liée. Nous sommes liés. Les compagnons se soutiennent. Ils se chérissent. Ils *s'aident*. Oui…

Sa voix n'était plus apeurée, elle scandait presque ses paroles. Ces mots prononcés à voix haute ne semblaient pas les siens.

C'est le maléfice qui parle, compris-je.

Elle se mit à s'élever de sa tombe, son pouvoir enveloppa mon corps et me remplit de terreur.

Je n'avais pas envie de combattre cette femme. Son compagnon l'avait manifestement soumise, voire ensorcelée.

Ou quelqu'un d'autre, pensai-je alors que mon corps absorbait avidement toute la poussière d'étoiles restante dans les airs.

— Il faut qu'on l'aide, dit-elle d'une voix toujours distante qui n'était pas la sienne. C'est mon devoir, ma place, ce que je suis dans ce monde... la compagne de Klas.

Un maléfice, assurément. Il va me falloir un grand pouvoir pour le rompre.

J'avais besoin que cette sorcière se ligue à mes côtés, pas contre moi.

Je pourrais combattre sa magie mortelle et tenter de l'envoyer au tapis, mais la ressusciter serait bien plus facile. Après tout, j'étais un être de la création. Réparer une âme était en mon pouvoir.

La poussière d'étoiles s'accumula dans ma paume, prête à recevoir mon ordre, tandis que ses lèvres se mettaient à psalmodier un sort ancien, rempli de sombres filaments magiques.

— Tu ne veux pas me faire de mal, lui dis-je doucement. Ce n'est pas toi qui parles.

Je le savais, j'avais vu la vraie femme dans ce regard fougueux et dans le souffle de puissance qui m'avait libéré de mes chaînes.

— C'est mon devoir, ma place, ce que je suis dans ce monde, je suis la compagne de Klas, dit-elle en prononçant une variation différente de son chant précédent.

— La vie réserve tant d'autres choses que d'être la

compagne de quelqu'un, lui promis-je. Le devoir d'un compagnon est d'être un partenaire, pas de t'enterrer et d'abuser de tes pouvoirs. Ta place n'est pas avec lui, Fallon Doyle. Ta place est avec *toi*.

Je soufflai la poussière d'étoiles dans sa direction en faisant le vœu qu'elle redevienne entièrement elle-même, qu'elle soit une femme à part entière, qu'elle soit *guérie*. Les cristaux dorés chauffèrent et la ressuscitèrent.

Elle ne réagit pas au début, les yeux révulsés, confus.

Puis elle hurla lorsqu'une vague d'énergie sortit d'elle et s'engouffra dans la terre.

J'en perdis l'équilibre mais je me téléportai de l'autre côté d'elle, observant son âme fragmentée se recoller en un seul morceau.

Elle tomba à terre, les genoux contre sa poitrine alors qu'elle tremblait violemment, réagissant à mon pouvoir. Je vis presque le sort se défaire, et les liens qui l'avaient enserrée se faner pour mourir.

Il ne laissa derrière lui qu'une femme enragée.

— Bonjour, Fallon, dis-je en contournant lentement la sorcière pour croiser son regard brûlant. Mon nom est Nyx. Je crois qu'on a un peu de magie en commun.

Je regardai son poignet.

— Ou du moins, c'était le cas avant que ton compagnon ne l'anéantisse.

Elle me regarda fixement, vibrant de colère.

— Il a utilisé un sort d'obéissance sur moi. Il m'a forcé à le *vénérer*.

Bon, tout devint plus clair tout d'un coup.

— Alors tu vas m'aider à l'arrêter maintenant ?

Elle grogna.

— Je vais faire mieux que ça.

J'arquai un sourcil, attendant qu'elle poursuive.

— Je vais t'aider à tuer ce salaud.

Elle s'écarta du sol, les mains légèrement tremblantes, sans doute à cause d'un relent de rage

— Où est-il maintenant ?

Elle secoua la tête.

— Quelque part au village. Je sais comment l'attirer à l'extérieur.

J'absorbai encore de la poussière d'étoiles, j'en avais besoin pour renforcer mon esprit et essayer de la transmettre à Vesperus à travers notre lien.

— Je t'écoute. Que suggères-tu ?

— Je suggère de faire ceci.

Elle posa les mains sur le sol et le percuta d'une vague de puissance qui m'obligea à me téléporter pour ne pas tomber.

Elle cria alors en brisant le sort qui subsistait dans l'air, libérant d'un seul coup tout ce qui avait été touché par la mort.

Je le sentis partir, tel un brouillard de mauvais augure dérivant au loin. Sa puissance se dissipa presque immédiatement.

Elle envoya une autre onde de choc dans le sol qui, supposais-je, était destinée à arrêter ce qu'il avait essayé de faire dans le cimetière.

Elle me regarda ensuite.

— Maintenant on attend.

— On attend quoi ?

— Qu'il vienne à nous.

VESPERUS

Je t'avais dit de ne pas la sous-estimer, siffla une voix tout près, attirant mon attention. Elle n'est pas de ce monde.

— C'est pour ça qu'on a un plan B, répliqua un homme. J'ai appris il y a longtemps à ne jamais me fier à une femme, encore moins une *compagne*.

Le venin présent dans ce mot sembla refroidir l'air.

Sauf que non, ce n'était pas ça qui avait provoqué le refroidissement. C'était autre chose, quelque chose que je sentais au fond de moi, dans mon âme. *Le gel, le froid, la mort.*

Cela me rappela la première fois que j'avais eu faim. Même si j'étais né vampire, je n'étais devenu immortel qu'à la fin de ma vingtaine. Ce fut là que l'envie de sang me frappa pour la première fois.

Le monde était différent à cette époque.

J'avais tué sans remords, conscient que tout ce dont j'avais besoin pour survivre, c'était du sang.

Cependant, je m'étais senti si froid ensuite, le goût de leur mort m'était resté sur la langue. Comme maintenant, seulement il n'était pas question d'une soif de sang ou d'un bain de sang. Cette sensation mortelle était le résultat d'un maléfice.

Nyx ? murmurai-je en cherchant son esprit tout en écoutant les intrus dans ma chambre.

Ils s'approchaient du lit.

Mes membres étaient trop engourdis pour que je réagisse, mon esprit me semblait la seule partie de moi encore alerte. *Nyx ?* tentai-je à nouveau.

Vesperus, souffla-t-elle, tu *es réveillé.*

Pas totalement. Je… eh bien, je ne suis pas sûr de savoir dans quel état je suis.

C'est de la nécromancie. Fallon possède de la magie mortelle. Son compagnon, Klas, l'a imbibée de son sang.

Klas ?

— Vite, dit l'une des voix. Il va bientôt se réveiller.

Mon esprit cherchait le nom de celui à qui appartenait cette voix familière.

— Fallon vient de rompre le sort, marmonna l'autre. On a le temps. Fais-moi confiance.

Je n'avais pas suffisamment parlé à Klas pour savoir si c'était lui ou pas. Mais… *Klas est mort.*

Non. Je n'ai pas encore abordé ce point avec Fallon mais je suppose qu'il a utilisé sa magie pour se faire passer pour mort. Les paroles véridiques de Nyx s'insinuèrent dans mon esprit.

Comment le sais-tu ? Où es-tu ?

Dans un cimetière. Je me suis réveillée à cause de mon médaillon. Mais il… il est parti maintenant.

Parti ?

Je t'expliquerai plus tard, dit-elle rapidement. *J'ai besoin de toi. On se prépare à piéger Klas.*

Je ne crois pas qu'il va venir, dis-je alors que quelque chose me piquait le bras. *Il… il… est là.*

Quoi ?

Dans… putain, ça brûle. Tout mon corps se mit à brûler,

j'étais emprisonné dans mon esprit, incapable de réagir. *Putain !*

Vesperus ? Vesperus ?!

Il est… là… Nyx. Chambre. Putain, je sentais… je sentais… je déglutis, ou du moins j'essayai. Le… le noir se fit.

Le silence se fit.

Mystérieusement.

Tout devint trop calme.

Nyx… ?

Pas de réponse.

Aucun son.

Rien… rien du tout.

NYX

Vesperus ! criai-je, mon cœur martelant dans ma poitrine.

Non, non, non. Quelque chose ne va pas du tout.

Je le sentais s'insinuer dans mes veines, brûler mes entrailles, enflammer mon âme, m'incendier de l'intérieur, *détruire* la magie au fond de mon cœur.

Mon Vesperus.

Mon compagnon.

— Il faut qu'on y aille, dis-je à Fallon.

— Non, on doit attendre, répondit-elle. Fais-moi confiance. Il va venir.

Je secouai la tête.

— Non. Il est avec Vesperus. Il… il lui a fait quelque chose.

Je palpai ma poitrine en sentant la douleur s'étendre.

— On doit aller le voir.

— Quoi ?

— On doit aller voir Vesperus, répétai-je, ma voix se

réduisant à un râle alors que mon énergie commençait à diminuer rapidement. M… maintenant.

Je tentai de me téléporter mais atterris seulement trois mètres plus loin.

Tout mon corps me faisait mal, notre lien se fracturait… me déchirait… me *tuait*.

Non, *il le tuait.*

Oh astre… je trouvai la lune dans le ciel et remarquai la poussière scintillante qu'elle avait laissée derrière elle. *Pas maintenant. Ne me quitte pas maintenant.*

J'avais besoin de sa force. J'avais besoin de la nuit. J'avais besoin de *Vesperus.*

Je réunis toute mon énergie, tout ce que je possédais, et réclamai à mon esprit qu'il se téléporte dans une partie du monde où la lune était pleine.

Cependant, je ne parvins qu'à produire un filet de poussière.

Ça sent mauvais. Très mauvais.

Une main attrapa mon épaule pour me relever. Je ne m'étais même pas rendu compte que j'étais tombée, les jambes affaiblies.

— Que ressens-tu ? demanda Fallon.

— *La mort*, lui dis-je en frissonnant. Mais c'est… c'est chaud. Comme la balle…

Elle hocha la tête.

— Il a dû tirer sur Vesperus avant qu'il ne puisse se remettre du sortilège de sommeil.

— Le sortilège de sommeil ? répétai-je en claquant des dents.

— Oui. C'est ce que fait le sort qu'il a jeté sur la ville, il plonge tout le monde dans un sommeil mortel. Ils ne se réveilleront pas à moins d'être libérés, et seulement s'ils sont libérés à temps pour pouvoir récupérer.

Elle me regarda.

— C'est le sort que j'ai rompu sur toi et sur la ville à l'instant.

Ce côté de Fallon était très différent de celui que j'avais déterré. Elle était bien plus sûre d'elle à présent.

Elle me regardait avec un air lugubre.

— S'il a tiré sur Vesperus…

— Ne finis pas ta phrase, dis-je en contractant la mâchoire. Il faut… il faut qu'on aille… le voir.

Et j'ai besoin de ma lune, pensai-je en contemplant le ciel étoilé. Je tentai à nouveau de me téléporter mais rien ne se passa. Mon âme reniait ma capacité à bouger rapidement.

Cependant, Fallon m'aida à avancer, elle nous guida hors du cimetière dans une rue non loin.

J'ignorais où nous étions, à quelle distance nous nous trouvions du palais, si nous étions toujours à Reykjavik ou même si elle m'y menait.

Toutefois, je sentais dans mon âme que je pouvais avoir confiance en son aide. C'était un instinct qui appartenait plus à Vesperus qu'à moi.

Il cerne les gens, pris-je conscience. *Il m'a cernée.*

Voilà pourquoi il m'avait fait confiance dès l'instant où nous nous étions rencontrés, la raison pour laquelle il n'avait pas vraiment combattu notre lien.

Notre rejet n'avait sans doute pas fonctionné parce qu'aucun de nous deux ne l'avait voulu. La rupture que nous avions ressentie avait été superficielle, nos esprits l'avaient acceptée mais pas nos âmes.

Je ne suis pas un être de ce monde. Je suis autre chose, une créature qu'aucun de ces êtres surnaturels n'avait jamais vu.

J'avais obéi à leurs règles, majoritairement, et je m'étais montrée polie. J'avais contrôlé et fait l'étalage de mon pouvoir sans qu'ils se rendent compte réellement de ce qu'il était.

Il était peut-être temps d'être simplement moi. Au diable les conséquences.

Vesperus en vaut la peine, il est à moi. Simple déclaration de mon âme. Nous étions censés avoir une éternité pour le découvrir, pas quelques semaines.

Mon médaillon ne m'avait pas forcée à rester ici pour rien. Il voulait que je sauve Fallon Doye. Il voulait que je trouve Vesperus Veritas.

— Tu commences à luire, murmura Fallon.

— Parce que je suis énervée, déclarai-je.

Les yeux plissés, je réfléchis à tout ce que j'avais vécu dans ce royaume, tout ce que j'avais trouvé, tout ce que j'étais sur le point de perdre.

Et je ne savais même pas *pourquoi*.

— Pourquoi fait-il ça ? demandai-je.

Mon courroux ne cessait d'augmenter, me remplissant d'une nouvelle rage qui demandait du sang, qui me donnait envie de *tout* massacrer sur mon passage.

— Le vote, marmonna Fallon. Vesperus a voté en faveur de la maison de la mort et du diamant. On a perdu notre maison dans la foulée. Klas ne l'a pas bien pris.

C'est à cause du vote ?

— Mais il était déjà en colère. C'est un mercenaire de bas niveau depuis des décennies et il estime qu'il devrait monter en grade plus rapidement. Il a ensuite découvert que Vesperus avait approuvé le vote, cela lui a encore prouvé que notre roi ne se souciait pas de son bien-être.

— Donc il l'a pris personnellement.

— *Très* personnellement. Mais c'est Klas. Tout tourne autour de lui. Si quelqu'un jette un coup d'œil dans notre direction, c'est pour l'évaluer. Si on nous coupe la route, c'est intentionnel et pour le provoquer. Si on lui a attribué un rang de bas niveau, c'est parce que Vesperus et les autres l'ont sous-estimé. Il est…

— Narcissique, achevai-je pour elle sans pouvoir cacher le mépris dans mon ton.

Tout ça parce que Klas se sentait délaissé par une décision qu'il n'avait pas eu à prendre, décision qui avait eu un impact plutôt positif.

Kieran et Vesperus avaient laissé à tout le monde le choix. Ils travaillaient ensemble pour s'assurer que tous les gens impactés le vivent bien, sans oublier les longues heures passées à étudier attentivement toutes les demandes. J'avais personnellement été témoin de l'épuisement de Vesperus. Il se souciait sincèrement de son peuple.

C'était ainsi que ce mercenaire avait choisi de le remercier ? En semant le chaos ?

— Oui, acquiesça-t-elle après quelques minutes. Narcissique, c'est le bon adjectif. Quand le vote a eu lieu, il était en colère, alors il a décidé de tester Vesperus.

Nous tournâmes dans une rue que je reconnus, me confirmant que nous étions toujours à Reykjavik. Cependant, nous semblions à plusieurs pâtés de maisons de ma destination.

Je levai les yeux vers l'aube qui se profilait, la gorge serrée. *S'il vous plaît, faites qu'il ne meure pas. S'il vous plaît, faites que j'arrive à temps.*

— Il… il a demandé à être transféré en Islande et comme son transfert a tardé à être approuvé… il a décidé d'éliminer certains de ses concurrents, à Dublin.

Ses paroles parvinrent miraculeusement à transpercer le tonnerre dans mes oreilles.

Le front plissé, le grondement dans ma tête se calma suffisamment pour que je puisse dire :

— Il a fait sauter le bar pour se faire passer pour mort.

J'aurais déjà dû faire la déduction. Il avait assuré ses arrières et était venu ici pour blesser *mon compagnon.*

— Il a recruté une sorcière pour tout faire exploser.

Slater et Nolan auraient dû être supprimés mais tu les as sauvés. Ça l'a rendu furieux. Alors, oui, il s'est fait passer pour mort et a décidé de venir ici pour se venger.

Je réfléchis à ses explications et aux événements à Dublin. Vesperus m'avait dit qu'il y avait *trois* corps, pas deux.

Le troisième était celui de Klas.

Astre. Pourquoi n'ai-je pas posé plus de questions ?

Parce que j'avais été trop engloutie par la magie du lien pour me concentrer.

Parce que j'avais été trop agacée qu'on m'accuse de l'explosion du bar pour remettre en question le nombre de blessés.

Je secouai la tête. Tout cela n'avait plus d'importance à présent. Tout ce qui importait, c'était d'aller voir Vesperus et…

Un coup de feu retentit dans l'air, réveillant ma téléportation. Seulement, celle-ci était toujours inexistante, tout comme ma capacité à ériger un bouclier.

À la place, je me mis à couvert.

Je me retrouvai curieusement sous Fallon.

Elle était lourde, ce qui était étrange puisqu'elle n'était pas très en chair. Elle avait des formes, oui, mais elle était petite. Je tentai de bouger sous elle, de voir d'où l'attaque provenait. Cependant, elle ne bougea pas.

Elle était comme un poids mort sur moi.

Je fus prise de nausées lorsque je m'en rendis compte.

— Fallon, murmurai-je.

Quelque chose de gluant toucha mon cou. Je portai ma main à son épaule et sentis la nature du liquide : du *sang*.

À cause du tir.

Fallon m'avait plaquée à terre pour me protéger. Elle m'avait plaquée à terre parce que… parce que… *parce qu'on lui a tiré dessus.* Désormais, elle ne réagissait plus. *Est-elle… ? Est-elle morte ?*

Je secouai la tête. *Non. Non, impossible. Non.*

J'en avais ras le bol de ces conneries.

De ce monde.

De ces gens qui tiraient avant de poser des questions.

D'être impuissante et de me contenter de regarder.

De me sentir faible.

Ras-le-bol !

Je fermai les yeux tandis que des pas approchaient. Le rythme des bottes sur le béton était en harmonie avec les battements de mon cœur. Il y eut des mots échangés. Une voix prononça mon nom.

Mais je n'étais pas concentrée sur eux.

Je parlais à ma lune.

À la nuit.

À mon droit de naissance.

Viens à moi, murmurai-je. *Viens à moi, chère lune. J'ai besoin de ton pouvoir et j'en ai marre de retenir mon pouvoir.*

J'avais essayé de me contrôler, de survivre dans ce royaume sans exploiter mes capacités de création.

Mes choix n'avaient eu que des conséquences désastreuses.

Des sorts mortels. Des choix égoïstes. Des explosions. Des morts inutiles. De la souffrance.

La perte potentielle de ma moitié. Mon compagnon.

Ça suffit. Fini la gentillesse, l'attitude bienveillante.

Fini la déesse agréable.

Je suis la maîtresse de la lune, la déesse de la nuit.

Vous vous inclinerez devant moi !

Le sol trembla sous moi alors que la lune répondait à mon appel. L'impact serait conséquent. Cela changerait les prédictions de tous les futurs croisements du soleil et de la lune.

Mais ça ne blesserait pas beaucoup de personnes.

Cela provoquerait seulement quelques marées.

Les êtres magiques de ce monde pourraient supporter cette décharge de magie. Ils pourraient protéger leurs frontières, utiliser la magie pour repousser les vagues indésirables et préserver les villes sous le niveau de la mer.

Cela ne les impacterait pas trop.

Si c'était le cas, alors peut-être le méritaient-ils.

— Qu'est-ce qui se passe ? entendis-je quelqu'un demander, d'une voix proche mais distante.

Je n'étais pas concentrée sur lui ou les autres qui avaient approché.

Mon attention était rivée sur la lune.

Je sais que ça fait mal. Je guérirai tes blessures internes. Mais j'ai besoin de toi. J'ai besoin que tu me soutiennes, que tu m'arroses de ta magie et que tu me laisses m'en nourrir. Laisse-moi régner, lui murmurai-je.

J'étais une déesse. C'était ce que nous faisions… nous gouvernions.

— C'est pas… ?

— Ouais…

— Putain.

— Ouais…

Je voulus faire taire les hommes autour de moi, ne désirant pas leur intrusion. La lune le fit pour moi en m'honorant de sa merveilleuse présence dans le ciel islandais. Son intervention décalerait sa rotation d'une semaine environ, provoquant une pleine lune inattendue.

— Bordel…

— C'est… c'est…

— Elle brûle, dis-je en me concentrant sur les trois hommes qui nous avaient rejointes dans la rue.

Kaspian. Nox. Nolan.

— Elle est en colère. Elle *saigne*. Elle est en feu.

Je me téléportai loin du corps de Fallon, atterrissant aisément à quelques mètres.

— Vous tuez des innocents, *on avait besoin d'elle*, leur dis-je, furieuse de leur attitude.

Elle était l'antidote à toute cette folie, la seule capable de comprendre et d'arrêter son propre pouvoir.

Mais elle n'était plus.

Désormais, ce royaume m'avait moi.

Moi et ma lune rousse farouche.

Cette fois-ci, elle était réelle, ce n'était pas qu'un message de Khaos ou un signe d'approbation. C'était une lune de sang faite de rage, de flammes et d'éruptions volcaniques parce que sa maîtresse l'avait forcée à raccourcir son cycle de vingt-huit jours d'une semaine.

Je guérirais ses blessures quand je serais arrivée au bout de cette nuit-là.

Mais je devais d'abord trouver Vesperus.

— Klas a empoisonné mon compagnon. Je ne sais pas s'il se trouve toujours au palais mais je vais le pourchasser et le tuer. *Vous*, vous allez trouver un moyen de la ramener.

Je pointai du doigt la sorcière au sol. Elle avait survécu six pieds sous terre grâce à un sort de régénération qui l'avait ressuscitée, même après être morte étouffée. Avec un peu de chance, la magie était encore présente et pourrait guérir la blessure par balle.

En supposant que je n'aie pas rompu le sort de régénération quand j'ai raccommodé son esprit tout à l'heure.

Je n'attendis pas que les autres acceptent mes ordres. C'était à moi de les diriger, ils se soumettraient.

Je partis donc à la recherche de notre roi.

NYX

Vesperus ne se trouvait pas dans sa chambre.

Ni dans son bureau.

Ni même dans le palais.

Lorsque j'en sortis, je trouvai Kaspian en train de m'attendre, l'air méfiant.

— Tu ne l'as pas trouvé.

C'était une affirmation, pas une question, alors je ne pris pas la peine de lui répondre.

Au lieu de ça, je levai les yeux vers ma lune enragée. Les fractures en surface révélaient des fissures flamboyantes de lave. Durant des millions d'années, ces volcans étaient restés endormis. Mes actions de ce soir avaient réveillé la bête qui sommeillait en elle, forçant la lune à vibrer d'une fureur que je sentais dans mon cœur.

— Montre-moi où il se trouve. Fais-moi un dessin avec les étoiles.

Cinq minutes à peine s'étaient écoulées depuis que j'avais quitté Fallon, suffisamment pour que je m'inquiète de l'endroit où on avait emmené Vesperus. Je ne le sentais plus, mon courroux était trop grand pour ressentir quoi que ce soit d'autre que de la *rage*.

Ce concept m'était nouveau, ce besoin de massacre, de bain de sang. Je détruirais ce monde pour trouver mon compagnon.

Tu as pris ce qui m'appartenait, Klas. Tu as blessé ce peuple qui devrait être le mien. Tu paieras par le sang.

— Ôte tes sales pattes de moi, cria sèchement une femme.

Mon attention fut attirée vers Fallon. Elle semblait se tenir le bras mais sinon, elle avait l'air d'aller bien.

J'imagine que le sort de guérison fonctionne encore, ou peut-être est-elle simplement dure à tuer.

— Contente que tu sois en vie, déclarai-je.

Elle ricana et pointa du pouce Nolan.

— Cet idiot m'a tiré dans l'épaule.

— Je n'essayais pas de te tuer, marmonna-t-il.

— Le coup m'a assommée, comme si ma nuit n'était pas assez infernale.

— Tu traînais Nyx à tes côtés, lui dit Nox, et nos ordres étaient de t'abattre.

— En fait, ils avaient la permission de tirer, clarifia Kaspian sans ambages. Tu as de la chance d'être en vie.

Fallon ne semblait pas impressionnée ni amusée par leurs réponses.

— Allez tous vous faire foutre… sauf toi, déclara-t-elle en se tournant vers moi.

Je me concentrai sur le ciel, attendant que la lune m'indique la route. Je sentais l'énergie se rassembler, obéir à mon appel tandis que je retenais la lune dans le ciel grâce à mon lien avec son noyau de fer.

Elle pouvait bouger subtilement pour ne pas dévier de son orbite mais je refusais qu'elle se déplace tant que je n'en avais pas terminé, tant que je n'avais pas trouvé ma moitié.

— Montre-moi où est ton nouveau roi.

C'était ce que Vesperus était devenu en tant que mon compagnon… un dieu de la nuit. Il ne possédait peut-être pas les mêmes aptitudes et capacités que moi, mais vu les pouvoirs dont il avait déjà hérités, je me doutais que sa puissance ne ferait qu'augmenter.

Je te trouverai.

Je te sauverai.

Je te revendiquerai encore.

Ma moitié, mon compagnon, mon avenir.

L'énergie vibrait dans l'air, la lune répondit à ma demande en m'envoyant une nuée de poussière d'étoiles. Je levai la main pour attraper l'essence, la laisser s'insinuer dans ma peau et alimenter mon corps tout en commençant à suivre le chemin qu'elle m'indiquait.

— Devrions-nous… ? demanda un homme.

Nolan, peut-être. Je ne pris pas la peine de me retourner pour voir si c'était bien lui.

— Oui, acquiesça Kaspian.

Je supposais qu'ils parlaient de venir avec moi. Puisqu'ils avaient obéi à mon ordre de *guérir Fallon*, je ne les empêchai pas de me suivre.

Cependant, s'ils se mettaient en travers de mon chemin, je les supprimerais.

La poussière d'étoiles continuait à tomber, le pouvoir s'engouffrait dans mes veines et revitalisait mon esprit. Je le sentais également palpiter dans mon lien avec Vesperus, s'assurant qu'il avait assez d'énergie pour se battre.

— Slater ? dit Kaspian.

Une bourrasque de plumes fendit l'air, les ailes noires ne firent qu'un avec la nuit tandis que le métamorphe corbeau atterrissait à quelques mètres de nous.

Heureusement pour lui, il n'était pas en face de moi. Il observait du coin de ses yeux gris ardoise la poussière que je récoltais dans ma main.

Vesperus appréciait ce mercenaire, il affirmait que c'était son meilleur pisteur.

Ce qui expliquait son apparition mystérieuse à ce moment précis. Ses ailes effleurèrent presque mon bras alors qu'il se plaçait à mes côtés.

— Nous pistons Vesperus, dit-il, et ce n'était pas une question mais une affirmation.

— Oui, confirma Kaspian. Il a été enlevé par Klas.

— Klas ?

Son attention se porta sur Fallon, qui marchait de l'autre côté de Kaspian, Nolan et Nox juste derrière elle.

Je les gardais tous en vue tandis que je me concentrais sur la poussière d'étoiles. Elle semblait nous conduire vers une zone résidentielle.

— Il est vivant, répondit Nolan. Selon elle, il a bu de son sang et a utilisé ses pouvoirs.

— Selon elle, répéta Fallon comme un perroquet. Comme si je mentais.

— Tu ne mens pas, murmurai-je. Klas est le responsable. Klas va mourir.

Je levai les yeux vers ma lune et remarquai les craquements qui en marbraient la surface ainsi que ses larmes ardentes. *Oui, il paiera pour m'avoir poussée à te faire du mal*, jurai-je. *Il va saigner.*

La poussière d'étoiles vrombit en guise de réponse.

— Vesperus a été victime de quoi ? questionna Slater. Je sens à peine son pouvoir.

— D'un sortilège de magie de la mort, répondis-je.

— Il s'agit d'un sortilège de décomposition, le même que celui utilisé sur la balle qui a touché Nyx, ajouta Fallon.

— Quel est l'antidote ? demanda Kaspian.

— Moi, dis-je simplement.

J'abreuverais mon compagnon du pouvoir de la lune jusqu'à ce qu'il me revienne. Il n'aurait pas le choix. Il survivrait.

N'est-ce pas ? demandai-je en regardant la lune.

De la poussière d'étoiles tomba en réponse.

Bien.

Toutefois, le chemin s'arrêta tout à coup devant moi, je me figeai et contemplai le ciel tandis que Fallon murmurait quelque chose à propos d'un sort qui pouvait rompre celui de décomposition.

— Je ne garantis rien, poursuivit-elle ensuite.

Kaspian se mit à l'interroger sur ses pouvoirs, ce dont elle était capable exactement et ce qui s'était passé plus tôt dans la nuit.

Elle lui expliqua avoir été victime du maléfice de magie mortelle qui l'avait plongée dans un profond sommeil avant d'énumérer les raisons et les projets de Klas.

Pendant ce temps, j'attendis que la lune continue à me guider.

Mais elle ne le fit pas.

Je scrutai les alentours et essayai de comprendre pourquoi le chemin que nous suivions s'était arrêté net. Nous nous tenions au milieu d'une rue. L'immeuble le plus proche était à presque un pâté de maisons. Autrement, nous étions entourés d'arbres.

— Essaies-tu de me dire qu'il est ici ? demandai-je. Ou… ou bien tu as perdu sa trace ?

La dernière hypothèse n'était pas acceptable.

La première n'avait absolument aucun sens.

— Je ne le sens pas ici, dit Slater tranquillement, inspectant la rue de son regard vif. Ça ne peut pas être là.

J'étais d'accord avec lui.

— Où est mon roi ? demandai-je à la lune d'un ton impératif.

En réponse, de la poussière d'étoiles tomba sur moi, me faisant baisser les yeux vers le sol. La dernière fois que ma magie avait fait ça, elle voulait que je creuse. J'avais trouvé Fallon.

— Y a-t-il des tunnels ? questionnai-je en regardant Kaspian.

Ses sourcils se froncèrent.

— Oui, mais très peu de gens les connaissent.

— Tout comme très peu de gens auraient pu trouver les appartements personnels de Vesperus aussi rapidement que Klas, ajouta Nox, ce qui me fit froncer les sourcils.

C'était… une observation intéressante.

D'après ce que je comprenais, Vesperus ne connaissait pas bien Klas, voire pas du tout. Alors comment avait-il su où dormait mon compagnon ?

Son palais était immense. Sa chambre aurait pu être n'importe où. Cependant, le fait qu'il l'ait trouvé aussi rapidement, après que Fallon avait brisé le sort, suggérait qu'il savait exactement où chercher.

— Peut-être qu'il a utilisé un sort de localisation ? suggéra Nolan.

— Peut-être, répondit Kaspian.

Cependant, Fallon secoua la tête.

— J'en doute. Il aurait eu besoin d'un objet appartenant à Vesperus pour invoquer correctement le sort. Je ne pense pas qu'il ait autant réfléchi.

— Alors comment a-t-il trouvé Vesperus ? insistai-je. Et comment accède-t-on aux tunnels ?

Ma magie semblait vouloir que je descende.

Kaspian inclina la tête vers le bâtiment devant lui.

— Il y a un point d'accès à l'intérieur.

Je commençai à m'y diriger avant même qu'il ne

LEXI C. FOSS

termine, mes bottes traversant rapidement la rue. *Je viens te chercher, Vesperus.*

— Et Paxton ? demanda Nox doucement derrière moi.

— Paxton ?

Cela venait de Kaspian.

Le spectre sembla hésiter avant de demander :

— Sait-il où dort Vesperus ?

— Bien sûr qu'il le sait. C'est mon assistant, il a accès à presque tout. Pourquoi cette question ?

Kaspian avait l'air mal à l'aise, mais pas nécessairement agacé ou sur la défensive.

— Il sait aussi où se trouvent les tunnels ? s'enquit Nox.

— Oui. Maintenant, dis-moi pourquoi tu le soupçonnes, réclama Kaspian.

— C'est lui qui a dit que les fragments de balle n'étaient pas ensorcelés mais imprégnés d'un agent chimique.

Nox s'arrêta un instant.

— Ça semble être un bon moyen de faire capoter une enquête, surtout quand on est un sorcier qui devrait être capable de sentir la magie.

J'étais presque arrivée à l'immeuble devant moi mais je m'arrêtai à la porte pour lancer un regard à Kaspian.

Ses yeux noirs ressemblaient à deux obsidiennes, sa colère confirmait qu'il comprenait et était sans doute d'accord avec les soupçons de Nox.

— Il nous a dit ça alors que Vesperus était souffrant.

— Ce qui signifie qu'on n'a aucun moyen de savoir s'il mentait ou non, ajouta Nolan.

— Peux-tu traquer la magie de Paxton ? demandai-je à Slater, droit au but.

Je n'allais pas me perdre dans des spéculations alors que nous pouvions confirmer la vérité avec nos pouvoirs naturels.

— Oui, je suis déjà en train de chercher, confirma le métamorphe corbeau.

— Alors dis-moi si tu la sens le long de ce chemin, dis-je en entrant dans le bâtiment. Par où vais-je, Kaspian ?

Il prit les devants et nous conduisit à une porte munie d'un panneau de sécurité.

Encore une preuve que Klas se fait aider.

— Combien de personnes connaissent ce code ? questionnai-je pendant qu'il le tapait.

— Peut-être une demi-douzaine, admit-il. Paxton est l'un de ses complices.

— As-tu déjà rencontré Paxton ? demanda Nox à Fallon.

— Non. Je n'ai jamais entendu ce nom non plus. Mais Klas ne m'a jamais laissée rencontrer ses amis.

Elle déclara cela d'un ton triste, qui laissait transparaître sa solitude et son chagrin d'amour.

— Je le sens, confirma Slater du haut des escaliers, ses plumes noires s'agitant. Et je sens la magie de la mort aussi.

À ces mots, son nez et ses yeux se plissèrent.

Kaspian entra en premier, Slater sur ses talons.

Je me retrouvai derrière ses grandes ailes noires.

Enfin, presque noires. Trois plumes blanches se démarquaient de l'océan de plumes noires. Je me demandai si elles avaient une utilité ou s'il s'agissait d'une marque particulière.

Je ne l'interrogeai pas.

Au moment où nous atteignîmes le tunnel, je sentis Vesperus.

Je me téléportai en avant du groupe, mon énergie nocturne prête à tuer.

Je n'avais jamais été pour la violence mais je goûterais au sang de Klas ce soir.

L'aura de Vesperus m'appelait, sa présence semblable à un phare dans mon esprit vers lequel je me dirigeais sans regarder en arrière.

À moi, à moi, à moi, tonnait mon cœur.

Tuer, tuer, tuer, réclamait mon âme.

Je continuai à me téléporter en avant, traquant l'essence de Vesperus. Son odeur chocolatée m'enveloppait dans une étreinte accueillante.

Un coup de feu retentit, ma poussière se transforma instantanément en bouclier. Mes pouvoirs en alerte étaient prêts à *annihiler*.

Quelqu'un jura. Je ne savais pas trop si ça venait de devant ou de derrière moi. Je m'en fichais. J'étais uniquement concentrée sur Vesperus.

Là, pensai-je en apercevant son corps recroquevillé et en le frappant immédiatement de poussière d'étoiles.

D'autres tirs se mirent à pleuvoir sur moi et j'entendis une personne réciter une sorte d'invocation.

J'envoyai une vague de pouvoir dans leur direction, l'énergie siffla tel un fouet et les fit tomber.

Six hommes.

Trois femmes.

Je ne reconnus que Paxton.

Ils étaient tous armés et me tiraient dessus.

—J'en ai assez de vos jouets, sifflai-je entre mes dents.

Je leur envoyai une autre explosion.

— Tout ce que vous avez essayé de faire depuis mon arrivée, c'est de me tuer. Vous savez quoi ? Je crois qu'il est temps que je vous rende la pareille.

VESPERUS

Du feu lécha mes sens.

Des flammes chaudes et intenses.

Mon nez se fronça, l'odeur m'enivrait.

Je perçois des notes de citron sucrées, m'étonnai-je. *Nyx.*

Vesperus, répondit-elle. Le soulagement dans sa voix me fit froncer les sourcils.

Une autre vague de chaleur me toucha, des étoiles apparurent dans mon champ de vision.

Non, pas des étoiles.

Nyx.

Mes lèvres s'entrouvrirent tandis qu'elle illuminait l'endroit sombre d'un éclair de magie dorée. Sa fureur était sauvage, palpable et presque terrifiante.

Un frisson de pouvoir s'ensuivit, qui venait du fond du tunnel.

Comment ai-je atterri ici ? Je n'en savais rien.

J'étais nu.

Faible.

Recroquevillé sur le sol crasseux.

Que s'est-il passé ?

Klas t'a tiré dessus avec le même genre de balle qu'il a utilisée sur moi, grogna Nyx. *J'en ai vraiment marre des flingues.*

Sa magie dorée étincelait dans le tunnel, suivie par des bruits de métal qui se tordaient et se brisaient.

Je ne veux plus qu'on me tire dessus. La colère dans ses pensées fit s'arrêter mon cœur quelques instants. Ça ne lui ressemblait pas du tout. Elle paraissait presque possédée, à la limite de la rage.

Son grondement le confirma.

Elle invoqua un puissant fouet lacérant qui transperça trois de ses attaquants. Leurs têtes tombèrent par terre dans un bruit sourd étouffé, suivies de leurs corps.

Mais Nyx ne les regarda même pas, concentrée sur les autres.

Elle se mit à compter dans sa tête alors qu'elle abattait chacun d'eux de la même manière, jusqu'à ce qu'il n'en reste plus que deux.

Paxton et Klas.

Je fronçai les sourcils, le souvenir de les avoir entendus parler dans ma chambre vint me titiller l'esprit.

Mais aussi le souvenir d'une injection.

Je ne pense pas qu'il m'ait tiré dessus, dis-je lentement, les sourcils froncés. *Il… il m'a injecté quelque chose.*

Nyx ne semblait pas m'entendre, sa férocité était entièrement concentrée sur les deux hommes.

— Si tu le tues, tu blesseras Fallon, dit quelqu'un.

Nox.

Je fronçai les sourcils. *Quand est-il arrivé ?* Je scrutai les alentours et contemplai bouche bée la foule derrière Nyx. Elle avait fait descendre une armée ici alors qu'elle ne semblait avoir besoin de personne.

— C'est bon, dit Fallon, les yeux plissés. Il mérite de mourir.

— Cela brisera votre lien d'accouplement, chuchota Nox.

— Je préfère devenir folle que de rester accouplée à lui, répondit-elle.

— Tu as toujours été une salope, déclara sèchement Klas.

— *Taisez-vous.*

Nyx enroula son fouet doré autour de son cou et serra.

Les yeux du mercenaire s'écarquillèrent, l'air choqué qu'elle veuille le tuer, ou bien peut-être parce qu'elle le pouvait. Cependant, elle venait tout juste de massacrer une demi-douzaine de personnes sans ciller.

Je dois savoir ce qu'il m'a injecté dans le sang, lui dis-je.

Elle ne semblait toujours pas m'entendre, son courroux prenait le dessus sur son instinct.

— Nyx, dis-je d'une voix sourde.

Je pouvais à peine bouger, mes membres me pesaient comme des poids morts.

Elle gronda et croisa enfin mon regard. Je contemplai ses iris dorés teintés de rouge. Ils ressemblaient à deux lunes de sang.

Oh merde.

— Tu es sous l'emprise d'une rage de sang.

Ce phénomène était similaire à une soif de sang, seulement on avait envie de se battre, tuer ou baiser.

En cet instant, elle était possédée par le besoin de *tuer*.

Cela expliquait pourquoi elle me paraissait différente. Ce n'était pas Nyx.

Enfin, c'était elle dans toute sa gloire de puissante déesse mais ce besoin furieux de massacre ne venait pas d'elle.

— Je dois savoir ce qu'il m'a injecté, lui dis-je d'une voix aussi douce que possible. Ce n'était pas une balle.

Les lèvres de Klas se recourbèrent en un sourire, son regard me rappelait un peu celui d'un séducteur sociopathe.

Plan B, avait-il dit.

Qu'implique-t-il, Klas ? Vas-tu en profiter pour négocier ?

Nyx me regardait, son fouet serré autour de la gorge de Klas.

— Que m'as-tu injecté ? demandai-je en grimaçant lorsque j'entendis ma voix rauque et perçus la lourdeur de mon corps.

La seule chose qui semblait me maintenir éveillé était la vague d'énergie de Nyx. Elle pouvait peut-être me guérir. Toutefois, le regard de dément de Klas suggérait le contraire.

Il ne va rien nous dire.

— Paxton ? m'enquis-je en arrachant un grognement à Kaspian.

— Je ne sais pas ce qu'il y avait dedans, répondit Paxton.

La sincérité de ses mots me fit soupirer.

Peu importe la substance avec laquelle on avait tenté de m'achever, tout cela était l'œuvre de Klas.

Je n'avais pas encore tout compris mais il semblait que tout avait été fomenté par Klas.

— Il nous le faut vivant, Nyx, lui dis-je, *au moins jusqu'à ce qu'il parle.*

Elle siffla.

— Non. Il va *mourir*.

Le fouet commença à se resserrer, sa rage de sang était à son comble. *Putain.*

Je fis la seule chose qui me vint à l'esprit et grognai. Je la laissai sentir ma souffrance, mon agonie, mon besoin de guérir. Une seconde plus tard, elle était agenouillée à côté de moi, les mains sur mon visage, me procurant de l'énergie.

Je m'appuyai contre elle, j'avais envie de ses caresses, de sa chaleur, de me délecter de sa poussière d'étoiles.

Elle en saupoudra sur moi, son souhait clair : elle voulait que je guérisse. Cependant, je soupçonnais que nous constaterions une réaction similaire à sa guérison, quand son corps s'était mis à se décomposer à nouveau à cause du maléfice.

Le lien n'allait pas régler le problème cette fois-ci.

Kaspian commença à donner des ordres derrière, à voix basse pour ne pas déranger Nyx. Toutefois, elle était trop concentrée sur moi pour le remarquer.

Elle m'embrassa, sa langue essaya de réveiller la mienne. Elle se mordit ensuite pour me nourrir de son essence. J'avalai son goût et son sang, un antidote agréable, bien que temporaire.

Ramène-moi dans ma chambre, lui dis-je, conscient de ce qu'il fallait faire pour apaiser sa rage de sang. *J'ai envie d'être en toi.*

Elle lâcha un grognement bestial et nous téléporta dans ma chambre en un claquement de doigts. Au lieu de me chevaucher et d'essayer de me baiser, elle inspecta mes blessures.

Les lèvres et les mains sur tout mon corps, elle s'assura que j'étais toujours là, que j'existais, que je lui appartenais.

Lorsqu'elle eut fini, j'étais vraiment prêt à la pénétrer parce qu'elle avait avivé mon désir avec son attitude sauvage. C'était une reine magnifique, pleine de fureur et éblouissante grâce à son éclat doré.

Cependant, elle ne fit aucun geste pour me prendre.

Au lieu de cela, elle se blottit dans mon cou et soupira.

— Tu es à moi.

Mes lèvres se retroussèrent.

— On est d'humeur possessive ?

Ses yeux croisèrent les miens, la teinte rougeâtre s'était dissipée et laissait derrière elle ses mouchetures dorées.

Sa rage de sang est partie.

Elle l'avait guérie en me vénérant. Je n'avais jamais entendu parler de cette solution pour apaiser une rage de sang mais rien chez Nyx n'était normal ou ordinaire.

C'était une déesse. *Ma déesse.*

— Je dois guérir la lune, chuchota-t-elle, ce qui me fit froncer les sourcils. Elle saigne des larmes ardentes.

Je le regardai fixement.

— Quoi ?

— Je l'ai invoquée tout à l'heure pour reconstituer mes pouvoirs et je lui ai promis le sang de Klas. Je dois le tuer.

Ce n'était pas la rage du sang mais la déesse qui parlait, prête à tous les sacrifices en l'honneur de l'entité qui la commandait.

— Tu as invoqué la lune ?

Elle hocha la tête.

— J'ai décalé son cycle… d'environ une semaine.

Mes sourcils se haussèrent.

— Tu dis que tu as sorti la lune de son orbite ?

— Non. Je l'ai maintenue sur sa trajectoire. J'ai juste déplacé sa position dessus, expliqua-t-elle. À présent, je lui dois un tribut : le sang de Klas.

— Putain, soufflai-je. Est-ce que ça a eu un impact sur le monde ? *Notre* monde ?

— Un peu. Ça a surtout eu un impact sur les marées. Mais c'est la lune qui souffre le plus. Je dois la payer par le sang, insista-t-elle.

— On doit d'abord savoir ce qu'il m'a injecté et aussi déterminer s'il travaillait avec d'autres personnes… comme Paxton.

Je voulais aussi connaître leurs motivations et les raisons pour lesquelles ils avaient attaqué la Maison d'or et de grenat.

Je devais également estimer avec précision les conséquences que cela pourrait avoir sur notre Maison.

Je me passai la main sur le visage en pensant à toute la paperasse que j'allais devoir remplir et aux interrogatoires auxquels il allait falloir procéder, en plus de tous les appels que j'allais recevoir concernant Nyx.

Tu as déplacé la lune, chuchotai-je. *C'est… une capacité terrifiante, Déesse.*

Je ne l'avais jamais fait avant mais j'avais besoin de te trouver, mon roi.

Mon sang s'échauffa à ces deux mots, ce que je soupçonnais être le but recherché.

Cependant, je ne pouvais m'empêcher de penser à la liste de tâches qui se profilait dans mes pensées, l'estimation des dégâts en tête de liste.

Mais je n'étais pas sûr que ça aurait de l'importance.

Nyx avait déplacé la putain de lune… *pour moi*, pour me trouver, pour me sauver.

Tu parles d'un acte cataclysmique. Je savais qu'elle m'avait entendu parce que ses lèvres se retroussèrent.

Que vais-je faire de toi, Déesse ? pensai-je en interrogeant son regard.

J'ai quelques idées mais je pense que ce serait bien de commencer par une douche.

Prendre une douche me semblait un bon moyen de détendre mes membres maintenant que je pouvais à nouveau bouger. Je me demandais juste combien de temps ça allait durer.

Peut-être indéfiniment.

Peut-être pas.

Je pris ma montre sur la table de nuit et envoyai à Kaspian une liste de ce que nous devions faire.

> Appelle Kieran. Il peut nous aider à forcer Klas à dire la vérité.

> On doit rédiger une déclaration officielle sur ce qui s'est passé ici, en particulier en ce qui concerne le pouvoir de Nyx.

> On devrait probablement y ajouter une annonce formelle d'accouplement, puisque c'est plutôt évident maintenant.

> Ne tue pas Klas, Nyx a besoin de son sang pour la lune.

> Elle a dit que la lune était en feu… c'est vrai ?

Le dernier message était plus une réflexion de ma part, car je ne pouvais pas voir la lune depuis ma position dans la chambre. Toutefois, dehors, une étrange teinte orangée me rappelait le lever du soleil, alors que ce n'était pas encore l'heure.

— Une douche ? me proposa Nyx.

— Va pour la douche, acceptai-je alors que ma montre sonnait.

Kaspian m'avait répondu.

> Kieran est déjà en route.

> Cara a presque fini de rédiger une déclaration pour les deux événements.

> On reparlera de ce tribut sanguin. Fallon mérite de prendre part à cette discussion.

> Voir ci-joint.

Une image apparut dans la seconde qui suivit et je fixai l'écran bouche bée.

— Nous avons une lune de sang au sens propre..

La lune était littéralement en feu, fissurée par de la lave. Impossible que les autres dirigeants ne le remarquent pas.

Putain.

Nyx regarda la photo et tressaillit.

— C'est pour ça j'ai besoin du tribut de sang.

Son regard croisa le mien.

— Klas doit mourir.

— Il mourra, jurai-je, dès qu'on aura obtenu de lui les informations dont on a besoin.

Je pris sa mâchoire dans mes mains.

— Et si on prenait cette douche et que tu me disais comment tu as envie de le tuer ?

Elle y réfléchit un moment.

— Avec un couteau, mais je t'en dirai plus sous l'eau.

— Rencard accepté, plaisantai-je.

Elle fronça les sourcils, songeant à ce que je venais de lui répondre.

— Je n'ai jamais eu de vrai rendez-vous mais j'accepte cette proposition. De l'eau, de la vengeance et des orgasmes.

Eh bien, dit comme ça, ça semblait intrigant.

— Je promets de tenir parole pour les trois.

— Bien, répondit-elle, car j'ai de très grandes exigences.

— Je n'en attendais pas moins d'une déesse.

— Tout comme j'attends tout d'un roi, rétorqua-t-elle.

Je souris.

— Tu auras tout de moi.

VESPERUS

Klas m'avait injecté un cocktail de son sang et de potions mortelles.

Pour résumer, un maléfice de décomposition lié à son essence.

— Il l'a fabriqué pour se maintenir en vie, résuma Kaspian. Sans doses régulières de son sang, tu mourras.

— Sauf qu'il n'avait pas prévu qu'il y aurait un antidote, ajouta Nox en me montrant une fiole. Fallon a aidé à créer une parade à la malédiction et elle a utilisé son sang pour contrer celui de son compagnon.

Kaspian joignit les mains.

— Il faut juste qu'on l'injecte dans ton sang.

— Je vois.

Je regardai Nyx à côté de moi. Nous étions assis sur le canapé de mon bureau, Kaspian derrière celui-ci et Nox debout à côté de lui.

Une position idéale qui semblait prédire l'avenir de la Maison d'or et de grenat, étant donné les récents événements.

Ces deux derniers jours, j'avais passé la plupart de mon temps dans mes appartements. À chaque fois que je me remettais complètement sur pied, je recommençais à devenir gris, tout comme Nyx après qu'elle avait pris la balle. Elle me gardait en vie et en bonne santé grâce à sa poussière d'étoiles. Cependant, cette situation n'était que temporaire, pas permanente.

Pendant ce temps, Kaspian avait supervisé l'interrogatoire de Klas et Paxton. Kieran était revenu nous rendre visite pour l'assister. Sa capacité à contraindre les gens à dire la vérité était décidément pratique dans cette situation.

Je ne l'avais vu que brièvement mais il m'avait dit quelque chose qui ressemblait beaucoup à un au revoir.

— Tu es un homme bon, Veritas. J'ai apprécié notre amitié. Je veux que tu saches que ton ancien territoire est entre de bonnes mains.

Il jeta un coup d'œil à Kaspian en ajoutant :

— Et je ne parle pas seulement de celui qui appartient à la Maison de la mort et du diamant.

Je hochai la tête, comprenant le sous-entendu, et répondis simplement :

— Je sais.

Kaspian ferait un bon roi. Il accomplissait déjà ce rôle et, assis désormais derrière mon bureau, il était manifestement prêt à prendre ses fonctions.

Ce qui était une bonne chose parce que, par consensus, Nyx ne pouvait pas rester ici.

L'impératrice Asbesta était celle qui avait le plus réclamé l'extermination de Nyx. La manipulation de la lune avait fait des ravages sur les marées. Même si peu de gens avaient été blessés, la dirigeante de la Maison de la mer et de la serpentine était furieuse. Je ne m'attendais pas à ce qu'elle change d'avis un jour.

Elle était très probablement prête à déclarer une guerre, elle l'avait plus ou moins sous-entendu dans son message.

> Si tu ne la supprimes pas, je le ferai à ta
> place.

Elle n'avait même pas pris la peine de rajouter la moindre formule de politesse ni de signer sa missive.

Lady Gabriella avait exprimé un sentiment similaire sur le sujet, ses mots sévères empreints de menaces.

> Nous t'avons fait confiance pour exterminer
> cette cible et tu as échoué. Ton jugement
> est aveuglé par le lien magique. Nous
> ferons le nécessaire, Vesperus. Considère
> ceci comme notre seul avertissement.

Je n'avais pas parlé à Sky Serpell mais Kaspian, si. Il avait confirmé par un appel rapide que la Maison de l'esprit et du saphir se préparait déjà à l'inévitable.

Je ne savais pas trop si Sky lui avait carrément dit ça ou s'il avait simplement interprété ce qu'elle avait dit.

Peu importe. Le plus inquiétant, c'était qu'au moins deux Maisons se préparaient déjà à nous envahir.

Mes alliés ne me soutiendraient pas.

Volker pourrait même me tourner le dos, ce qui était normal, j'aurais fait de même dans la situation inverse.

Elias avait fait part de sa déception, me disant qu'il savait que ce serait une décision difficile. Mais finalement, il savait déjà quel serait mon choix.

— Tu as été un bon roi, Vesperus. Un grand périple attend Kaspian mais il a été formé par l'un des meilleurs, avait-il dit.

Cela ressemblait beaucoup à des adieux, comme avec Kieran.

Les autres dirigeants du monde avaient été cordiaux et m'avaient eux aussi averti en des termes polis de ce qui m'attendait.

Il était clair que rester ici mènerait à une guerre. Personne ne comprendrait ou n'accepterait les pouvoirs de Nyx.

De plus, ils ne savaient même pas que ses pouvoirs avaient commencé à m'affecter.

Ce détail serait la goutte de trop. Même si mon peuple pouvait se battre pour moi, pour *nous*, je ne le mettrais jamais dans une telle situation.

Je me concentrai sur mon bras droit derrière mon bureau.

— Tu vas me faire l'honneur de me soigner ? lui demandai-je en faisant référence à l'antidote que Nox tenait à côté de lui.

— Tu m'accordes le droit de te poignarder avec quelque chose ? s'enquit Kaspian, ses yeux sombres hilares.

— Considère cela comme un rite de passage, répondis-je.

C'était un gage de confiance entre nous, un geste intime d'amitié.

Je me levai et retirai ma veste de costume, puis je déboutonnai ma chemise et l'enlevai d'un mouvement d'épaules pour lui présenter mon bras.

— Vous êtes sûrs de cet antidote ? demanda Nyx.

Elle se plaça avec grâce à mes côtés, vêtue de l'une de ses robes de marque.

— À quatre-vingt-dix pour cent, plus ou moins, répliqua Kaspian.

Ma compagne plissa le regard.

— Pas à cent pour cent.

— Il ment, murmurai-je en sentant la plaisanterie dans ses mots.

— Est-ce que je mens parce que j'en suis sûr à plus de quatre-vingt-dix pour cent ou moins ? réfléchit-il.

— Putain, injecte-le-moi, Kas, lâchai-je.

Il gloussa en remplissant la seringue.

Ça va aller, dis-je à Nyx.

Qui est-ce qui ment maintenant ?

Eh bien, je suis sûr à quatre-vingt-dix pour cent que ça ira, précisai-je en lui faisant un clin d'œil.

Kaspian attrapa mon bras et chercha une veine avant d'y planter l'aiguille. Nox la récupéra et quitta le bureau, sûrement pour la jeter.

Le regard de Nyx se plissa, de la poussière d'étoiles s'accumulait déjà dans sa paume.

Tu es sexy quand tu te montres protectrice, lui dis-je.

Elle ne répondit pas et me scruta dans l'attente d'une potentielle réaction de ma part au produit. Comme rien ne se passa au bout de quelques minutes, elle commença à se détendre un tout petit peu.

— On saura dans quelques heures si ça a fonctionné, déclarai-je, conscient de mes symptômes cycliques.

Nyx m'avait guéri juste avant la réunion, donc j'avais au moins une heure avant de redevenir gris.

Je préférais attendre de voir si je restais plusieurs heures sans symptômes avant de déclarer que l'antidote avait fonctionné.

— Distrais-moi avec d'autres nouvelles, n'importe lesquelles, demandai-je, concentré sur Kaspian en me réinstallant sur le canapé.

Nyx s'assit juste à côté de moi, la main sur ma cuisse, comme si elle avait besoin de me toucher pour me savoir en sécurité.

Je posai la main sur la sienne et la serrai. *Je me sens bien. Pour l'instant.*

Pour l'instant, reconnus-je.

— Tu veux discuter de ce qu'on a appris lors de l'interrogatoire ou de la myriade d'appels d'astronomes en colère que j'ai reçue ?

J'arquai un sourcil. Bien que la première proposition soit celle que j'avais en tête, je ne pus m'empêcher de répéter :

— Des astronomes en colère ?

— J'ai déplacé la lune, murmura Nyx. Cela affecte les projections de tous les événements liés à la lune.

Son nez se fronça.

— Mais si je déplace la lune en arrière, ça va encore faire des dégâts et je viens juste de commencer à la guérir.

Elle avait utilisé un seau de sang de Klas, que Fallon lui avait apporté après avoir éviscéré ce salaud, pour accomplir un rituel sacrificiel la veille. Les fissures orange vif de la lune s'étaient lentement atténuées, et elle ne brillait plus que d'un léger éclat blanc.

Nyx avait dit qu'elle aurait besoin de répéter ce processus lors des six prochaines nuits, avec plus de sang.

— Je pourrais le faire plus rapidement si vous me laissiez tuer Klas, mais après tout ce qu'il a fait, cela semble plus approprié, avait-elle dit.

— Ouais, eh bien, peut-être que je te laisserai parler au prochain astronome qui appellera, marmonna Kaspian.

— Il y a encore des astronomes dans ce monde ? m'étonnai-je. Je pensais que l'exploration spatiale n'était qu'un passe-temps des humains.

— La magie a beau changer notre vision du monde, la fascination pour l'univers demeure.

Kaspian grimaça.

— Ils en font du bruit ce groupe de scientifiques.

Nox revint avec Nolan et Slater, tous trois le sourire aux lèvres

— Un autre amateur d'étoiles a-t-il appelé ? demanda Nolan.

Kaspian leva les yeux au ciel.

— Vous savez quoi ? Je vais vous assigner tous les trois

à répondre à tous les futurs appels. Voyons si vous appréciez d'être réprimandés au sujet de graphiques d'éclipses et du calendrier lunaire.

—Je peux leur parler, proposa Nyx.

— Cela ne ferait sans doute qu'empirer les choses, admit Kaspian. Qui plus est, il n'y a pas que des astronomes mais aussi des conseillers de diverses Maisons qui nous appellent.

Je hochai la tête.

—J'ai passé en revue les messages que tu as transmis, et je me suis entretenu avec quelques-uns de leurs auteurs d'entre eux personnellement, comme Volker et Elias, ainsi que Kieran lors de sa visite. Détaille-moi ce que Klas a dit.

J'avais laissé Kaspian tout gérer et lui avais assigné cette tâche en guise de dernier adieu, en quelque sorte.

Comme si, à présent, il avait obtenu son diplôme de dirigeant.

Je ne m'étais pas impliqué personnellement. J'avais seulement autorisé Kaspian à s'occuper de ça comme le ferait un roi.

Slater et Nolan s'assirent sur le canapé en face de nous une fois calmés.

Nox se replaça derrière Kaspian, je me demandai si le spectre aspirait à être en quelque sorte un protecteur. Il semblait se soucier de Kaspian, ce que j'appréciais. Bientôt, je ne serais plus là pour protéger mon vieil ami.

— Eh bien, comme je l'ai dit, il a admis que le but de son « plan B » était de se lier à vous. C'était sa façon de sauver sa vie sans aucun égard pour les autres qui l'avaient aidé. La plupart d'entre eux sont venus avec lui de Dublin. Les autres étaient des membres de la famille de Paxton, originaires d'Irlande, voilà pourquoi il nous a trahis.

Oui, Kaspian m'avait envoyé un message à ce sujet. Il s'en voulait de ne pas l'avoir remarqué, mais je lui avais dit que ce n'était pas sa faute si Paxton n'avait pas manifesté son mécontentement.

Malheureusement, cependant…

— Tout ceci m'indique que certains membres de notre Maison ne sont pas satisfaits de mon vote en faveur de la création de la Maison de la mort et du diamant.

— Oui. Je travaille avec Niamh là-dessus. Nous allons envoyer des conseillers rendre visite à toutes les personnes concernées et apporter une touche plus personnelle au processus de décisions.

Je hochai la tête.

— J'aurais dû le faire dès le début.

— Kieran et toi avez mieux géré la transition du territoire que la plupart des dirigeants. Vous avez proposé de couvrir financièrement les coûts de relocalisation pour toute personne souhaitant s'installer sur le territoire d'or et de grenat et vous leur avez laissé le choix.

— C'est vrai, mais j'aurais sûrement dû rencontrer nos électeurs pour mieux comprendre leurs sentiments. Une grande partie de tout cela aurait pu être évitée.

— Oui et non, rétorqua Kaspian. Peut-être que cela aurait empêché Klas de réagir comme il l'a fait mais je pense qu'il n'était qu'une bombe à retardement qui attendait d'exploser.

— C'est un putain de sociopathe, marmonna Nox. Les choses qu'il a faites à Fallon…

La mâchoire de Kaspian se contracta.

— C'est une tout autre histoire.

— Oh ?

Cela me semblait intrigant.

Il grogna et secoua la tête pour faire taire mes questionnements.

— Je m'occupe d'elle pour l'instant. Cependant, je me préoccupe de ses pouvoirs.

Son regard se dirigea vers Nyx avant de revenir vers moi. Le message était clair : il s'inquiétait de la réaction des autres territoires face à la magie mortelle de Fallon.

Je n'avais jamais rencontré une sorcière avec ce genre d'aptitudes jusqu'à présent. Je la qualifierais presque plus de nécromancière que de sorcière, mais je n'étais pas sûr qu'elle sache contrôler les morts.

— Et ceux qui travaillent avec Klas alors ? demanda calmement Slater. Y en a-t-il d'autres ?

— Nyx s'est occupée du petit groupe qu'il avait réussi à rassembler. Aucun de ses complices n'était un mercenaire. C'étaient des employés de bureau, un peu comme Paxton.

Les dents de Kaspian se serrèrent lorsqu'il entendit ce nom, son irritation était palpable.

— Niamh va donc se concentrer sur ceux qui officient dans le même secteur en premier.

— Je ne comprends pas pourquoi ils protestent contre le changement de territoire. Ils auraient pu garder leur profession et leur maison, et seulement passer sous la domination de la mort et du diamant au lieu de celle de l'or et du grenat, murmura Nyx.

— C'est la richesse et la gloire de la Maison d'or et de grenat qu'ils recherchaient, l'informa Nolan. Bien que beaucoup d'entre nous soient des mercenaires qui obtiennent leur gloire par l'honneur, notre Maison valorise également la richesse. Beaucoup de ces commerçants possèdent des entreprises générant de grands profits.

— Des entreprises qu'ils ne veulent pas déplacer, compris-je, mais ils ne veulent pas non plus perdre le nom de leur Maison.

Nolan inclina le menton.

— Exactement.

— Je devrais peut-être t'associer à Niamh pour cette enquête, dit Kaspian.

— Tu veux que je m'occupe des interrogatoires ? lança l'archange, ses yeux multicolores étincelants. Tu en es sûr ?

Kaspian sourit.

— Ça ressemble à un défi.

Nolan croisa les bras.

— Un défi que je n'apprécierais probablement pas. Pourquoi ne pas confier cette tâche à Slater à la place ? Il aime traquer. Je suis sûr que par conséquent, il sait parfaitement gérer toute la paperasse.

Les yeux du métamorphe corbeau luisèrent mais il ne rétorqua pas comme à son habitude. À la place, il resta pensif, ce qui me fit grimacer.

— Quoi ? lui demandai-je.

Ses yeux couleur d'ardoise croisèrent les miens, les poils sombres sur sa mâchoire avaient encore poussé, par manque de temps pour se raser.

— Je pense au bar en Irlande et à la sorcière qu'il a engagée pour l'ensorceler.

— Il ne connaissait pas le nom de la sorcière, précisa Kaspian. Il a loué ses services, ce qui semble être une habitude chez lui puisqu'il a également engagé une sorcière pour créer la potion qui a supprimé le libre arbitre de Fallon.

— Oui, c'est assez fréquent, comme quand Kieran a engagé Trixie, murmura Slater.

— Tu lui as parlé du bar ? demandai-je.

— Pas encore, mais je sais que ce n'était pas elle. Ce n'était pas le même genre de magie qui a été utilisée. Cependant, qui que puisse être cette sorcière… je dois la trouver.

Je n'avais pas soupçonné que l'attaque venait de Trixie, je pensais simplement qu'elle aurait été capable de nous éclairer.

Mais je ne fis pas de commentaires là-dessus.

Le ton urgent de sa déclaration me força à me concentrer sur le fait qu'il avait besoin de trouver la sorcière responsable.

— Pourquoi ?

Ses lèvres se tordirent tandis qu'il réfléchissait à la réponse qu'il allait me donner.

— Parce que je crois que j'ai été maudit.

Kaspian et moi échangeâmes un regard. Son absence de réaction m'indiqua que Slater lui avait déjà partagé cette information.

Parce que Slater considère déjà Kaspian comme son nouveau roi.

Mon cœur tressauta un peu à cette pensée mais il se calma presque aussitôt. C'était ce que je souhaitais pour ma Maison, qu'elle n'accepte pas seulement Kaspian mais qu'elle l'adopte.

À en juger par le positionnement dans la pièce, je compris que peu à peu, tout le monde avait fini par accepter cette destinée.

— Maudit dans quel sens ? demanda Nyx, la main toujours sur ma cuisse.

Il passa ses doigts dans ses courts cheveux noirs et laissa échapper un souffle.

— Trois de mes plumes sont devenues blanches et je ne me sens pas… bien, dernièrement.

Il semblait perplexe par ce commentaire, comme s'il n'arrivait pas à décrire tout à fait *pourquoi* il ne se sentait pas bien. Il savait juste que quelque chose n'allait pas.

— C'est ce que la sorcière entendait par ton obscurité ? s'enquit Nyx. Celle de Dublin ? Celle qui a dit que tu avais besoin du pouvoir de la Triarchie pour guérir ?

Slater cligna des yeux en fixant Nyx, les lèvres retroussées vers le bas.

— J'avais oublié. Ses inquiétudes m'avaient semblé si

insignifiantes à ce moment-là que j'ai complètement ignoré ses remarques.

Son attention se porta sur moi, puis sur Kaspian.

— L'un d'entre vous sait-il ce qu'elle entendait par le pouvoir de la Triarchie ?

Je secouai la tête.

— Non, mais je ne connais pas trop les êtres de la Maison de l'esprit et du saphir.

Maison qui avait tendance à recruter beaucoup de sorcières.

— Moi non plus, admit Kaspian. Toutefois, je suis prêt à t'accorder un congé payé le temps que tu poursuives tes recherches. Je te demande simplement de me tenir au courant si jamais tu trouves la sorcière responsable de ce sort à Dublin.

Slater baissa le menton.

— Entendu. Je vais la considérer comme une cible à abattre.

— Bien, répondit Kaspian en se concentrant sur moi. Vesperus ?

Je l'étudiai un long moment, la gorge serrée d'émotions.

Nous y étions.

C'était le moment dont Kaspian avait besoin, le moment dont notre *Maison* avait besoin.

Le moment où je reconnaissais formellement que je n'étais plus leur roi.

Nyx serra ma jambe, manifestement consciente du flot de pensées diverses qui m'envahit l'esprit, ou peut-être sentait-elle également la justesse de cet instant.

Il était temps.

J'avais pris ma décision au moment où je m'étais réveillé et avais appris que Nyx avait déplacé la lune. Je sus qu'il serait impossible de rester.

Pour maintenir le fragile équilibre entre les Maisons, nous devions partir.

Je partirais en sachant que j'avais donné les rênes au remplaçant le plus accompli.

— Cela me semble être une sage décision, commençai-je lentement, Roi Antonik.

J'inclinai la tête en signe de révérence. La pièce se fit silencieuse autour de moi.

Kaspian s'éclaircit la gorge au bout d'une minute, attirant mon regard vers lui.

— Tu restes mon roi, Vesperus.

— Oui, concédai-je, maiss tu n'es plus mon second, Kaspian.

Il déglutit, ses yeux sombres luisaient d'une émotion inhabituelle chez mon vieil ami. Elle disparut en une fraction de seconde. Il inclina la tête pour confirmer et accepter son destin.

— Tu seras un bon roi, Kaspian, lui dis-je. Merci de me permettre de partir en sachant que ma Maison continuera à prospérer longtemps après mon départ.

NYX

Je recouvris le sol du reste du sang de Klas et saupoudrai de la poussière d'étoiles sur les bords.

Vesperus était assis à côté de moi et observait la magie qui vibrait, comme toutes les nuits cette dernière semaine. Il contempla le mélange de sang et d'or qui disparaissait dans le vent, la nuit le porterait à ma lune pour lui fournir une dernière guérison.

Elle ne pleurait plus des larmes de feu, les volcans s'étaient une fois de plus calmés.

— La dette de sang est payée, murmurai-je.

Je souris lorsqu'une vague chaude d'énergie me submergea, la lune me montrait sa gratitude.

Peu importe quel royaume ou quelle dimension je visitais, la lune restait mienne, nous partagions une histoire dans chaque version de l'univers.

Son noyau de fer était lié à mon âme, peu importe le temps ou l'endroit.

— Tu veux toujours tuer Klas ? me demanda doucement Vesperus.

Je réfléchis un moment et secouai la tête.

— Je veux qu'il meure mais le tuer, je ne peux accepter cet honneur.

C'était à Fallon de décider. Elle semblait fomenter cet assassinat selon ses propres conditions.

— C'est ce que j'ai dit à Kaspian à propos de Paxton, murmura Vesperus. Il m'a trahi, oui, mais celui qu'il a le plus trahi, c'est Kaspian.

Je hochai la tête.

— C'est une nécessité et une punition, en un sens. On a envie de se venger, mais accomplir sa vengeance… c'est douloureux.

— Oui, mais Kaspian s'en remettra.

— Oui. Il a tué Paxton plutôt convenablement aussi, en lui tranchant la tête avec l'épée de la Maison d'or et de grenat.

Vesperus fixa la lune un instant avant de croiser mon regard.

— Je soupçonne que Klas ne mourra pas aussi rapidement.

— Non, je ne pense pas.

Fallon était en colère, blessée et au fond… effrayée. Cet homme avait brisé son esprit avec cette potion, la forçant à lui obéir, à l'*aider*, à l'honorer.

Ensuite, il l'avait tuée… et l'avait maintenue en vie à l'aide de potions.

Je frissonnai.

— J'espère qu'elle le fera souffrir.

Très, très longtemps.

— Moi aussi, avoua Vesperus, le regard tourné vers les étoiles. J'aimerais pouvoir te dire que d'avoir guéri la lune te fera gagner les faveurs des autres Maisons mais…

— Ce ne sera pas le cas, dis-je en m'appuyant contre lui, mon regard suivant le sien dans le ciel nocturne. J'ai trahi leur confiance. Cependant, ils n'ont jamais vraiment gagné la mienne non plus.

Il acquiesça avec un petit son de gorge.

Nous restâmes assis en silence un long moment, appréciant la tranquillité que nous procurait le toit tandis que de la poussière d'étoiles tombait du ciel sur nous.

— Ce monde est trop fermement ancré dans ses principes, lui dis-je d'une voix calme pour ne pas perturber la beauté de la soirée. Je souhaite une réalité comme celle-ci, remplie de magie, où les êtres surnaturels n'ont pas à se cacher des humains. Mais j'ai besoin que ce soit un monde qui me respecte, qui *nous* respecte.

— Un monde où tu sèmeras peut-être la magie afin qu'elle se métamorphose en une réalité qui t'adoptera plutôt que de te rejeter, supposa-t-il.

— Oui, un monde où des êtres puissants foulent la terre mais ne craignent pas le créateur qui se trouve parmi eux.

— Et où trouverions-nous ce monde ? demanda-t-il en croisant mon regard. Peux-tu créer un nouveau médaillon pour nous y emmener ?

— Je peux essayer, répondis-je en souriant. Toutefois, ce médaillon possédera une nouvelle énergie consciente, pas celle que j'ai perdue, ce qui veut dire qu'il aura sa propre volonté. Je n'ai donc aucun moyen de savoir dans quelle réalité, ou même à quelle époque il nous emmènera.

— Époque ?

— Eh bien, quand j'ai créé mon premier médaillon, il n'a pas arrêté de passer d'une réalité à l'autre et de traverser le temps.

J'inclinai la tête.

— Les dinosaures ont existé, au fait, au cas où tu te poserais la question.

Ses sourcils se haussèrent.

— Tu as voyagé dans le temps ?

— En quelque sorte, acquiesçai-je lentement. Je me suis rendue dans une époque ancienne où j'ai erré un peu. Puis j'ai dormi… et je me suis réveillée à l'époque actuelle. Ça s'est donc réglé tout seul mais ça n'a pas été immédiat.

Ses yeux noir pailleté pétillèrent.

— Je vois. Ça semble dangereux.

— La magie de la création comporte toujours un risque, murmurai-je en haussant les épaules. On peut créer quelque chose avec de bonnes intentions mais on ne peut pas contrôler les actions de la chose en question.

Il y songea un moment.

— Je comprends, dans une certaine mesure. C'est comme quand on dirige, on peut prodiguer des conseils mais cela ne signifie pas que le peuple va les écouter ou les suivre.

— Oui, exactement. La magie de la création fonctionne de la même manière. Ce n'est pas parce que je souhaite que quelque chose existe qu'il fera exactement ce que je désire. Comme cet elfe que la commerçante voulait. S'il avait survécu, qui sait ce qu'il aurait fait ? Elle avait seulement souhaité son existence. Il aurait choisi le reste.

— C'est plutôt décevant que Raymond l'ait tué alors.

— Oui et non. Oui, parce qu'il ne méritait pas de mourir. Non, parce que je ne pense pas que ce monde aurait accepté ma création.

C'était précisément la raison pour laquelle je devais partir. Cette réalité ne m'accepterait pas.

Elle n'accepterait pas non plus que Vesperus devienne plus puissant.

Nous n'avions pas pris la décision formelle de nous aventurer dans un nouveau royaume. Nous en étions simplement venus à cette conclusion, en quelque sorte.

Ce qui rendait notre décision bien plus puissante. Nous

ne partions pas pour nous quitter, nous partions ensemble, ce qui n'avait rien à voir, du moins selon moi.

Je souhaitais que Vesperus soit à mes côtés parce qu'il le voulait, pas à cause du lien ou du fait que nos destins étaient liés à jamais, mais bien parce qu'en réalité, il *me* désirait.

C'était vrai.

Je l'entendais dans son esprit, le sentais dans ses caresses, le voyais dans ses yeux.

— Quand mon médaillon m'a amenée ici, j'ai été fascinée par la magie, avouai-je doucement. J'ai pensé que ce monde pourrait être ma nouvelle maison. Mais maintenant, je me rends compte qu'il ne s'agissait pas de trouver un endroit où vivre. Il était question de trouver l'autre moitié de mon âme.

C'était ce qui m'avait conduit à explorer les nombreuses réalités et royaumes, mon âme avait désiré un compagnon.

Jusqu'à maintenant, je ne m'étais pas rendu compte à quel point je m'étais sentie vide.

J'errais dans des mondes depuis des millénaires, me contentant d'aventures de passage et d'amitiés brèves. Cependant, rien de tout ceci ne m'avait donné la sensation d'être aussi entière… qu'avec Vesperus.

Je le contemplai et me sentis simplement comblée, comme si j'avais trouvé un nouveau but à mon existence, une façon d'évoluer et de vivre, une raison d'être.

— Mon médaillon ne se moquait pas de moi. Il était à la recherche d'un nouveau but. Il savait que j'avais trouvé ce que je cherchais dans ce royaume. Il m'a donc quittée pour trouver une autre âme brisée à apaiser alors que la mienne, qui venait de trouver sa moitié, était sur le point de devenir entière, grâce à toi.

Les yeux argentés de Vesperus pétillèrent.

— Alors je suppose que nous devons fabriquer un nouveau médaillon ensemble, un médaillon qui vibre du pouvoir de nos âmes liées et nous emmène dans un royaume où nous pourrons nous installer ensemble.

— Oui, acquiesçai-je en ouvrant la paume pour recueillir la poussière d'étoiles qui tombait librement du ciel. Un médaillon qui nous emmènera dans une nouvelle réalité où nous pourrons planter les graines de notre propre magie.

— Oui, une réalité où tu régneras en tant que déesse et où je te vénérerai en tant que roi et élu de mon cœur.

— Seulement si je peux te vénérer en retour. J'aime bien te lécher.

Ses lèvres se retroussèrent.

— Tu pourras me lécher à loisir quand tu en auras envie, Nyx, Déesse de la Nuit.

— Et toi, tu pourras aussi me lécher à loisir quand tu en auras envie, Vesperus, Roi de la Nuit.

— Mmm, un nouveau titre.

— Oui. Il semble approprié.

— Peut-être, mais une belle femme m'a dit un jour que les titres ne signifiaient pas toujours grand-chose et qu'ils ne reflétaient pas non plus le véritable pouvoir d'un individu.

— Quelle déesse brillante, répondis-je en souriant. Tu devrais probablement accepter le titre, car ce n'est sûrement pas quelque chose qu'elle accorde souvent.

— C'est vrai, convint-il en me prenant par la taille, tout en regardant ma paume. Bien, Déesse. Es-tu prête à créer un nouvel avenir ?

— Oui, chuchotai-je, alors que le médaillon se formait déjà dans ma main. Avons-nous fini de faire nos adieux à ce royaume ?

— Oui. Kaspian est prêt. Cara et Larus deviendront

ses seconds. La Maison a été informée de son nouveau règne. Quant aux autres chefs, ils apprendront bientôt que nous avons disparu.

— Sans laisser de trace.

C'était le seul moyen pour protéger la Maison d'or et de Grenat. Nous ne pouvions plus être affiliés à elle ni à ce monde. Cela perturberait l'équilibre et créerait des conflits entre les Maisons.

Nous partions pour éviter ça.

Pour assurer la sécurité de la Maison d'or et de grenat.

Pour trouver la joie dans notre propre monde, un monde où nous pourrions vivre librement, ensemble, pour toujours.

Les amis que je m'étais faits ici me manqueraient, surtout Cara. Mais la vie était longue pour un immortel. Elle passerait à autre chose, tout comme moi. Cependant, je conserverais à jamais son souvenir dans mon cœur.

Fallon aussi. Même si nous n'avions pas passé beaucoup de temps ensemble, ma magie nous avait liées. Je ne l'oublierais jamais.

Je n'oublierais aucun d'entre eux.

Un petit poids reposait dans ma main, le médaillon avait pris sa forme finale.

Je regardai Vesperus dans les yeux. J'adorais comme ses iris argentés luisaient sous le clair de lune.

— Es-tu prêt, Roi ?

— Oui, Déesse.

Je souris.

— Alors partons en exploration.

Le médaillon prit vie en vibrant, le monde autour de nous s'estompa, ne laissant que nos souvenirs derrière lui, tandis que la magie nous propulsait dans une nouvelle dimension.

Là où nous bâtirions notre propre avenir.

Ensemble.
Avec la magie.

ÉPILOGUE

NYX

Quelques années plus tard

— Dis-moi ce que tu attends d'un monde parfait, murmura Vesperus contre mon oreille. Je peux peut-être exaucer tous tes vœux.

Je gloussai en roulant sur lui. Mes membres étaient endoloris après un trop long repos.

— Je souhaite un monde à une époque plus actuelle, confiai-je.

J'étais consciente de notre petit jeu. Nous avions passé les dernières années à jouer dans plusieurs royaumes du passé.

Notre médaillon semblait vouloir que nous repartions à la nuit des temps.

Peut-être pour semer les graines de notre magie dans une civilisation ancienne, plutôt qu'impacter des humains déjà évolués.

Nous avions finalement cédé. Nous avions choisi vingt mortels pour les bénir de poussière d'étoiles. À présent, nous attendions de voir ce qu'ils feraient, la forme qu'ils prendraient, ce qu'ils deviendraient.

Sûrement des vampires, au vu des gènes de Vesperus. Des métamorphes loups aussi à cause de mon lien avec la lune.

Ils feraient également l'expérience d'être liés par la destinée.

À ceci près qu'ils auraient le choix.

Vesperus et moi avions pensé qu'il serait important que les mortels qui se découvraient tout à coup immortels trouvent un moyen de s'accoupler avec leur moitié.

— Hmm, une époque plus actuelle. Quoi d'autre, Déesse ? Quels autres souhaits puis-je exaucer pour toi ?

— Donne-moi un monde plein de magie, dis-je en fixant ses yeux en forme d'éclipse.

Le noir de ses iris avait encore envahi leur nuance argentée, m'indiquant qu'il était repu de magie lunaire.

Je me blottis contre lui et sillonnai sa gorge du bout de ma langue en me délectant de sa saveur sucrée, digne du meilleur des desserts.

— Donne-moi un monde où je peux te lécher comme je veux, où je veux et quand je veux, ajoutai-je en passant la jambe par-dessus la sienne pour le chevaucher. Un monde où je peux t'enfourcher, où c'est à moi de te procurer du plaisir, tout simplement à moi.

Il se glissa en moi avec facilité, sa queue déjà dure et prête pour moi.

— Quoi d'autre ?

Ses yeux s'assombrirent lorsque je me mis à bouger.

Sans aucun empressement.

Lentement.

Oisivement.

Je le savourai, l'aimai, me délectai de lui..

Je me redressai, les mains sur son torse nu.

— Donne-moi un monde qui nous respecte, un monde qui nous comprend, un monde avec une source d'eau chaude qui nous appartiendra.

Ses lèvres se recourbèrent alors qu'il se cambrait, sa paume s'enroulant autour de ma nuque.

— Dans cet ordre, Déesse ? Respect, compréhension et une source d'eau chaude ?

Je bougeai les jambes pour nous rapprocher et le prendre plus profondément.

— La piscine de ton toit me manque.

— À moi aussi, avoua-t-il en s'enfonçant en moi. Peut-être pouvons-nous en construire une nouvelle.

Je souris.

— Oui, quand la réalité rattrapera notre dimension temporelle.

Il mordilla ma lèvre inférieure.

— Hmm, est-ce un autre souhait, ma douce déesse ?

— Oui, chuchotai-je, mais je crois l'avoir déjà mentionné.

— Exact, reconnut-il en me prenant par la taille. Que désires-tu d'autre, Déesse ?

— En ce moment même ? haletai-je en accélérant le mouvement de mes hanches contre les siennes. Je veux du plaisir, voir les étoiles, danser avec la lune.

Il gloussa d'un râle rauque et grave contre ma bouche.

— Du plaisir, répéta-t-il en glissant sa main entre nous pour caresser mon clitoris. Du plaisir, je peux t'en procurer. Cela dit, je pense que ce n'est pas pour rien que tu t'es réveillée en manque, Déesse, débordante d'énergie et prête à exploser.

— Hmm, parce que je me suis réveillée à côté de toi, Roi.

Il mettait constamment mon sang en ébullition, me donnait envie de le dévorer à tout moment de la journée.

— Tu es mon dessert préféré.

— Et tu es mon petit-déjeuner préféré. Tu as la douce saveur sucrée des agrumes, une boisson que j'adore dès le matin.

— Alors baise-moi et lèche jusqu'à la dernière goutte de mon essence.

— Cela ressemble plus à un ordre, Déesse.

— C'en est un, Roi.

Il nous fit nous retourner jusqu'à ce que mon dos heurte le matelas. Il attrapa mes mains et les bloqua au-dessus de ma tête en commençant sa démonstration de pouvoir.

Je me cambrai contre lui, m'abandonnai à ses caresses, son existence, sa *magie*. Je le sentais partout, il étouffait mes entrailles, échauffait mon sang et me noyait dans une mer enchantée et séductrice.

Cela me rappelait presque son royaume, son énergie enivrante faisait remonter mille souvenirs.

Je griffai son dos. Encore, j'avais besoin de me noyer dans la magnitude de son pouvoir, de savourer le bonheur de son existence.

— Vesperus, murmurai-je, haletante.

Je ne savais pas trop comment il s'y prenait mais je me sentais plus vivante que jamais, comme s'il avait élevé mon existence à un niveau supérieur pour que je me sente encore plus comblée.

— Crie pour moi, Déesse. Qu'ils entendent tous leur reine.

Mon sang palpita devant la puissance de ses paroles. La lune nous baigna d'énergie et d'une poussière d'étoiles infinie.

J'y suis presque, lui dis-je. *Oh, astre, je suis si proche.*

La sensation fut titanesque.

Je m'envolai presque pour le paradis, explosai en un millier de lumières et rejoignis la lune dans le ciel.

Ce fut intense, si beau, une expression si pure de ce que nous formions tous les deux.

Je poussai un cri en sentant l'éruption de lave dans mes veines, les entrailles tordues par une agonie exquise de plaisir.

Vesperus me suivit rapidement dans la jouissance, sa bouche chaude contre la mienne, sa semence réchauffant mon être.

Il relâcha mes mains pour me saisir le visage et essuya du bout de ses pouces les larmes magiques que j'avais versées. C'était si… *époustouflant.*

— Comment… ? soufflai-je en étudiant ses traits.

Il m'avait fait l'amour des milliers de fois, m'avait procuré des orgasmes intenses et abondants, mais celui-ci était différent, il avait quelque chose de nouveau, comme un élan de vie, *plein de vitalité.*

— Tu ne la sens pas ? murmura-t-il en bougeant lentement.

Nous nous délections des derniers relents de plaisir.

— Tu ne sens pas la magie ?

Je déglutis et hochai la tête.

— Si. Tu as développé une nouvelle capacité ?

Il secoua la tête.

— Non, Nyx. Je t'ai simplement aidée à exaucer tes souhaits.

Mes yeux étudièrent les siens.

— Mes souhaits ? Mes… ?

Je me tus lorsque je compris enfin.

— Mon monde…

Ses lèvres se retroussèrent contre les miennes.

— Ton monde.

Je m'agrippai à ses épaules.

— Nous sommes retournés à notre époque actuelle ?

— Oui, et ta magie est assurément en plein essor.

— Tu es parti explorer le temps sans moi ? demandai-je sans cacher ma peine.

— Non, Déesse. Je le sens, c'est tout, pas toi ?

La poussière dorée scintilla sur ma peau, confirmant ses dires. Elle murmurait des paroles au sujet de ma nouvelle réalité. *Il est temps,* disait mon médaillon. *Il est temps de voir ce que tu as créé, Déesse.*

— Je le sens, chuchotai-je, les yeux écarquillés. On l'a fait.

— On a réussi, dit-il en me souriant. Tu es prête ?

— Oui, soufflai-je.

— Alors allons explorer notre utopie…

———

Êtes-vous curieux de connaître l'utopie que Nyx et Vesperus ont créée ? Rendez-vous dans *L'Alliance de sang.* Mais attention… ce monde n'est pas tout beau tout rose. Il est sombre et mortel. Les humains ne sont pas des êtres magiques, ils ne sont que du bétail.

Enfin, Fallon aura également droit à sa propre histoire. Abonnez-vous à la newsletter ou au groupe Facebook pour être informé de toutes les nouveautés en avant-première. Nous vous donnerons bientôt des nouvelles…

Jadis, l'humanité gouvernait le monde, et les lycans et vampires vivaient en secret.
Cette époque est révolue.

Juliet

C'est mon devoir d'obéir, de donner mon corps et mon sang à un maître vampire jusqu'à ce que je ne lui sois plus utile.

Il n'y a pas d'échappatoire.
Nulle part où fuir.
Suis les règles ou meurs.
Je ne veux pas mourir.

Darius

Vingt-deux années de conditionnement ont élaboré le poison parfait – une arme que mes ennemis ne verront pas venir. Je la briserai, la formerai, et l'utiliserai pour abattre quiconque se dressera en travers de mon chemin.

Elle est séduisante.
Elle est parfaite.
Et elle est à moi.

*Bienvenue dans un futur où les lignées supérieures font la loi.
Continuez à vos risques et périls.*

Avertissement : la romance de Darius et Juliet n'est pas conformiste et se situe dans un monde très sombre, où les humains n'ont aucun droit. Les lycans et vampires qui règnent sur cet univers ne sont pas du genre à fréquenter les contes de fées. Ces monstres mordent. Ils partagent. Et ils aiment sucer le sang. L'avenir vous attend, si vous ne craignez pas les morsures…

L'auteure à succès d'*USA Today* Lexi C. Foss est une écrivaine perdue dans le monde de l'informatique. Elle vit à Chapel Hill, en Caroline du Nord, avec son mari et leurs enfants à fourrure. Quand elle n'écrit pas, elle est occupée à cocher des cases sur sa liste de voyages à faire. On peut retrouver beaucoup des endroits qu'elle a visités dans ses écrits, notamment le monde mythique d'Hydria, inspiré d'Hydra, dans les îles grecques. Elle est excentrique, boit beaucoup trop de café et adore nager. Tchao !

https://www.lexicfoss.com/Français

Pour être au courant des dernières nouvelles et connaître les dates de publication, abonnez-vous à ma newsletter: https://www.lexicfoss.com/la-newsletter-de-lexi

Le Secteur de la Nuit

Hors série

L'île du Massacre